文春文庫

高速の罠

アナザーフェイス6

堂場瞬一

文藝春秋

高速の罠

アナザーフェイス6◎目次

取材協力
岡嶋裕史（関東学院大学経済学部准教授）

本作品は文春文庫のための書き下ろしです。
本書はフィクションであり、実在の人物、団体とは一切関係がありません。

高速の罠

アナザーフェイス6

第一部　行方不明

1

バスって、別に面白くないな……。

大友優斗《おおともゆうと》は溜息をついた。パパに騙されたかもしれない。これだったら、新幹線の方がよかった。

期待していたほど、外の景色が面白くない。だいたいバスに乗ったのは午後六時半過ぎで、窓の外はもう、ほとんど真っ暗になっていたわけだし……高速に乗ってからは、暗闇の中を走るみたいなものだった。でも、昼間だって同じだと思う。これからどんどん田舎へ行くんだし、見ていて面白い物があるはずない。

もう一度溜息をついて、膝に乗せたバッグを漁る。佐久《さく》まで、あと二時間ぐらい。塾の課題が遅れ気味だから、今のうちにちょっとやっておかないと。自分で言い出して通い始めた塾だけど、もう嫌になり始めている。春休みなので小学校の宿題はないけど、塾からはたっぷり課題が出ている。遊んでる暇、ないよな……最近、サッカーもやってないし。

「それ、六年生の算数じゃない？」

急に声をかけられ、慌てて問題集を閉じる。話しかけてきたのは、隣に座っていた若い男だった。祖母の聖子《せいこ》の忠告を思い出して、無視しようと決める。知らない人と話しちゃいけません――でも、ここはバスの中だ。街で知らない人に声をかけられたわけじゃないし、僕はもうすぐ六年生だ。そういうことを心配しなくちゃいけないのは、一年生や二年生ぐらいまでじゃないかな？

「そうです」つい、返事してしまった。無視したら、何か感じが悪いし。パパはいつも、誰に対しても愛想良くしている。それは、悪い感じじゃないし……。

「六年生なんだ」

「えっと……四月から六年生です」

「それでもう、六年生の算数をやってる？」男が眉を吊り上げた。「早いんだね」

「塾の課題で」

「ああ、そういうことか。今は、六年生だと何をやるんだろう」

「分数の計算とか」優斗は問題集を広げた。正直算数はちょっと苦手で、春休みの課題でも手が止まってしまうことが多い。

「面倒臭いよな、分数の計算。どんな感じ？」

優斗は問題を示した。男が一瞬眉をしかめたように見えたが、すぐに答えを口にする。

何なんだ、この人？　計算しないで分かるのかな？

「何で分かったんですか？」

「ああ、これぐらいなら……」男の口調は控え目だった。「一応、理系だからね」

「そうなんですか」文系、理系という言葉を聞くようになったのは、塾に通い始めてからだ。高校へ行けば、大学受験の準備で、必ず文系か理系かを選ばなくてはいけない。それまでに、得意科目には磨きをかけて、苦手科目は一生懸命底上げして……要するに、全部頑張らなくちゃいけないってことだよね、と考えると暗くなってしまう。

だけど、これはラッキーだな……親切そうな人だし、教えてもらおうか。頼みの綱のパパは、佐久の実家に帰省しているし、聖子さん——「おばあちゃん」ではなく名前で呼ばないと怒る——は「自分でやりなさい」と先生役を拒否する。ずるいかもしれないけど、誰が見ているわけでもないし、いいんじゃないかな。

「あの……じゃあ、算数なんか、得意ですよね」

「文系の人よりは、ね」

「ちょっと教えてもらったりしていいですか？」

「お。図々しいね」

言われて、優斗は思わず顔が赤くなるのを感じた。しかし隣の若者は、屈託のない笑い声を上げた。

「いいよ。あ、でも、俺からもお願いしていいかな」

「何ですか」警戒して、優斗は少しだけ身を引いた。

「トイレ、手伝ってくれないか」

「トイレ？」

「途中、寄居《よりい》のパーキングでトイレ休憩があるんだ」

「トイレは、バスの中にもありますよ」見送りに来た聖子さんにも、散々言われた。トイレに行きたくなったら、我慢しないでバスの中で済ませなさいって。

「あー、高速バスのトイレって狭いんだよ」突然、男の脇の方からこつこつと音がした。見ると、右手に松葉杖を持っている。

「どうしたんですか？」

「足を骨折しちゃってさ。狭いトイレに入るのはきついんだ。だからパーキングでトイレに行く時に、手を貸してくれないかな。一人でも行けるんだけど、松葉杖だと時間がかかるから……乗り遅れると、バスにおいていかれるだろう？」左足に体重をかけると、一瞬悲鳴をあげた。

「大丈夫ですか？」

「いや……まだ痛くてさ。つい忘れて普通にやろうとすると、きつい」

目にはかすかに涙が浮かんでいる。そんなに痛いんだ……と優斗は心底心配になった。自分もサッカーで怪我したことがあるけど、足が痛いと何もできない。普通に動けないのは、本当に不便なんだ。「どうかな？　助けてもらえる？」

「ああ、はい……大丈夫です」

「よし、契約成立、な」

男がにやりと笑い、右手を握って突き出した。優斗はそこに自分の拳を合わせ、同じように笑った。バスの旅か……案外面白いかもしれない。

スピードが落ち始め、バスがパーキングエリアに入っていく。バスが停まると、若者が「じゃあ、頼むよ」と言って、危なっかしく立ち上がった。

バスの狭い通路も、松葉杖だと大変なのだと気づき、優斗は慌てて自分のバッグを担ぎ上げ——荷物はいつも手元に置いておくようにと、聖子さんに言われている——立ち上がった。怪我人なんだから、僕がちゃんと面倒をみないと。

2

「何でそわそわしてるんだ？」

「あ？　いや……」大友鉄《てつ》は、慌ててウーロン茶のグラスをテーブルに置いた。周りが全員ビールを呑んでいるのに、自分だけノンアルコールドリンクというのも情けないが、医者から酒を止められているから仕方がない。それにしても、周り——高校時代の友だちがどんどん酔っぱらっていくのは、何となく不快だった。こいつら、呑むとこんな風にだらしなかったかな……記憶は定かではない。何しろ、こういう「同窓会」に出るのは本当に久しぶりなのだ。またウーロン茶で喉を湿らせ、記憶をたぐる。七年ぶり、もしかしたら八年ぶりか。いずれにせよ前回参加したのは、優斗がまだ幼稚園に通っていて、妻の菜緒《なお》が元気だった頃だ——次第に記憶が鮮明になる。夏休み、親子三人で帰省した時に、友人たちと呑んだのだ。今回は怪我の療養で里帰りしてきたのに合わせ、友人たちがわざわざ集まってくれている。

「何か気になることでもあるのか?」

隣に座る村上良司《むらかみりょうじ》がしつこく訊ねる。ああ、こいつは変わってないな、と大友はむしろ嬉しくなった。高校時代、バレー部で活躍した村上は、「部の歴史上最強のキャプテン」と言われていたのだ。とにかく面倒見がいい。へたっている選手がいれば声をかけ、弱気になれば尻を叩いて叱咤激励し、試合中に怒鳴りつけたら後で必ずフォローする……試合中は「コートにもう一人監督がいる」と言われ、試合後は「パパ」と呼ばれていた。そういう姿勢は今も変わらないにしても——風貌はえらく変わった。バレーボールの選手だから当然背は高いのだが、恰幅がよくなったというか、腹だけ出てしまったというか……巨大な洋梨のような体型になっている。ついでに、白髪もちらほら。自分の容貌はまったく気にならない大友だが、警察官という仕事柄か、他人の顔は気になる。一瞬見た相手の顔もすぐに頭に叩きこむように、教育されているのだ。

「いや、息子がこっちへ来るんだけどさ」

「一人で？」

「そう。今夜着くんだ」

「そうなんだ……別に問題ないじゃないか。新幹線だろう？」

「いや、高速バス」

「何と、まあ」村上が大袈裟に両手を広げる。さすが元バレーボール選手だけあって、巨大な鳥が翼を広げたようだった。「何でわざわざ、高速バスなんか使わせるんだよ」

「新幹線だと面白くないじゃないか。高速バスの方が、ちょっと難易度が高いと思うんだ。四月から六年生だし、そういう経験もさせた方がいいかな、と思って」

「なるほどねえ。いろいろ考えてるんだ。東京で子育てしてると大変だろう」

「まあね」実際には、東京でなくても大変なのだ。妻を交通事故で亡くし、男親一人で小学生を育てる大変さは、場所には関係ないだろう。

「皆、ちょうど子育て真っ盛りだからなあ」村上が髪をかきあげる。「まだ何年かは大変だろうな」

「そうだね」

　大友はウーロン茶を飲み干した。アルコール抜きの冴えない宴会だが、医者の言いつけは無視できない。実際今でも、撃たれた胸の傷が時折痛むのだ。酒を呑んだらどうなるか――体中を駆け巡ったアルコールが傷を破って吹き出す、という妄想に襲われることもある。呑まなければ呑まないで何とかなるものだ、と最近は諦めていた。ウーロン茶があれば何とかなる。

「大友君、お代わりは？」前に座った太川《たがわ》――おっと、これは旧姓だ――秋田《あきた》美子《よしこ》が手を伸ばす。

「ああ……同じもので」

グラスを受け取り、美子が眼鏡の奥で笑顔を浮かべる。ああ、何というか……女子の方が変わっていない。高校を卒業して二十年、男どもは元気をなくし、体型も崩れて、一気にオジさん化しているのに。美子には、高校時代のイメージがまだ残っていた。すらりとした体型――何となく妻の菜緒を彷彿させる――も当時のまま。変わったのは髪型ぐらいだろうか。昔は長い髪をいつも後ろで一本に縛っていたのに、今は耳が辛うじて隠れるぐらいのショートカットである。

美子が座敷から身を乗り出して店員を呼び、ウーロン茶のお代わりを頼んだ。結構呑んでいるはずだが、アルコールの影響は感じられない。

「でも大友君、頑張ってるわよね」美子が新しいウーロン茶を渡してくれた。「奥さんいないのに、一人で子育てなんて」

「慣れたけどね……近くに義理の母が住んでるから、ずいぶん助けてもらっているんだ」

「でも、そろそろ手がかからなくなる頃でしょう？」

「中学生になったら、かなり楽になると思うけど」そもそも、「子育て」はいつまで続くのだろう。優斗が家にいる限り、食事の用意はしなくてはいけないし、掃除、洗濯も……そうそう、近々の課題は引っ越しだ。今は、1LDKのリビングルームの一角を区切って優斗の部屋にしているのだが、そろそろプライバシーが必要だろう。せめて2LDKの部屋を探さないと。今住んでいる町田には愛着があり、何より聖子が近くにいてくれるのが心強いから、次の家も町田で探すことになるだろう。ただ、不動産屋を回るのが面倒だった。ネットで探せ、と同期の柴克志《しばかつし》は軽い調子で言うのだが、いずれにせよ現地を見にいかなくてはならないわけで、それで時間を食われるのがきつい。他にもやることはたくさんあるのだし、体調もまだ万全ではない……。

「大友君、撃たれたんでしょう？」何か悪事の相談でもするような小声で、美子が訊ねた。

「ああ」思い出したくないことをわざわざ持ち出してくれるわけだ……しかし、久しぶりに会った友だちに対して、素っ気ない返事はできない。

「ひどい話だよなあ」村上も乗ってきた。「やっぱり、警察官の仕事ってそんなに危険なのか？」

「いや。仕事絡みで死ぬ確率は、タクシーの運転手さんより低いらしいよ」

「そうなのか？」村上が首を捻《ひね》る。

「実際には、危険なことなんかほとんどないんだ……そう言えば、高木《たかぎ》はどうした？」

「今日は仕事だってさ」村上が説明した。「あいつも忙しいのは、テツが一番よく知ってるだろう？」

「そうだろうな」

三年生の時の同級生、高木一朗《いちろう》は、地元の大学を出て長野県警に入り、今は本部の捜査一課にいる。たまに電話で話すのだが、高木との間には特別な絆があると感じていた。勤務先は違うとはいえ、同じ警察官。「警察一家」とはよく言ったもので、どこで働いていようが仲間意識は同じなのだ。

「高木、心配してたぜ」

「ああ……あいつからはメール、もらったよ」

「そんなことがあっても、辞めないんだよね」美子が言った。

「辞めないだろうね」大友は自分を納得させるように言った。捜査一課へ戻るという人生の目標は、先延ばしにせざるを得ないだろうが。「結局、これしかできないし」

「でも、大友君が刑事っていうのは、何だか意外だわ」美子が不思議そうに言った。

「そうかな」

「だって、そういうタイプじゃないと思ってたから」

「だったら、どういうタイプ？」

「いやあ……これは難問だぜ」村上が割って入った。「何と言うか、今考えると、テツほどとらえどころがない男はいない」

「そうそう」美子も同調した。「大学でお芝居をやってるって聞いた時も驚いたけど、警察官になった時はもっと驚いた」

「そうかな」大友は首を捻った。

「そうよ」美子が強い口調で言った。「人を驚かせるの、得意よね」

「でも、とらえどころがないってことは、何をやっても何になっても意外じゃないっていうことにもなるんじゃないかな」大友は指摘した。

「あ、そうか」美子がびっくりしたように目を見開く。「元々イメージがないから、何でも同じじっていうことよね」

「この年になってもちゃんとしたイメージがないっていうのは、どうかなと思うけど」大友は苦笑した。「一つだけ自信があるとすれば、父親であることかな」

「ほらほら、それも変なんだって」村上が大袈裟に言った。「子煩悩も、テツのイメージじゃないんだよ」

「だから、とらえどころがないから」

大友は笑みを浮かべてみせた。怪我から回復しつつある今、ようやく普通に笑えるようになってきていた。

「何か、ねえ」美子が溜息をつく。「何で再婚しないの？　奥さんが亡くなってからずいぶん経ってるじゃない。まだ義理立てしてるとか？」

その通りだ。しかし、ぬけぬけと認めるのはさすがに気恥ずかしい。大友はゆっくりと首を横に振り、苦笑を浮かべた。

「大友君、もてるでしょう？」美子がさらに突っこんできた。昔は万事控えめな感じだったのだが、高校卒業から二十年の歳月は、彼女の性格に図々しさを加えたようである。

「いや」

「またまた」

村上が大友の肘を小突く。体重のある村上の攻撃は、胸の傷に直接響いた。何とか笑顔をキープしたまま、「もてないよ」と反論した。

「大友君、知らないの？」呆れたように美子が言った。

「何が？」

「三年生の時、クラスで不可侵条約が結ばれてたの」

「何だ、それ」村上が眉根を寄せ、ぐっと身を乗り出した。

「抜け駆けしないことって」

「ありゃりゃ」村上が音を立てて額を叩いた。「マジかよ。そういうの、ドラマの中だけの話かと思ってた。それもリアリティがない、臭いドラマの」

「結局、本当に抜け駆けする子はいなくて、誰も告白できなかったんだけどね」

「美子は？」村上が疑わしげに訊ねる。

「私？」美子が頬を緩めるように笑った。「どうかな。大友君はどう思う？」

「いや……どうだろう」一番苦手な話になってしまったので、大友は言葉を濁した。どうして恋愛話が苦手なのかは自分でも分からないが、この手の話題になるとつい引いてしまう。

「美子、まさかこの場で告白に及ぶつもりじゃないだろうな？」村上が牽制するように訊ねた。

「ええ？　それはないから」美子が朗らかに笑った。

「もしかしたら、この中にもその不可侵条約に参加していた子がいるのか？」

村上が宴席をぐるりと見回す。今夜の同窓会は、総計十五人。うち、女性が五人いる。何だか居心地が悪くなって、大友はトイレに逃げた。

用を足し、鏡を覗く。銃撃されて以来、三キロほど痩せた。誤差の範囲のようなものだが、それでも顔からは肉が削げ、げっそりしている。顔色も悪く、いかにも不健康そうだ。退院後、一週間の休みを取って故郷の佐久へ帰って来たのだが、多少だらだらしているぐらいでは、体調は元に戻らないようだ。こうなったら一刻も早く仕事に復帰して、無理にでも体を慣らす方がいいのか……。

それにしても、何だか今夜は気持ちが若やいでいる。そもそも老けこむような年でもないのだが、高校時代の仲間たちと話していると、やはり若かった頃の気分が蘇ってくるようだ。それは決して悪いことではなく、リハビリにもいいはずだ、と大友は自分に言い聞かせる。

自営業や専業主婦の参加者が多かったせいか、同窓会は五時半という早い時間から始まり、八時には終了していた。時間が早いのはともかく、苦手な鯉料理が多くてあまり食べられないのが大友には辛かった。佐久と言えば鯉。洗いに筒煮、鯉こく——ほとんど箸をつけなかったので、腹は減っている。

「軽く何か食べに行かないか？」店を出ると、村上が声をかけてきた。この店を選んだのは幹事の村上なのだが、彼自身、鯉は苦手なようだった。

「そう、だな」大友は腕時計を覗いた。高速バスが佐久平駅へ着くのは九時半。そろそろ寄居パーキングエリアで休憩に入る頃で、まだ時間はある。

「ラーメンでもどうだ？」

「ラーメン？」佐久でラーメンと言われてもぴんとこない。

「最近、味噌ラーメンで売り出してるんだよ。何しろ佐久は、信州味噌発祥の地だから」

「そうなんだ」いわゆる町おこしの一種だろうか。そういうのはだいたい、それほど美味くないのだが……。

「ああ。近くに一軒、いい店があるから、案内するよ」

せっかく友人が誘ってくれるのだから、つき合おう。優斗を迎えに行くまでの時間潰しにもちょうどいい。

「……ちょっと待って」村上が、ズボンのポケットからスマートフォンを引っ張り出した。画面を見て「高木だよ」と言ってにやりと笑い、話し出す。

大友はゆっくりと胸を張って深呼吸した。怪我して以来、こうすることが増えた。空気が胸から抜けていないか、つい確認してしまう。三月も終わり……まだ佐久の夜気は冷たかった。東京だと、最近は真冬でもそれほど寒いと感じることがないのだが、やはり長野の冬は厳しく長く、春はまだ遠い。

村上が話している間、周囲に視線を巡らせる。JR中込駅の西側に当たるこの一角の目抜き通りは、「グリーンモール」と呼ばれている。歩道と車道が完全に分離され、車道の一角は駐車場になっていた。広い歩道には等間隔にベンチが置かれ、ぶらぶら散歩するのが楽しい道だ。車道が途中でクランクのように折れ曲がっているのは、車がスピードを出し過ぎない工夫で、これで歩行者を守っている。歩道の両側に並ぶのは古いビルばかりだが、よくある地方都市のシャッター商店街とは異なり、多くの店が普通に営業している。喫茶店、酒屋、洋品店に青果店。尖塔のある白い南欧風の建物は、旧中込学校の校舎「太鼓楼」をモデルにした、商店街のささやかなランドマークだ。店先に鉢植えが四重になって並んでいるので、一瞬花屋かと見間違えるのだが、一階は喫茶店である。

次第に縁が薄くなっている故郷だが、たまに帰ると、やはり気持ちが清々とする。いくら東京に馴染んでも、やはり自分の根っこはこの街にあるのだ、と実感する。

「高木、来るってさ」話し終えた村上が告げる。

「そうか」会うのは何年ぶりだろう……電話やメールでは比較的頻繁にやり取りしているのだが、記憶にないぐらい長く会っていない。前回、皆で呑んだ時にも高木は来ていなかった。

「奴はこれから夕飯なんだろうけど、まあ、ラーメンでもいいよな」

「ああ」高木はわざわざ長野市から来るつもりだろうか……彼は県警本部の捜査一課勤務なので、地方での捜査本部事件でもない限り、普段は県都に常駐している。家も長野市内で買った。「こっちに何か用事があるのかな」

「何言ってるんだよ。お前に会うのが用事じゃないか」呆気に取られたように村上が言った。「長野から高速で一時間ぐらいだよ。近いもんだ」

うなずいたが、少しだけ心配になった。警察官は基本的に、勤務地から離れてはいけない原則がある。何かあった時に、すぐに現場に駆けつけるためだ。上司の許可があれば別だが、「友人に会うため」は理由になるのだろうか。

「あと十分ぐらいで着くって言ってるから、先に店に行ってようぜ」

「ああ」

駅前から歩いて五分ほど。千曲川の河川敷に近い場所にその店はあった。黒い板塀に、激しい書体で「佐久屋」と書かれた巨大な看板。最近のラーメン屋はこういう雰囲気が多いんだよな、と大友は一人納得した。

夕食時で、店内は賑わっていた。かなり広く、テーブル席が十ほどある他に、厨房を取り囲む長いカウンターもほぼ埋まっている。大友たちが入って行った瞬間、テーブル席の三人組が立ち上がったので、そこに座れた。

「で？　何がお勧めなんだ」大友は村上に訊ねた。

「基本、味噌ラーメン。それにいろいろ具を足せばいい」

「そう言えば最近、普通の味噌ラーメンは食べてないな」

「今は豚骨醬油系とか、魚介と豚骨のダブルスープとか、そんなのばかりだろう。凝り過ぎなんだよ」

「確かに、ちょっとしつこいよな」大友は胃の辺りを摩《さす》った。怪我してからは特に、脂っこい物に対して食指が動かない。

「それに比べれば、味噌ラーメンの方がよほどさっぱりしてるぜ」

結局二人とも、叉焼《チャーシュー》入りの味噌ラーメンを頼んだ。いや、正確には三つ。村上は、高木の分も同時に頼んでしまった。

「早く出来過ぎると、麵が伸びるんじゃないか」

「ここの麵は極太で、茹で上がりまで少し時間がかかるんだ」

しかし、高木の到着よりも、ラーメンが出来上がる方が早かった。伸びたら可哀想だな……と思ってラーメンを一目見て、大友は反省した。大したことはないだろうと先入観を持っていたのだが、実に美味そうである。濃紺の器は小ぶりだが、それ故「ぎっしり入っている」感じが強い。照りの強い叉焼が四枚、それに加えていかにも辛そうなひき肉が乗っている。メンマは最近よく見かける、長くて柔らかいタイプのようだ。青々としたネギが真ん中に集まり、色合いのいいアクセントになっている。スープは、「味噌」という言葉からイメージされるものよりも、ずいぶん白っぽい。いや、元々の信州味噌は、むしろこういう淡い色だったと思い出す。

さて、と箸を割ったところで、店のドアが開く。高木だ。男の方が加齢による変化が大きいというが……高木はあまり変わっていなかった。元々童顔だったせいもあるが、年を取った感じがしない。ワックスか何かをつけているのか、短く刈り上げた髪が店内の照明を受けててかてかと光っている。大友を見つけると、にやりと笑って右手を軽く上げた。大友は、箸を持った右手をそのまま上げて挨拶を返した。

高木が、村上の横の席に腰を下ろす。まずスープに蓮華を突っこんで味わってから、箸を割った。

「お前、挨拶もなしにいきなり食べ始めるなよ」苦笑しながら村上が言った。

「まだ飯、食ってないんだよ。とにかく食ってから話をしようぜ」

「あまり時間がないんだけど……」大友は遠慮がちに言って、優斗が佐久まで来る、と事情を話した。

「ああ、心配するな」高木が丼から顔を上げた。「佐久平駅まで送ってやるから。送ってやるっていうか、一緒に迎えに行こう。それから家まで送るよ」

「それじゃ悪いよ」大友は、一度実家に戻って父親の車を借りるつもりだった。

「別に、大したことじゃない。田舎の五、六キロは散歩の範疇だよ」高木が笑う。

「……分かった」あまり執拗に断るのも失礼だと思い、大友は了解した。道々、高木とは同じ警察官同士として話すこともあるだろう。たまに他県警の警察官と話すと、刺激になることも多い。

「で、田舎の新名物はどうよ」村上が声をかけてきた。

「美味いね」偽らざる本音だった。外回りが多い刑事は、嫌でもラーメンに詳しくなる——やはりラーメンは日本における外食の王様だ——もので、大友も捜査一課にいた頃は、都内各地でラーメンを食べてきた。今日のこれは、今まで食べた味噌ラーメンでベスト3に入る。札幌ラーメンのような「味噌タンメン」ではなく、もっとスープを磨いた味。これはやはり、味噌の手柄かもしれない。地元の名物として誇り得るものだ。

　三人は、食べながらあれこれと話を続けた。高木が一番、食べ終えるのが早い。さすがに現役の刑事——刑事総務課に籍を置く大友は、刑事ではなく事務職員的な仕事しかしていない——だと感心したが、同時に心配にもなる。こいつ、体は大丈夫だろうか……自分も本部の捜査一課にいた頃は、食事は極めていい加減で、スピードばかり重視していた。菜緒が他の食事できちんと健康管理してくれなかったら、体調は悪化していたかもしれない。

　ほぼ食べ終えたタイミングで、大友はちらりと壁の時計を見た。八時半。バスはもう、休憩場所の寄居パーキングエリアを出発したはずだ。

優斗と離れていたのは四日ほどなのだが、それでも寂しいものだった。間もなく六年生になる優斗の方は、そろそろ親離れしつつあるのだが、こちらは簡単に子離れできない。怪我のリハビリ中も、優斗の存在がどれだけ励みになったか。「この子のために頑張らなくてはいけない」という気持ちは、何にも増して強い。

「口直しにお茶でもどうだ？」村上が提案した。「時間、まだ大丈夫だろう？」

「そうだね」

「近くにいくらでも喫茶店があるから」

「羨《うらや》ましい限りだよ」

「何で？」村上が首を傾げる。

「昔ながらの喫茶店が多いことが」

「ああ、そうだな」高木が同調する。「俺たちが高校生の頃からある喫茶店が、まだ残ってるぐらいだし」

「あるいは、俺らの親父の世代から」村上が一言つけ加えてから、大友に視線を向ける。

「だけど、どうして古い喫茶店が羨ましいんだ？」

「東京だと、最近はチェーン店ばかりだから。どこも同じような店なんだよね」

「そうなんだよ」高木が同調した。「仕事で出張して、ちょっと関係者から話を聞こうとしたんだけど、チェーン店だとやりにくいんだ。やたら明るくて、賑やかでさ」

「取り調べに向かない？」と村上。

「違う、違う」高木が急いで否定した。「普通に話をするだけ……でも、チェーン店だと何となく上手くいかないんだ」

「分かるよ。そういう意味で、佐久は羨ましい」大友は素直に認めた。

「どうだかね」村上が白けたように言った。「田舎だと不便なことだらけだけど……まあ、最近は何でもここで用が足りるようになったけどね。新幹線効果はすごいよ」

「だろうね」

佐久平駅周辺の変貌ぶりには、大友も驚かされた。長野新幹線が開通したのは、大友が警察官になる直前で、その前後から駅周辺の開発が進んだ。今では巨大なショッピングセンターや飲食店が立ち並び、佐久市の新しい核になっている。もちろん、新幹線の駅前が賑わえばそれでいいというわけではないだろうが。だいたい、新幹線の駅がある街は、全国どこへ行っても画一的で個性がないのだ。駅舎ですら、型で抜いたように同じ建物ばかりで……佐久平駅の場合、三角形の屋根を組み合わせた独特な建物なので、現代建築的な味はあるのだが。

三人は結局ラーメン屋に長居して、佐久の変化についてあれこれ語り合った。やはり佐久平駅を中心にした街の変貌ぶりはすさまじく、大友は高校生の頃——学校の最寄り駅は佐久平駅にも近い小海線岩村田駅だった——によく見た店が何軒も潰れてしまったことを知った。まあ、個人商店などは永遠に続くわけではないのだが……街はゆっくりと、しかし確実に生まれ変わろうとしているのだ、と実感する。

「小海線は相変わらず？」

「ああ」大友の問いに、高木が皮肉な笑みを浮かべながら答える。「一時間に一本」

「あれ、役にたたないよな」村上も同調した。「朝はともかく、夕方はきつかった」

「一本逃すと、一時間遅れで真っ暗だったし」と高木。

「ところがさ、監督の阿部《あべ》ちゃんが、そういうことをすぐ忘れる人だったんだよな。俺は、週に二回は乗り遅れてたね」村上が苦笑する。

懐かしい教師——バレー部の監督だ——の名前が出て、大友は思わず頬が緩むのを感じた。阿部は現国の教師でもあり、大友も授業では世話になった……というより、演劇の魅力を教えてくれた人として想い出深い。阿部は、佐久の市民劇団で長年活躍しており、自分で脚本も書いていた。大友も一度、阿部に誘われて公演を観に行ったことがあり、レベルはともかくとして、舞台の熱にノックダウンされたのだ。

「阿部ちゃん、最近どうしてる？」

「亡くなった」村上が低い声で告げた。

「え……」大友は思わず絶句した。

「三年前かな。長患いしててね。でも、まだ六十二だったからなあ。定年で自由になって、これからって時だったのに」

「知らなかった……」大友は唖然として、ジャケットの胸ポケットで携帯が鳴っているのを聞き逃しそうになった。震動が胸の傷跡を不快にくすぐるのに気づき、慌てて取り出す。優斗ではないかと思ったのだが、見慣れぬ携帯の番号が浮かんでいた。無視するわけにもいくまい——席を立ち、ドアに向かいながら通話ボタンを押す。

「はい、大友です」返事をしながら外に出る。寒気にやられ、味噌ラーメンで温まったはずが震えがきた。

「こちら、信越バス東京営業本部の矢代《やしろ》と申しますが」中年の男の声だった。

「はい？」一瞬何のことか分からず、甲高い声で反応してしまう。

「大友優斗さんのお父さんでいらっしゃいますか？」

「優斗は息子ですが」言いながら、最悪の予感が頭の中を駆け巡るのを感じた。事故だ。間違いない。乗客名簿から連絡先を割り出したに違いない。子ども一人で乗るので、申しこむ時に親の名前と連絡先を申告している。「まさか、事故ですか？」

「いえ……」矢代が否定したが、その声には戸惑いが感じられた。

「だったら——」

「息子さんが行方不明なんです。寄居パーキングエリアで、いなくなってしまいました」

3

冗談じゃない。

高速バスの休憩地点で優斗が消える――どう考えてもあり得ない。四月から六年生になる優斗は、体は小さい方だが考え方はしっかりしている。ふらふらしていていなくなったりすることは、まずあり得ない。

ということは、これは事件だ。

しかし、パーキングエリアで何かやらかすような人間がいるか？　子どもを誘拐するとか？　考えられない。パーキングエリアは基本的にオープンスペースなのだ。それに優斗は用心深い。巧みな言葉で誘い出されるとは考えにくかった。

アクセルを思いきり踏みこみ、前の車をパスして追い越し車線に滑りこむ――クソ、もっと矢代から情報を収集しておけばよかった。これが優斗のことでなければ、冷静に話を聞けたと思うが、被害者は自分の息子である。まともな精神状態でいられるわけがなかった。

高木は事情を聴くと、自分の車を貸してくれた。仕事に差し障るのではないか、そもそもどうやって長野に帰るのだと聞くと、高木は「新幹線の方が小海線よりも本数が多いよ」と笑いながら答えた。しかも新幹線なら、長野までわずか二十分ほどだから、車で帰るよりよほど楽だ、と。

そして高木は、あくまで刑事だった。佐久平駅で運転を交代する時、「大丈夫だ」と慰めはせず、「しっかり捜せよ」と気合を入れてきたのだ。単なる友人なら、大友を安心させるために、慰めの言葉をかけただろう。

高木のマイカーは、スバルのフォレスターだった。冬場の雪対策も必要な長野では当然の選択の4WD。二リットルのターボエンジンは、鞭を入れれば簡単に非合法のスピード域に達する。そして今夜の大友は、そういう運転を躊躇《ためら》わなかった。他の何でもない、息子のことなのだ。佐久インターから寄居パーキングエリアまでは一時間ほどだろうが、それを半分に短縮してやる。

この時間帯の上信越道、関越道の上りはがらがらで、さすがに三十分は無理だったが、四十五分で走り切った。前を行く車を次々とパスして、制限速度をはるかに超えるスピードをキープしていたせいか、全身ががちがちに緊張してしまう。埼玉県内に入り、寄居パーキングエリア手前の本庄児玉インターチェンジで降りて、ナビの指示に従って暗い下道を走り続けた。わずか数キロが、やけに長く感じられた。基本的にこの辺は水田地帯で、街灯もほとんどない。暗さが、不安感を大きく膨らませる。従業員用の裏口に続く道路を目指し、なおもアクセルを踏み続けた。

車のすれ違いもできないような細い道を上がっていくと、前方の闇の中に、パーキングエリアの施設が浮かび上がってきた。低いフェンスが張り巡らされていたが、ゲートは開いている。大友は従業員用の駐車場に車を突っこむと、目の前に並んだドアの一つを乱暴にノックした。返事を待たずにドアを引っ張ると、鍵はかかっておらず、あっさりと開いた。真っ暗な駐車場から明るい売店の中に入り、一瞬目がくらむ。店じまいしていた店員が驚いたように目を見開いていたが、無視して売店を突っ切り、表側に出た。

　関越道下りの寄居パーキングエリアは、それほど広くない。施設も売店と食堂、トイレがあるぐらいだった。この時間でも駐車場は半分ほど埋まっている。大友は反射的に高速バスを探したが、いるわけがないとすぐに思い至った。矢代の説明によると、運転手やパーキングエリアの従業員が手分けして優斗を捜してくれたのだが、高速バスをいつまでもストップさせておくわけにもいかず、捜索を警察に引き継いで、三十分遅れで出発したという。今は、午後九時十五分。本来ならバスは、そろそろ高速道路を降りる時間である。実際にはまだ、上信越道を走っているだろう——苛立ちと不安を抱いた乗客を乗せて。

　バスはいなかったが、代わりにパトカーが二台停まっている。矢代は埼玉県警に通報したと言っていたから、おそらく高速隊が出動したのだろう。パトランプの赤い光が、大友を少しだけ安心させた。一台の運転席に制服警官が座っているのを見て、急いで駆け寄る。窓をノックすると、クリップボードを使って書き物をしていた警官が、慌てて顔を上げた。まだ若い——二十代半ばと見た。窓が下がるのを待ち、大友はパトカーに首を突っこむようにして名乗った。

「すみません、まだ見つからないんです」若い隊員が、心底申し訳なさそうに言った。それからすぐにドアを押し開け、アスファルトの上に立つ。百八十センチはありそうな堂々とした体軀で、いるだけで周りを安心させるタイプだ。

「ご迷惑をおかけして」大友は素直に頭を下げた。いくら親とはいえ、仲間——それも他県警の仲間に面倒をかけているのが申し訳ない。

「応援は頼みました」

「この現場には何人いるんですか？」

「今、四人です。一応、高速隊の所管なんですが、所轄にも手伝ってもらうことにしました。おっつけ、寄居署からも人が来ますから」

大事《おおごと》だ……大友は顔から血の気が引くのを意識した。それほど広くないパーキングエリアの中を、大勢の警官がうろつき回る光景を想像すると、ぞっとする。それを見守っているしかない自分……いや、何とかしよう。父親であり刑事だが、今は「刑事」の面を強く打ち出さなければならない。捜している限りは気が紛れるし、刑事としての自分は、そういうのが得意だと自負してもいる。

「とにかく、捜してみます」大友は高速隊員に声をかけた。

「いや、ここにいてもらった方がいいんですが……何かあった時、すぐに連絡が取れるように」

「申し訳ない。でも、じっとしていられませんから」大友はうなずきかけ、周囲をぐるりと見回した。駐車スペースの奥が売店などの入った建物、右側にはベンチなどが置かれた休憩スペースがある。夜だし、結構冷えこむので、外にはほとんど人はいなかったが……一方左側は、先ほど大友が走ってきた道路である。緩い上り坂……もしも外へ連れ出されたら厄介だ。周辺は結構深い森で、闇が濃い。

「目撃者はいないんですか?」大友は隊員に確認した。

「それが……バスを出たのは確認できたんですが、それ以上のことは……」隊員が大きな背中を丸めて、申し訳なさそうに言った。

「他に誰もない? パーキングエリアだったら、いくらでも目撃者がいそうなものですが」

「ただ、ずっとここにいる人は少ないですからね」

確かに……パーキングエリアには、ほとんどの人が一瞬立ち寄るだけだ。しかし、売店などの従業員は? 大友の質問に、隊員が首を横に振った。

「売店には行っていないようですが、確証はないんです。人の出入りが多いですし、子どもだからと言って目立つものでもありませんからね」

思わず舌打ちしそうになった。ここへ真っ先に駆けつけたのは、高速隊の隊員たちだ。普段は事故処理や違反の摘発が主な仕事であり、聞き込みなどには慣れていないだろう。十分な調査ができたかどうか、疑わしい。馬鹿にするわけではないが、せめて所轄の刑事課の人間が先に来てくれていたら、と思う。

ふいに胸の痛みを感じた。まさに撃たれたところ……傷は既に完全に癒えており、医者も「全快」を保証しているが、時折痛みが走る。しかし医者に相談しても、「気のせいだ」の一言で片づけられてしまう。痛みはいつも唐突に、そして鋭くやってくるが、きた時と同様にすぐに消えてしまうので、あまり気にしないようにはしている——やはりストレスだろうか。

とにかく、売店の従業員に話を聴いてみよう。暗い中を歩き出した瞬間に電話が鳴る。聖子だった。ある意味、今一番話したくない相手。

「今、パーキングエリアに着きました」何か聞かれる前に報告する。

「電話がかかってきて、びっくりしたのよ」聖子は沈んでいた——珍しいことだ。

「申し訳ありません」大友は虚空に向かって頭を下げた。謝る場面ではないのだが、何故か「申し訳ない」という感覚が先走る。

「大丈夫かしら」

いつも強気な聖子も、さすがに今日は元気がない。もしかしたら、自分の責任だと思っているのではないだろうか。高速バスに子どもが乗る時は、保護者が乗り場まで付き添うのが原則だ。今日は聖子が、町田の自宅から新宿まで送ってきてくれたのである。つまり今のところ、関係者で最後に優斗を見たのが聖子ということになる……嫌なことを考えるな、と大友は首を横に振った。

「変わった様子はなかったですか」

「ないわよ、もちろん」

「誰か、知り合いがいたとか……」

「それは分からないけど、知り合いと偶然高速バスに乗り合わせる可能性なんて、低いでしょう」

「そうですね」そんなことは、刑事として考えればすぐに分かる。長い入院生活で勘が狂ったのか、と大友は恐れた。いや、違う――家族のことだからだ。家族が事件に巻きこまれて、冷静でいられる人間はいない。だから本当は、自分は家族としての役割を果たすべきなのだが……ただじっと座って報告を待ち、親指を噛みながら焦燥感に耐える――そんなことは我慢できない。

「大丈夫かしら」

聖子が繰り返した。こんなに心配そうな声を聞くのは初めてかもしれない。妻の菜緒が亡くなった時も、家族の中で一人だけ気丈に振る舞っていたのに。孫のことになると、実の娘の不幸よりも気を揉むのか。

「とにかく、これから捜してみます」

「お願いします」

聖子が素直に頼むことなど滅多にない。大友は仰天し、今はまさに非常時なのだと改めて意識した。自分が捜さなくては――刑事としても、父親としても。

バスが寄居パーキングエリアに立ち寄る時間は、わずか十分の予定だったという。バスの中にもトイレはあるのだが、そちらは狭いので嫌う人も多く、主にトイレ休憩のためだった。優斗もトイレに入るためにバスを降りたのだろうか。運転手と話をしたかったが、まだ高速を走っている最中だろう。

とにかく、まずはトイレだ。高速隊員たちもまずそこを捜したはずだが、自分の目で見てみないと納得できない。聖子との会話を終えてトイレに向かって走り出そうとした瞬間、先ほど会話を交わした隊員がパトカーから飛び出してきた。

「大友さん！」

見つかったのか、と期待しながら振り返る。しかし隊員の顔は真っ青で、それを見た大友は思わず顔をしかめた。悪い知らせか……しかし隊員の口から飛び出した言葉は、大友の想像を超えていた。

「バスが……」

「バスって、あのバスですか」

「はい。事故を起こしました」

「事故？」

大友は思わず目を見開いた。事故って何だ？　反射的に腕時計を見る。既に上信越道を出ているはずだが……「どういう状況なんですか」と詰め寄った。

「一報が入っただけなんですけど、高速で事故を起こした、という話です。佐久インターチェンジの近くです」

「負傷者は？」

「それが……長野県内の事故なので、こちらには詳しい情報が入ってきていないんですよ」

何ということだ。もしも優斗がバスに乗っていたら……不幸中の幸い、ではない。そもそも優斗は行方不明なのだから。高木に電話をしようか、と思った。刑事部の人間が交通事故の状況を知る由もないのだが、同じ県警内の話である。情報収集は簡単だろう。しかし今は、そこに力を割いている場合ではない。自分の仕事は息子を捜すこと。少なからず自分が関係しているバスの事故は気になったが、今はそこに気を取られてはいけない。

「何か分かったら教えて下さい」

言い残して駆け出す。その時、パーキングエリアへのアプローチに、何台ものパトカーが滑りこんでくるのが見えた。パトランプが闇に作る赤い軌跡が、大友をわずかながら安心させる。やはり、仲間は多いほどいい。誰が指揮をとるかは分からないが、捜査に慣れた警察官なら誰でも、どこをどんな風に捜せばいいか、分かっているはずだ。それぞれが自分の嗅覚に従って動き回れば、必ず優斗は見つかる。仲間を信じてはいたが、自分が最初に見つけ出したい。息子を一番先に抱きしめてやりたいと強く願った。

最近の高速道路のトイレは綺麗だ。以前はどこか薄暗く、不潔な印象があったのだが、最近はだいぶ改善され、不快な思いをすることはまずない。ここのトイレは、分厚いガラスがタイル状に壁に埋めこまれ、柔らかい雰囲気を醸し出していた。

大友は全ての個室を改めた。怪しいところはまったくない。青い扉の用具置き場も開けてみたが、古びた掃除用具が乱雑に突っこんであるだけだった。トイレは関係ないのか……。

続いて売店に足を運ぶ。ずらりと並んだ自販機が明るい光を投げかけている通路を通り、食堂へ。既に営業は終了しており、店員たちはまだ後片づけに追われていた。このパーキングエリアには特に名物と言えるような料理はなく、こういう場所で定番のメニューが並んでいる。アジフライ定食、醤油ラーメン、カツ丼セット……調理場のカウンターの上にそれらの写真がずらりと張られているのも、昔ながらのパーキングエリアの食堂という感じである。その向こうに、テーブルがずらりと並んでいる。調理場に首を突っこんで、洗い物をしている店員たちに話を聞いたが、優斗を見た者はいなかった。

となると、外だろうか……食堂の一番奥のドアを押し開け、外に出る。休憩スペースは当然金網のフェンスで覆われているが、そこを乗り越えるのは難しくあるまい。しかし、優斗がそんなことをするとは思えなかった。既に分別のつく年頃だし、そもそも変な悪戯や悪ふざけをしないタイプなのだ。

やはり事件に巻きこまれたとしか考えられない。だが、パーキングエリアにたまたまいた悪意のある人間と接触してしまい、拉致された可能性は低いだろう。犯人が無理に拉致しようとすれば、必ず人目を引いたはずだ。甘言を弄して騙した？　いや、それもあり得ない。優斗は用心深いのだ。どんな理由があっても、知らない人間について行くなどあり得ない。

早くも行き詰ったか……振り返ると、あちこちに制服警官が散っていた。せめて、一番立場が上の人間に挨拶して、今後どうするかを決めないと。指揮官を捜そうと歩き始めた瞬間、向こうが先に大友を見つけた。きょろきょろと周囲を見回しながら早足で歩いて来る。コートも着ない制服姿で、顔が見えるまで近づくと、階級章の二本のラインが確認できた。警部。所轄の課長か係長だろう。

「警視庁の大友さんかい?」大柄な体に相応《ふさわ》しい、野太い声で呼びかけてくる。「寄居署の深井《ふかい》です」

「すみません、ご迷惑をおかけして」

大友は深く頭を下げた。また、胸に痛み。顔を上げると、深井は皺の多い顔に心配そうな表情を浮かべていた。かなりのベテランで、所轄をずっと回ってきたタイプではないか、と推測する——ふいに疑問が脳裏に浮かんだ。

「私が警視庁の人間だと、どうして分かったんですか?」

「乗客名簿。息子さんの予約をする時に、勤務先も伝えたでしょう」

そうだった。初めて息子を一人旅させるので、万が一のために自宅、携帯、勤務先全ての番号を伝えたのだった。勤務先は余計だったかもしれないが……何しろ自分は、里帰りしていたのだ。

「状況は聞いた。あなた、いつ来たの?」

「三十分ほど前です」

「東京から？」

「いえ、長野です。実家に戻っていたので」

「心配だな」本当に心配そうに言って、深井が制帽を被り直した。「こんな開けた場所で行方不明っていうのは、ちょっと信じられない。誰かに拉致されたんじゃないか？」

「その可能性はさっきから考えていたんですが、低いと思います。それこそ目立つから、拉致なんかできないでしょう」

「そうだな……とにかく、所轄からありったけの人手を集めてきた。状況によっては、機動捜査隊の応援も頼むから。気持ちをしっかり持って、な」

「ご面倒おかけします」大友はまた頭を下げた。途端に、情けなくなってくる。申し訳ないと思うのは本当だ。警察官が警察官に迷惑をかけてはいけない。そうでなくても自分の場合、数か月前に撃たれて、警視庁の仲間に助けてもらったのだ。「警察一家」の意識は本物だが、さすがに限度はある。

「ああ、まあ、いいから」慌てた様子で深井が言った。「とにかく今は、捜そう。うちの連中も全力でやるから」

「私も捜します」

「その方が気が楽なら、そうした方がいい」

うなずき、深井が大友の肩を軽く叩いた。それがまた、胸の傷跡を刺激する。この先ずっと、何かある度にこの痛みとつき合っていかねばならないのか、と考えるとぞっとした。

大友は念のために再びトイレに入った。制服警官が二人、既に大友が捜した個室を調べていたが、「そこは見ました」と教える気にもなれない。やはりこういう広い場所を、システマティックに捜すのは難しいのだ。実際、優斗はもうパーキングエリアにはいないのではないか、と嫌な想像が走る。それこそ、周辺の森にでもいたら……首を振って、暗い想いを打ち消す。大友は多くの遺体と対面してきた。その中には、深い森の中や山中に遺棄されたケースもある。自分の息子が……と考えると鼓動が速くなるし、頭の中を誰かが突き回っているような痛みを感じたが、それでも止まれない。大声で叫びたくなったが、そんなことをしても何にもならないと分かっている。ただ足と目を使い、神経を研ぎ澄ませて優斗を捜す。今自分にできるのはそれだけだ。

ここから外へ出た可能性も否定はできない。フェンス以外の場所から外へ出るとしたら……そうか、パーキングエリアの建物の裏へは出られるのだ。食堂や売店には裏の駐車場に通じるドアもあるが——大友もそこから入って来た——そこを通れば必ず人目につくだろう。他に裏へ回れるルートは……。

もしかしたらこのトイレか？

一番奥にドアがある。しかも——当たり前だが——内側から鍵が開け閉めできるようになっている。大友は反射的にハンカチを取り出し、鍵を開錠した。不特定多数の人が触っているはずだが、自分の指紋をつけないようにするのは、刑事としての習性だ。

先ほど見たのと同じ光景──建物の裏側に出る。何台かの車が停まり、薄暗い……しかしよく見ると、単なる駐車場ではなかった。変電設備が入っているらしいコンクリート製の小屋、その横には、何の目的か分からないが鉄塔がそびえ立っている。携帯の基地局だろうか。

しかし、暗くてよく見えない。当然懐中電灯の類は持っていなかった。自分の車には何かの時のために積んであるのだが、今は高木の車を借りてきている。果たして高木は、自分と同じようにしているか……戻って確認しようと思った瞬間、開いたままのトイレのドアから飛び出した強烈な光線が、闇に穴を空ける。目を細めて相手を確認すると、深井だった。

「何だい、こんなに簡単に外へ出られるのか」呆れたように言い、大友に近づいて来る。

「そうですね」

「ここは調べたのかね」

「いや、分かりません。組織的にチェックするほど人はいないはずです」

「何か、怪しそうだな」深井があちこちに懐中電灯の光を向ける。

「そうですね……この辺に子どもが入りこめるような場所があるかどうか、分かりませんが」

「よし、重点的に調べよう」言って、深井が無線を手にした。すぐに、制服警官が数人、トイレのドアから出て来る。深井が指示を飛ばし、警官たちがあちこちに散って捜索を始めた。

自分だけぼうっとしているわけにはいかないと思い、大友は鉄塔を調べることにした。すぐに異変に気づく。スケルトン構造で、内部に階段があるのだが、そこに通じる扉が開いているではないか。慌てて駆け寄り確認すると、南京錠が壊されているのが分かった。途端に鼓動が高鳴る。

「深井さん！」

声をかけると、深井がすぐに飛んで来た。懐中電灯の光を当て、「おかしいぞ、これは」とつぶやく。

「誰かが壊したんじゃないか？」

「そんな感じですね」

大友は扉を少し広く開け、隙間から鉄塔の中に入る。上を見上げると、階段は五階分……最上階には四角いコンテナのようなものがかすかに見える。しかし、懐中電灯の光もそこまでは届かず、はっきりとはしなかった。

「ちょっと待て……一人で行かない方がいい」

「ええ」深井の忠告に、大友は階段の最初の段にかけた足を止めたが、その瞬間、何かが聞こえた。何か……うめき声？　いや、これだけ広い場所だから、かすかなうめき声など聞こえるわけがない。

「今、何か聞こえませんでしたか？」深井に訊ねる。

「いや、特には」深井が、不審気な表情を浮かべた。

「そうですか……」聞き間違いかと思ったが、その瞬間、またうめき声が耳に入った。

「優斗！」反射的に叫ぶ。それに呼応するかのように、またかすかなうめき声が聞こえる。間違いない、あいつはここにいる。この塔のどこかにいて、自分の居場所を知らせようとしているのだ。

大友は真っ暗な中、階段を駆け上がり始めた。途中の踊り場ではないかと思い、全力ダッシュをキープする。三階部分を過ぎたところで、既に息が上がり始めてしまった。クソ、鈍《なま》ってる……長い入院生活の間に、すっかり体力が落ちてしまっているのだ。胸の傷跡は、今まさに撃たれたようにずきずきと痛む。それでも自分を鼓舞しながら、階段を二段飛ばしで駆け上がり続けた。

四階部分……ほぼ暗闇の中で、大友は踊り場で何かに蹴躓《けつまず》いた。柔らかい――人だ。

「優斗！」

間違いない。濃紺のダウンジャケットとオリーブ色のショルダーバッグは、いずれも優斗のものだ。しかし酷いざまだ……口元はガムテープでぐるぐる巻きにされ、両手、両足も縛られている。顔面は蒼白。高い位置にあるので、そうでなくても寒いのに強く風が吹き抜けており、体感温度はぐっと低くなっているはずだ。こんなところで何時間も……大友は涙が零《こぼ》れそうになるのを堪えながら、ガムテープの端を探った。追いついた深井が懐中電灯の光を当ててくれたので、ようやく剝がすことに成功する。実際にはガムテープが少しだけ緩んでいたので、優斗はうめき声を上げることができたのだと分かった。こうなっていなければ、発見はもっと遅れていたかもしれない。

「優斗、大丈夫か」

懐中電灯の光がまともに当たって、優斗が目を細める。目の端から涙が零れ落ちた。長々と息を吐き、ゆっくりと目を瞑る。

「怪我はないか？」

「……たぶん」

「誰にやられたんだ」

「大友さん、それは後だよ」深井が忠告し、無線で部下に指示を飛ばした後、自分はひざまずいて、優斗の手足を縛っていたロープを解きにかかった。「クソ……えらくがっちり縛ってるな」

確かに。結び目はきつく、指先が入らない。大友は必死に結び目を弄《まさぐ》りながら、優斗に声をかけた。

「ずっとここにいたのか？」

「うん」

「何でまた」

「トイレから出て……」

「一人で？」

「一人」

「何でこんなところへ出たんだよ。勝手に出ちゃ駄目な場所なんだぞ」つい、非難する口調になってしまう。用心深い優斗にしては珍しい、というかあり得ないことだ。

「それは……よく分からないんだけど……」

「自分のことだろう？　何で説明できないんだ」

「大友さん、今はそれぐらいで」深井が忠告する。

「ああ……すみません」謝ることじゃないんだけどな、と思いながら大友は言った。少なくとも優斗は無事で、大きな怪我もないようだから、一安心すべきなのだ。どうしてこんなことになったか、解明するのは後でいい。

「よし、解けた」

深井がほっとした声を上げる。優斗の足元で、太いロープがとぐろを巻いた。手の方を担当していた大友は——優斗は後ろ手に縛られていた——なおも苦労したが、それでもようやく結び目に指が入る。思いきり力を入れて左右に引くとロープが緩み、優斗がまたうめき声を上げながら手首を抜いた。両手を前に回し、手首を摩りながらしかめっ面を浮かべる。何とかロープから抜けようと悪戦苦闘したのだろう、手首に擦り傷ぐらいはできているかもしれない。

「立てるか？」

「大丈夫」

優斗が気丈に言って、何とか立ち上がろうとした。しかしすぐによろけて、尻もちをついてしまう。呆《ほう》けているようでも、体から力が抜けているようでもあった。

「どうした？　どこか痛むのか？」

「足が痺れた……」

ほっとして、足を伸ばしておくように言う。そうしている間にも、制服警官が何人も上がって来て、狭い踊り場は人であふれ始めた。深井が次々と命令を下し、制服警官たちは慌てて階段を上り下りし始める。

「とにかく、一度病院に行こう」深井がてきぱきとした口調で言った。

「大丈夫ですけど」優斗がようやく自分を取り戻したのか、比較的しっかりした口調で拒絶する。

「一応だよ、一応」深井も当然引かなかった。

「優斗、念のためっていうこともあるんだから」大友も深井に加担した。何でもないように見えても、きちんと検査を受けないと安心できない。

「うん、でも……」

「いいから。大して時間はかからないよ」

時間がかかるのはそれからだ。病院で「無傷」と判断されれば、長い事情聴取の時間が待っている。その前に一つだけ、優斗にどうしても聞いておきたいことがあった。

「なあ、お前をここに置き去りにしたのは、バスの客だったのか？」

「違う……と思うけど……」

優斗にしてははっきりしない言い方に、大友は不安を覚えた。優斗は決して強く自己主張する方ではないが、白なら白、黒なら黒と言うことに躊躇いはない。事態を記憶できないほどショックなことがあったのか、それとも別の事情があるのか。

「テツ！」

鉄塔の下の方から呼ばれ、思わず身を乗り出す。その瞬間、高いところはあまり得意ではないのだと思い出した。ほぼ真っ暗なので下は見えなかったが、風の強さで高さを意識する。下に誰がいるかは見えなかったが、声から同期の柴だと分かった。何であいつがここにいるんだ？

4

「いや、そりゃ来るのが普通だろう」柴が、何がおかしいのだとでも言いたげに反論した。やはり同期の高畑敦美《たかはたあつみ》と、東京から車を飛ばしてきたのだという。

「だいたい、何でこの一件が分かったんだ？」

「そこはそれ、警察官のネットワークで」

柴がうなずき、煙草に火を点ける。喫煙場所を探して首を巡らしたので、大友は建物の右手にある喫煙スペースを指さした。二人で足並みを揃えて、そちらに歩いて行く。

敦美は優斗につき添っていた。体が大きい彼女は、それと裏腹の愛らしい顔立ちから、陰で「アイドル系女子レスラー」と呼ばれており、子どもと年寄りの受けがいい。優斗を任せる相手としてはベストだ。

「優斗、怪我は？」柴が心配そうに訊ねる。

「取り敢えずないみたいだ。腹が減ってるぐらいかな」

「おいおい、食い物ぐらい何とかしてやれよ」

「まず病院へ行かないといけないから」

「気が利かない父親だな。パーキングエリアなんだから、食い物ぐらいいくらでもあるだろう」柴が尻ポケットから財布を抜き、煙草を吸殻入れに突っこんだ。

「食堂はもう終わってるよ」

「何だ、そんなに早いのか」柴が舌打ちした。

「食べる物は、後で何とかする。今はとにかく、早く病院に連れて行かないと」

それにしても救急車が遅い。高速のパーキングエリアに来るには、時間がかかるのだろうか。これなら、高速隊のパトカーで送ってもらう方が早いのではないか。パトカーが数台停まっている方に目をやると、優斗が後部座席に横向きに腰かけ、足を投げ出しているのが見える。いつの間にかずいぶん足が長くなったんだな、と大友は呑気なことを考えた。敦美は開いたドアに腕をかけ、体を屈めるようにして優斗に話しかけている。上手い距離の取り方だな、と大友は感心した。十分近いが、ドアが間にあるので、優斗もプライバシーを侵されたようには感じないだろう。暗いので表情まではっきり見えないが……少なくとも、ショックを受けている様子ではないのが大友には意外だった。

「優斗、案外肝が据わってるのかね」柴が首を捻り、新しい煙草に火を点けた。

「何とも言えない。怖い思いはしたはずだけど、少なくとも身体的な危害は加えられなかったし」

「はっ」柴が吐き捨てる。「縛られて手首も怪我してたんだろう？　傷害もくっつけて、できるだけ長いこと、犯人をぶちこもうぜ」

「そうだね……」相槌は打ったものの、さすがに今はそこまで考えられない。

被害者支援課の人間が言っていたが、被害者の家族は様々な段階を経て回復へ向かう。哀しみ、怒り、諦念。最終的に元に戻らぬまま、決定的なダメージを受けてしまうことも珍しくないという。自分は乗り超えられるだろうと思う——しかし、優斗はどうなのか。優斗は何年か前、大友たちが追い詰めた犯人に、一瞬だけ人質に取られたことがある。あの時は大事には至らなかったが、今回は拉致され縛られた上に、寒風が吹き抜ける鉄塔の上に数時間放置されていた。死の恐怖を感じなかったわけではあるまい。数年前は、まだ小学校の低学年、今は間もなく六年生になる。自分が置かれた状況も十分理解できるはずで、この出来事の記憶が、棘のように心に刺さって抜けなくなってしまうことを大友は恐れた。

「まあ、様子を見るしかないだろうな」忙しなく煙草をふかしながら柴が言った。

「ああ」

「それは親の役目だぜ」

「分かってる」

それにしても不可解だ——そう、まだ二人の間では話題に上がっていないが、バスが事故を起こした件もある。事故のことを知っているかと柴に聞くと、彼は「来る途中でラジオで聞いただけだ」と答えた。

「被害は？」

「まだよく分からない。バスは相当滅茶苦茶になってるらしいけど、高速の事故は、だいたいひどいことになるよな」

彼の言う通りであろうことは、容易に想像できる。一般道路とはスピードが違うのだ。この件も気になるが、今のところは優斗が巻きこまれないで済んだことに感謝すべきかもしれない。

「お、救急車が来たぞ」

柴の声に顔を上げると、赤いランプがパーキングエリアを照らし始めたところだった。よし、とにかくまずは病院だ。

「救急車に乗って行くだろう？」柴は煙草を灰皿に投げ捨てた。

「いや、車があるんだ」

「実家から来たのか？」

「友だちから借りてきた。ここへは置いていけない」

「分かった。それは俺が運転するから、お前は優斗と一緒に救急車で行けよ。病院で落ち合おう」

柴が右の掌を上にして差し出したので、そこへキーを落としてやった。

「何だ、この気持ち悪いキャラクターは」柴が顔をしかめる。キーホルダーのことだ、とすぐに分かった。青い制服とヘルメットを被った「鳥」。

「ああ、ライポくん」

「何だ、そりゃ」

「長野県警のキャラクターだよ。雷鳥がモチーフなんだ」

「雷鳥って、こんな感じだっけ？」

「いや」大友は思わず苦笑した。「警察のキャラクターって、どこもこんなものじゃないか。ピーポくんだって、相当変だぞ」

「そりゃそうだ」

あれも何というか……正体不明、むしろ怪しいキャラクターとしか言いようがない。様々な動物を組み合わせて作ったというのだが、頭の天辺《てっぺん》からアンテナが飛び出している動物などいない。しかも毒々しい黄色。わざとらしい笑い顔も気味が悪い。大友が警察に入った頃には、既に警視庁のキャラクターとして定着していて、自分の車のバックミラーに小さなぬいぐるみを吊るしている同僚もいるのだが……まあ、所詮警察のやることである。洗練とは程遠い。

柴が運転してきた覆面パトカーを敦美が運転し、柴は高木の車を運ぶ。大友は救急車に同乗することにして出発した。

救急車に乗りこむと、嫌な記憶が蘇ってきた。数か月前に、自分が味わった救急車の記憶。撃たれ、意識不明の状態で救急車に乗せられたので、覚えているはずがないのに、何故か車に揺られた記憶だけははっきりしている。もしかしたら実際に死にかけていて、幽体離脱していたのではないかと、大友は背筋が寒くなる思いを味わった。気のせいだ、後から勝手に記憶を補強しているだけなのだと自分に言い聞かせ、大友は優斗に話しかけた。

「どこか痛くないか?」

「ちょっと、肩が」

「どうした? 捻ったか?」

「たぶん」

優斗は後ろ手に手首を縛られていたのだが、かなりきつく、身動きが取れないほどだった。元々、子どもの割に体が硬いから、両肩が思いきり後ろに引っ張られてしまったのだろう。その状態がずっと続いていたわけで……単なる筋肉痛ならいいが、関節や骨を傷めていたら困る。まあ、致命傷ではないから、病院で何とでもなるだろう。

「他には?」

「手首ぐらい、かな」優斗が両手を揃えて差し出した。確かに……手首の所々がこすれて赤くなっている。単なる擦り傷だが、こういう傷の方が痛みはひどかったりするものだ。

「それは大丈夫だ。大した傷じゃない」

「……聖子さんに電話した？」

「あ、いや……忘れてた」まずい。肝心なことを……高木にも電話していない。優斗を無事に発見したので、気が抜けてしまったのだろう。病院についたら、二人にはすぐに連絡しなければ。

「それで、何であんなところにいたんだ？」

「トイレに行ったんだけど……」

「トイレの奥にあるドアから抜けたんだよな？　自分で鍵を開けて？」そうだとしたらおかしい。優斗は、そういう悪戯じみたことをする子ではないのだ。

「鍵？　僕は開けてない」優斗が首を振って否定した。

「じゃあ、もう開いてたのか？」

「ええと……」優斗が救急車の天井を見上げる。混乱する記憶の中から、必死に出来事を時系列にすくい上げようとしているのだろう。「一緒にトイレに行った人がいて……」

「それは誰だ？　バスの客？」

「うん。足を怪我して、松葉杖をついてて。すごく痛そうで、可哀想だった。バスのトイレは狭くて大変だって言うから、パーキングエリアのトイレに行くのを手伝ったんだ。バスは十分しか停まらないから、戻って来られなくなったら大変だからって」

そういうことか……この件については優斗を責められない。基本的に優しい子が、親切心からやったことであり、警察官としてはむしろ「よくやった」と褒めるべきだ。だが、それが拉致の原因になっているとしたら、簡単に褒めるわけにはいかない。

「それで？」大友は先を促した。

「ええと、トイレのドアが開いてるってその人が言って、外を見たんだけど、その拍子に足を踏み外して転んじゃったんだ。だから助けに行ったんだけど……」

「助け起こした？」

「そうなんだけど、その先のことはよく覚えてない。気がついたら、縛られてあの塔の上にいたから」

何か薬物でも使われたのか……大友は「頭は痛くないか？」と優斗に訊ねた。

「痛いっていうか、何かぼうっとする。目が覚めてないみたい」

「分かった」薬物関係の検査もしなければならないだろう。となると、病院での滞在は結構長引くかもしれない。「今日は、病院に泊まるかもしれないな」

「ええ？」優斗が顔をしかめる。「まさか、入院？」

「念のためだよ。いろいろ調べなくちゃいけないから」

「病院、やだなあ」

大友が入院中、優斗は毎日のように見舞いに来てくれたのだが、それですっかり病院が嫌いになったようだ。最後の方は、ほとんど義務感だけで通って来ていた感じがする。

「しょうがないよ。とにかく、体が大丈夫かどうか、ちゃんと調べてもらわないと」

「別に何でもないけど……」

「いやいや、油断しないで、まず血圧からいきましょうか」

救急隊員が話に割りこんできた。まだ若い隊員だったが、子どもの扱いには慣れている感じがする。

「血圧って……」優斗が顔をしかめる。病院に通っていた頃、看護師にからかわれて「試しに」と血圧を測られたことがあったのだが、腕を締めつけるバンドの感触が不快だったのか、思いきり顔をしかめていたのだ。

「大丈夫、大丈夫。別に痛くないから」

大友は優斗に手を貸して、ダウンジャケットを脱がせた。救急隊員が手早く血圧を測るのを見ながら、この一件の意味を必死で考え続ける。

おかしい。何かがおかしい。

ひどく不自然である。

高速道路を降りてから十分、救急車は地元の総合病院の救急搬送口に横づけした。大友は優斗につき添って救急治療室に行き、そこで敦美と交代した。

「何本か電話をかけなくちゃいけないんだ。ちょっと優斗の様子を見ていてくれないかな」

「私は優斗のママじゃないんだけど」敦美が形だけの抵抗を見せた。こういうやり取りは二人の間では頻繁で、本題に入る前の軽いウォーミングアップという感じだ。「ママが必要だったら、あの娘《こ》に来てもらって。佐緒里《さおり》さんに」

「いや、そういう関係じゃないから」

水沼《みずぬま》佐緒里は事件の関係者だ。一緒に食事をしただけで、深い関係ではない。しかし、普段女っ気のない生活を送っているだけに、そんな些細なことだけでも敦美や柴からはからかわれる。

「私が電話しておこうか?」敦美が携帯を取り出し、顔の横で振った。

「お断りします」引き攣《つ》った笑みを浮かべながら言って、大友は踵《きびす》を返した。廊下を歩きながら電話を取り出し、まず聖子の自宅の番号を呼び出す。

建物を出たところですぐに電話をかけると、聖子は呼び出し音が一回鳴っただけで出た。義母が電話の前で正座して待っている様を、大友は簡単に思い浮かべることができた。お茶の先生である聖子は、常に背筋をぴしりと伸ばして座る。もてなしの心が根底にあるはずなのに、何故か戦いを控えた武芸者のような気配を漂わせるのが常だった。

「怪我は?」

「軽傷です。命にかかわるようなことはありません」

電話の向こうで、聖子が息を呑む気配が伝わってきた。一瞬での緊張感の崩壊。しかしすぐに彼女は、いつもの自分を取り戻した。

「どうするの？　こちらへ戻って来る？」

「一応、検査が終わったら実家へ連れて行こうと思っています」

「だったら、あちらのご両親によろしく伝えて下さい」

「ええ……」

「それと、早く犯人を逮捕するように」

「それは——」僕ではなく担当の刑事に言って下さい、という言葉を大友は呑みこんだ。聖子にすれば、自分が犯人を捜すのが当然なのだろう。そんなことはできるはずもないのだが、事情を説明していると疲れる。早々に会話を打ち切り、大友は次に高木に電話した。高木もまた、電話の前で待っていたように素早く反応した。

「無事に確保した」

「そうか」小さな溜息。高木は昔から、露骨に喜びを爆発させるような男ではないのだ。

「犯人は？」

「まだ見当がつかない。優斗にも、詳しく話は聴いてないんだ」

「無理はさせない方がいいな」

「ああ……それより、事故の方、どうなってるんだ？」

「負傷者二十名ぐらい。幸い、死者はいない」

高木の報告に、大友は電話から顔を離し、吐息を吐いた。最悪の事態にはならなかったわけか。

「怪我の程度は？」

「今、高速隊と救急で確認してるはずだが、重傷者が五人ぐらいかな」

「そうか」

「あとは軽傷――打撲程度らしい」

「どうしてそれぐらいで済んだんだろう？」

「俺に聞かないでくれよ」電話の向こうで高木が苦笑した。「ニュースで聞いたことしか分からないんだから……それにしても、優斗君はラッキーだったのかな？」

「いや、どうかな」高速バスで事故に遭うのと、パーキングエリアで拉致されて監禁されるのと、どちらが大変か。

どちらもだ。

誰でも、犯罪や事故の被害に遭わずに生きていきたいと願う。いや、普段はそういう不幸に巻きこまれることなど、想像してもいないものだ。備えがない――だからこそ、いざ何かが起きると事態が悪化する。

「とにかく、無事に見つかってよかったよ」

「なあ……」

「ああ？」高木の声が尖った。大友の口調に潜んだ躊躇いに気づいたようである。

「刑事として、どう思う」

「何が」

「優斗の件と、今回の事故と。何か関連があると思うか？」

「関連性を疑うには、時間的にも距離的にも離れ過ぎてるね。小学生が拉致されたのと、バスが事故を起こしたのは、まったく別の問題だ」高木がきっぱりと言った。

「……そうだよな」

「何かあると思ってるのか？」

「もしかしたら」

「俺は、そこまで想像力豊かな刑事じゃないんでね」高木が自嘲気味に言った。「何か疑うべき材料でもあれば別だけど、今はそういう話は聞いていない。そもそもこっちでは、単なる交通事故だから。俺が首を突っこんだり、無責任に噂話をしていいことじゃない」

そうか……高木はこういうタイプの刑事だったのだと、改めて思い知る。自分に関係ない事件についても、無責任に推測を喋りまくる刑事はいるが、高木は慎重なようだ。かつての同級生、今は同じ職業に就く人間として、仕事に関してあれこれ話したことはある。だがそういう時の話題はあくまで、自分が過去に扱った事件の「想い出話」だった。そういうことを話しても、相手が事件にどう向き合うタイプかは分からないものだ。実際に一緒に仕事をしてみないと、刑事としての癖ややり方は見極められない。

「まあ、お前が気にすることじゃないだろう。今は優斗君のことだけ、心配してあげたらいいんじゃないか」

「実際、他のことに気は回らないよ」

「そりゃそうだよな」高木が声を上げて笑った。「お前はそこまで器用な人間じゃない」

「分かってる……それより車、どうしよう」

「ああ、いつでも大丈夫だ。必要な時は、女房の車を使うし」

そうか、田舎では一家に二台車があるのも当たり前だった、と思い出す。それにしても、いつまでも借りているわけにはいかないから、明日には返すことにしよう。

電話を切って、大きく伸びをした。急に膝から力が抜け、その場で崩れ落ちてしまいそうになる。自分で考えていたよりも遥かに緊張していたことに気づいた。それはそうだ。息子の危機は、自分の身が危なくなるよりもはるかに重大事である。

優斗は今晩、病院に泊まることになるだろうが、自分はどうしたらいいのだろう……佐久まで戻って、明日の朝もう一度ここへ来るのは大変だ。かといって、この辺りですぐに宿が見つかるとも思えない。まあ、何とかするか。最悪、自分は車の中で寝てもいいのだし。

さて、優斗をいつまでも敦美に任せておくわけにもいかない。そろそろ戻ろうかと思った瞬間に電話が鳴った。後山《あとやま》……この状況では、話すのが面倒な相手である。通話ボタンを押すのをしばし躊躇う。

刑事部参事官の後山はキャリア官僚で、大友とほぼ同い年である。役回りは、大友の「守護者」で、ややこしい現場に大友を投入するのが仕事だ。かつて大友の上司であった福原《ふくはら》が、刑事部指導官だった時代にやっていた役割をそのまま引き継いだものである。福原は、妻を亡くして子育てのために刑事総務課に異動した大友を、「リハビリ」の名目で時折現場に引っ張り出していたのである。大抵が面倒な事件だったが、大友は自分でも福原の期待に応えてきたとは思う。その福原は既に刑事部から離れ、大友の出動を判断する役割を後山に引き継いだ。もうつき合いは長くなるが、自分と年齢の近いキャリア官僚というのも、扱いにくい存在である。何というか……キャリアと、大友たち普通の警察官の間には、見えない一線が間違いなく引かれている。キャリアは、基本的には「官僚」なのだ。つまり、本来は政策立案、そして作戦指揮が役割であり、現場に一々首を突っこむようなことはしない。後山本人が、この仕事をどう考えているかは分からないが……飄々とした男で、腹の底が読みにくいのだ。

「大変でしたね」いつもながらの馬鹿丁寧な口調。

「ご心配おかけしまして」

「無事だったんですか？」

「何とか……今、病院で検査中です。でも、普通に話せますから、問題はないと思います」

「それで、この件はどう読んでるんですか？」思い切り声を低くして、後山が訊ねた。

「参事官」大友は意を決して切り出した。「あのですね、僕は首を突っこみませんから」

「何故ですか？」理解できない、とでも言いたげな口調だった。

「警視庁管内の事件ならともかく、これは埼玉県警の事件なんですよ？　それに僕は、被害者の家族でもあります。事件の捜査よりも、子どものケアをする方が大事です」それが刑事として正解かどうかは分からないが、大友は正直に宣言した。

「それは分かりますが、優斗君が元気で、後遺症もないようだったら、捜査に参加すべきではないんですか」

「いや、それは……」今夜の後山はずいぶんぐいぐい来るな、と大友は戸惑った。

「埼玉県警の方へは、私から話を通すこともできますよ」

「そうかもしれませんが……」そこまで話して、大友はこの捜査が――仮に自分が捜査に参加するとして――ひどく異例なものになるだろう、と悟った。果たしてバスの乗客が犯行に絡んでいたかどうかは分からないが、その多くが入院している。事情聴取が遅々として進まない様が目に浮かんだ。

「どうですか？　他県警の事件かもしれませんが、あなたには担当する理由があるでしょう」

「いえ」大友は意を決して顔を上げた。零れるような星空……故郷の長野で、久しぶりに綺麗な夜空を満喫してはいたが、この辺でも佐久に負けず劣らず綺麗な星空を見られるのだと思い知る。「今回は遠慮します。というより、やれません。息子につき添っていたいと思います」

「そうですか……」後山はひどく残念そうだった。「あなたの力が必要になるような気がするんですけどね」

「そうでしょうか？」

「奇妙な事件でしょう。だいたい、犯人の動機は何なんですか？　何の目的で優斗君を監禁したんですか？　少なくとも今のところ、私には意味が分かりませんね」

「それは、僕も同じです」

「ということは、謎の解きがいがあるんじゃないですか？」

後山の言葉は、悪魔の誘惑だった。一度でも捜査に参加し、犯人を追いつめた経験のある人間は、その興奮を忘れられない。だからこそ大友も、福原の滅茶苦茶な指令にも半ば喜んで飛びついていきたのだ。

「とにかく、今回はお断りします」大友は、一瞬揺らいだ気持ちをすぐに建て直した。やはり駄目だ。とにかく今は、優斗のことだけを考えていないと。

「……分かりました」

渋々ながら、後山が引き下がった。福原だったら、まだ強引に押してきたかもしれないが、後山は福原ほどしつこくない。どうも彼自身、何か家庭の事情を抱えているようであり、このあっさりした引き際は、その影響もあるかもしれないのだが。

ほっとして、電話をジャケットのポケットに落としこむ。さあ、後は雑務——というか優斗と自分の世話だ。検査が終わったら優斗を寝かしつけ、自分は今夜の宿を探す。柴と敦美にも丁寧に礼を言って、東京へ帰るのを見送らないと。しかし、なかなか簡単にはいかないもので、今度は深井に摑まってしまった。

「長野県警の方、えらいことだねえ」さほど深刻そうな口調ではなかった。あくまで他人事、という感じである。

「怪我人が相当出ているみたいですね」大友は応じた。

「そう？　こっちにはあまり情報が入ってこないんだ」深井が制帽を被り直した。額に汗が滲み、髪が乱れている。

「死者は出ていないみたいですけど、大事ではありますよ」あまりにも気楽な態度に、大友は遠慮がちに抗議した。

「分かってる」さすがにむっとした口調で、深井が言った。「ところで、こっちの事件だけどね、うちで担当することになったから」

「寄居署で？」

「寄居署の刑事課で。ということは、俺が仕切ることになる」

「すみません、刑事課長だったんですか？」

「ああ、こりゃ失礼」深井が苦笑しながらうなずいた。「挨拶してる暇もなかったもんなあ。とにかくそういうことだ。拉致・監禁事件として、準捜査本部態勢で行くことになったから」

それは大袈裟ではないか、と大友は懸念した。一応無事で見つかったのだし、身代金等の要求があったわけでもない。それを告げると、深井が急に真顔になって首を横に振った。

「身内が被害に遭ったんだから、それぐらいは当然だよ。で？　まだ治療中？」

「薬物の影響があるかもしれませんから、念入りにやってもらっています」大友は左腕を持ち上げた。既に十一時近く……今夜の事情聴取は勘弁してもらいたい。普段の優斗なら、もう床に就いている時間だ。

「そうか。だったら、今晩中の事情聴取は無理かな」

「できれば、明日の朝からにしていただければ……取り敢えず、今晩は休ませたいんです」

「しかし、厄介な話なんだよ」

深井が、制服の胸ポケットから折り畳んだ紙片を取り出した。広げたものの、周りに灯りらしい灯りがないので、ろくに読めない。仕方なく、二人は建物の中に入った。廊下の蛍光灯は一つおきに消されているが、それでも字を読むのに困るほどではなかった。

「乗客名簿ですね」

「ああ、バス会社から取り寄せた。向こうも相当困ってるみたいだよ」

ご迷惑をおかけして、と言おうとして、大友は言葉を呑んだ。バスの出発を三十分ほど遅らせてしまったのは申し訳なかったが、こちらは被害者なのだ。日本人は、たとえ犯罪被害に遭っても、「世間にご迷惑をおかけして」と頭を下げがちだが、大友は以前からその光景に違和感を覚えていた。

「四十人ですか……フル乗車ですか？」

「いや、七割か八割ぐらいらしい。かなり大型のバスだからね」

「どうしてバスに乗りたがる人がこんなにたくさんいるんでしょうね。新幹線の方がずっと速いのに」東京駅から佐久平までだと、速い便なら一時間ほどで着いてしまう。居眠りしている暇もないほどだ。

「そりゃあ、安いからじゃないのか。確かバスだと、新幹線の半額ぐらいじゃないかな。時間に余裕のある人だったら、バスを使うのも不思議じゃない。それに、東京駅から新幹線じゃなくて、新宿からバスに乗った方が時間の節約になる人もいるんじゃないかね」

「まあ……そういうことでしょうかね」

「だいたいあなたも、息子さんを一人でバスに乗せたじゃないか」

「あれは、冒険みたいなものですから」

「子どもの一人旅、か。六年生になるんだから、それぐらいの冒険はあってもいいかね」

「ええ」

大友は改めて名簿を受け取った。知った名前は……優斗以外には一人もいない。また、名前と電話番号以外のデータもなかった。住所を割り出すか、まず電話で事情聴取をするか。四十人の乗員乗客全員に話を聴くには、相当時間がかかるだろう。手伝いましょうか、と一瞬言いかけた。寄居署がそれほど大所帯でないことは簡単に想像がつく。人手が足りないはずだが、やはり自分が首を突っこむことではない。

「じゃあ、まず最初にあなたから事情聴取だね」

「ああ……そうですね」優斗の保護という一番大事な仕事が一段落した今、やらなければならない項目のトップはそれだ。優斗に事情を聴くにしても、その前に父親から、というのは当然である。いつの間にか、私服の若い刑事が深井の背後に立っていた。既に手帳を広げ、いつでもメモを取れる用意を終えている。

「こんなところで何だが……病院をこんなところなんて言っちゃいかんね」苦笑しながら、深井が近くのベンチに向けて顎をしゃくった。「署へ行ってる時間がもったいないから、ここで取り敢えず話を聴かせてもらっていいだろうか」

「構いません」

むしろその方がありがたい。署で話を聴かれるのは、想像しただけでも嫌だった。病院で話せば雑談モードである。大友と深井はベンチに並んで座った。若い刑事は深井の前に立ったまま、もうボールペンを構えている。

「まず、あなたの息子さんが一人で高速バスに乗った経緯なんだけどね」

大友は自分が撃たれたこと、退院後の療養と、心配していた両親に顔を見せる必要があったので、一週間の休暇を取って佐久へ里帰りしていたことから説明を始めた。優斗は春休み中。一緒に連れていくことも考えたが、塾があったので、取り敢えず義母に預けて、自分は先に帰省していた。本人に経験を積ませるために一人で高速バスに乗せた。

「子どもが一人でバスに乗れるものかね？」深井が首を傾げる。

「乗車するところまで家族が送ってくれれば、問題ないんです。佐久路線は、基本的に一か所でしか休憩しませんし、座っていればそのまま目的地に着きますからね」今回、バスは最終目的地まで到着できなかったわけだが。

「で、寄居パーキングエリアで降りたと。トイレ休憩だったのかな？」

大友は、優斗から聴いた話をできるだけ正確に再現して説明した。深井は自分でも手帳に何か書きつけていたが、納得していないのは明らかだった。ボールペンの先で、手帳のページを叩く。

「その松葉杖の乗客、怪しくないか？」

「親切心で手を貸したんだと思いますけどね」少しむっとして大友は反論した。優斗が変な誘いに乗るわけがない。

「そうなんだけど、わざわざトイレのドアから外に出なくてもいいんじゃないか？　大人なんだしさ」

「問題は、それが誰なのか、です」大友は名簿に目を通した。松葉杖をついていた乗客を捜す——寄居署は、長野県警の高速隊と協力しなければならないだろう。それにしても、これはデータに表れないことだから面倒だ。

「ちょっと大変だな……」言葉を切り、深井が天井を見上げた。ぎゅっと唇を引き結ぶと、大友に厳しい視線を浴びせる。「こういうことを聴いていいかどうか……あなた、人から恨みを買うような覚えはないのかな」

ない、と否定はできなかった。むしろ嫌な想像が頭の中を駆け巡り始める。自分が撃たれたのも、恨みを持った人間がいたからだ。恨みというか、ある事件のハブになる人間だと思われていたから。実際はそんなことはなく、犯人グループの思いこみに過ぎなかったのだが、自分はあれで命を落としかけた。

しかし、事件そのものは解決したのである。本来の担当ではない追跡捜査係が頑張ってくれて実行犯を逮捕し、裏で糸を引いていた人間――既に逮捕されていた――の自供も引き出した。となると、今自分に恨みを持っている人間がいるにしても、自由に娑婆を歩き回っているわけがない……あるいは気づいていないだけで、別の誰かの恨みを買っていたのだろうか。

「どうかな」深井が遠慮がちに再度確認する。

「完全にノーとは言えませんけど、可能性は低いですね」

大友は事情を説明した。深井の表情が見る見る険しくなる。

「そのグループは、全員が逮捕されたんだろうか」

「警視庁ではそういう判断です」

「取りこぼしがいて、あなたに復讐しようとして動き回っているとか？　それで、家族をターゲットにした可能性はないだろうか」

「ない……と思います」大友はゆっくりと、自分の言葉を確かめるように否定した。

「もしもそのつもりなら、もっとひどい目に遭わせているはずですよ。今回は……何と言うか、中途半端じゃないですか」

「確かにそうだな」

何か言いかけ、深井がすぐに口を閉ざす。彼が何を言いたかったかは、大友にはすぐに分かった。例えば「殺す」とか。そして言わなかったことに感謝する。深井がどの程度できる刑事かは分からないが、少なくとも優しい心遣いはある。この分なら、優斗の事情聴取を任せても大丈夫だろう。もちろん、未成年──というより小学生の事情聴取だから、大友も同席するつもりではいたが。それは当然、許されるだろう。

「たまたま、と考えた方がいいかねえ」深井が手帳に、円を幾重にも描いた。

「まだ何とも言えませんが」

捜査の観点から言えば、自分に恨みを持つ人間の犯行であった方がありがたい。それなら犯人を絞りこむのも、ある程度は楽なはずだ。そうでなければ、通り魔を捜すようなものである。

「ちなみに、席はランダムなんですか？」

「そのようだね」

「優斗に声をかけた人間を見つけるには、まず、松葉杖の人を捜す必要がありますね」優斗がしっかりと人相を思い出さない限りは。今のところ、記憶はあまり当てにならない感じだ。

「そうなるね」深井が手帳を閉じた。「松葉杖はいい手がかりだが、かなりの人数が入院中だ。こいつは、相当手間がかかる捜査になるね」

大友は馴染みの感触――背中がうずうずする感じを味わっていた。福原や後山の命令で難しい現場に出されると、当然いい顔はされない。「刑事総務課の人間が何の用だ」と露骨に言われることも少なくない。無事に事件が解決しても、わだかまりを水に流して――といかないのも事実だ。大友が投入される特捜本部は、大抵ややこしい事件である。他の――プロの、と言ってもいい――刑事たちが難儀しているのに、落下傘部隊のように突然降りてきた大友が解決の糸口を摑んだりすれば、自分たちが馬鹿にされたように感じるのは当たり前だ。

「お手数おかけします」

この件では、やはり自分が前面に出て行くわけにはいかない。逸《はや》る気持ちを抑えるためにもと、大友は埼玉県警に全てを任せることにした。その意思表示のためにも、深々と頭を下げる。

「いやいや」

深井は型通りの挨拶をしたが、その顔にいかにも面倒臭そうな表情が浮かんでいるのを、大友は見逃さなかった。それもそうだよな……誰だって、ややこしい事件は扱いたくない。しかも今回の事件の難しさは、明確な悪意があるかどうか、はっきりしないことだ。拉致・監禁にしては中途半端。縛り方はともかく、口の封じ方が適当だったから、優斗の呻《うめ》き声が漏れて発見できたのだ。あのまま一晩を過ごしていたら、凍死していた可能性もあるが、夜を無事に乗り切れば、朝には見つかっていたのではないだろうか。鉄塔の上とはいえ、基本的にはオープンスペースである。

深井が立ち上がる。そう言えば、今夜の宿を何とかしなければならない……だが大友は、切り出せなかった。寄居署には、既に迷惑をかけてしまっているのだから、この上「どこか泊まる場所を教えて下さい」とは聞きにくい。最悪なのは「だったら署の宿直室で」と言われることである。警察官に宿直はつきものだが、大友は大部屋で眠るのが苦手だった。プライバシー重視というわけではないが、横で他人が寝ているとどうしても気になる。いびきをかく人間も多いし。

「あなた、今夜はどうするの？」

大友が何も言わないうちに、深井が切り出した。

「病院に泊めてもらいます」大友は咄嗟《とっさ》に言った。

「ああ、そうか。子どもさんの近くにいてあげたいよね」

「そうなんですよ」愛想良く言ったが、果たして泊めてもらえるかどうかは分からない。

しかし幸い、病院側では優斗に個室を用意してくれた。小さなソファは、大友でも無理すれば横になれる。足は完全にはみ出してしまうが、毛布を貰ったので何とか眠れそうだった。これより悪い条件で寝たことは何度もある。

　優斗は、病院が出してくれた寝巻に着替えていた。サイズが少し大きく、何だかいつもよりも子どもっぽく見える。夕食は、柴が気を利かせてコンビニエンスストアの弁当を用意してくれていた。

「まあ、こんなもんで悪いけど、我慢しろよな」

「ありがとうございます」

　優斗が、柴に他人行儀な返事をした。それを聞いて、柴が何とも言えない表情を浮かべる。あの可愛くて素直な優斗はどこに行ったのか……彼がそう考えているのは露骨に分かったが、子どもはこんなものだ。小学校の高学年になれば、いつまでも素直で明るく、というわけにはいかなくなる。もっとも優斗は、そういう子どもっぽい姿を、意識して他人に見せることがある。演技する習慣が僕から遺伝したのだろうか、と疑わしくなる時もあった。

「食べられそうか？」大友はベッドの上で胡坐《あぐら》をかいた優斗に声をかけた。

「何とか……」

「じゃあ、食べたらさっさと寝よう。今日はもう遅いから」

　優斗が箸を割り、弁当に手をつけた。実は優斗は、コンビニエンスストアの弁当をほとんど食べたことがない。聖子の厳しい監視――優斗に対するものでもあり、大友に対するものでもある——で、大友家では出来合いの弁当などは許されていないのだ。おかげでだいぶ料理の腕は上がったが、手抜きできないのはやはりきつい。

珍しいコンビニ弁当に対して、優斗は最初恐る恐るといった感じだった。しかしさすがに腹が減っていたのか、途中から勢いがついてくる。それを見て、柴もほっとした表情を浮かべた。

「じゃあ、私たちはそろそろ……」敦美が腕時計をちらりと見る。

「ああ、申し訳ない。本当にありがとう」

「何の役にも立たなかったけどな」柴が肩をすくめる。

「そんなことないよ。助かった」

「優斗君、あまり気にしないでね」

優斗が笑みを浮かべ、うなずく。食べ物で口が一杯なので、お礼の言葉は言わなかったが。心配していたのだが、ショックは長引かないのではないか、と大友は安心した。敦美が結構長く話していたから、安心したのかもしれない。こういう時、母親の存在が必要なのだと強く意識する。あと一年で中学生といっても、まだまだ母親の力は必要なのではないか。

二人が出て行った後、大友は優斗に歯を磨かせ——歯ブラシも柴が買ってきてくれていた——寝かしつけることにした。

「眠れそうか？」

「大丈夫」

薬の後遺症が気になった。病院の方では「何らかの薬物が使われたのは間違いない」と言っているが、正確なことは血液検査の結果が出るまで分からない。サンプルは寄居署が引き取り、鑑識の方で調べることになっている。

「トイレで、さ」

大友が事件の話を蒸し返すと、優斗が顔をしかめた。やはり思い出したくないのか、と思ったが、犯人像に繋がる話なので、いつまでも先送りにはできない。

「トイレの中で、誰か待ち構えていたのかな」

「分からない」

「誰かに突き出されたんじゃないのか？」

「たぶんそうだけど……うん、きっとそうだと思うけど」いかにも自信なさげだった。

「顔は見てないんだな？　松葉杖の人はどうしたんだ？」

「よく分からない……それに外に出た時に、急に何か被せられたから」

「袋とか？」

「服かもしれないけど」

「服、ねえ」

優斗ぐらいの身長だったら、大きめの背広で上半身はすっぽり隠れてしまうだろう。もしも犯人が衝動的に優斗を拉致しようとしたら、身に着けていた背広を使うのは不自然ではない。

不自然なのは、松葉杖の男の行動だ。

「なあ、松葉杖をついてた人のことなんだけど」

「うん」首まで布団に入った優斗は、既に眠そうだった。目は半開きで、今にも閉じてしまいそうである。

「名前とか、聞いてなかったのか?」

「聞いてない。隣に座っただけだから」

「何かおかしな様子はなかったのかな」

「よく分からないけど……いい人だったよ。塾の課題を手伝ってくれて」

「いい人、ねえ」

子どもの目から見た「いい人」とは何なのだろう。見た目? 話し方? どういうことかとさらに突っこもうとしたが、既に優斗は寝息を立て始めていた。

5

翌朝七時、優斗がもぞもぞと起き出したので、大友も目を覚ました。学校がある時と同じ時間——春休みでも、生活がだらけていたわけではない。ただ大友は、完全に寝不足で頭がぼうっとしていた。あれこれ考え始めて眠れなくなり、結局眠りに落ちたのは午前四時過ぎだっただろうか。しかも、小さなソファで無理に寝たので、体のあちこちが悲鳴を上げている。

すぐに、看護師が優斗の体温を測りに来た。

「平熱ね」まだ若い看護師は、夜勤明けで疲れ切っている様子だったが、優斗に優しい笑みを向けてくれた。優斗も眩しそうな笑みを浮かべる。こいつなりのサービスなのか、と大友は苦笑した。

「どこか痛いところは？」

優斗が無言で肩を回す。特に顔を歪めることもなく、痛みは既に引いているようだった。それを見て、「今日、動けそうか？」と訊ねる。

「大丈夫」

優斗が早くもベッドから抜け出し、着替え始めた。大友の実家に何日か泊まることになっていたので、着替えには困らない。優斗は昨夜バスを降りる時、荷物は持って出ていた。犯人がわざわざ、優斗の荷物も一緒に鉄塔に上げていたわけか……さして重い荷物ではないが、どうして犯人は、わざわざこんなに「親切」にしたのだろう。この辺の事情は、犯人を逮捕しないと分からない。

大友は昨日着ていた下着とシャツのままだったが、これはどうしようもない。コンビニエンスストアへ行けば着替えぐらいは揃うだろうが、夏ではないし、そこまでする必要もないだろうと判断する。

「警察へ行けるな？」

「行かないと駄目かな」途端に優斗が暗い表情を浮かべた。

「駄目じゃないけど、病院で警察と話をするのもどうかと思う。だいたい、体調が悪くないのに、いつまでも病院にいるのは変だよ」

「仕方ないよね」優斗が肩をすくめる。どこで覚えてきたのか、最近よくこういう仕草をするようになった。

「よし。じゃあ、警察に連絡してから荷物をまとめて、どこかで朝飯にしようか」

いきなり寄居署に行くよりも、先に自分で詳しく話を聴いておきたい。ポイントはただ一つ、優斗を拉致した人間は誰か、である。昨日話を聴いた限りでは、一直線に犯人にたどり着くのは難しそうだ。

ナースセンターで当直の医師と話をし、退院しても問題ないと保証された。

「基本的に擦り傷だけですから。放っておいても治りますよ」髭を生やし、がっしりした体つきが豪快な印象を与える医師が、大きな笑みを浮かべた。「心配なら、絆創膏でも貼っておいて下さい」

医師にあるまじき適当な発言だが、それを聞いた優斗がリラックスした表情になったのでよしとする。こういう安心のさせ方もある、ということだろう。

ついでに、優斗の体温を測ってくれた看護師に、朝食が食べられそうな店はないかと訊ねる。子どもと一緒に入りやすいファミリーレストランなどはないが、寄居駅前に、朝八時ぐらいから開いている喫茶店があると教えてもらった。まあ、たまには喫茶店のモーニングセットもいいだろう。優斗には初体験のはずだ。

　高木から借りた車に乗ってから、寄居署に電話を入れる。当直明けの深井はまだ居残っていて、「九時過ぎに伺う」と告げると快く了承してくれた。

「申し訳ないですね、当直明けに」

「なに、俺はそこそこ寝てるから。事情聴取は若い奴に任せるけど、それでいいかな？」

「私も同席させていただければ」

「もちろん、問題ない」

「では、九時過ぎに」

「ああ、朝飯を食べるなら、寄居の駅前に『山高帽《やまたかぼう》』っていう店があるよ」

「今、病院の人に教えてもらいました」

「結構、結構」

　深井は笑いながら電話を切った。多少のんびりした人で、都会では務まらないかもしれないが、優斗を追い詰めるようなことはしないだろう。そう考えて自分を安心させる。子どもの扱いは難しいものだ。

　寄居町へ来たのは生まれて初めてだったが、あまりにも田舎の雰囲気が濃いので驚く。埼玉の西部は、こういう感じなのか……警視庁には、所沢付近から通っている同僚もいるのだが、あの辺りはまだ都会なのだろう。

エレベーターつきの駅舎はごく小さなもので、白とえんじ色に塗り分けられている。町役場など、行政の中心は駅の反対側にあるようだ。コイン式の駐車場を見つけて車を停め、店を探して歩き出す。駅前には大きなスーパーがあるが、どうやらもう営業はしていないらしい。商店街はささやかなもので、街はまだ眠りについているようだった。春休み中の部活動にでも向かうのだろうか、ジャージ姿の高校生が何人か、揃って駅の方へ走って行く。

駅の南口から続く商店街が切れ、広い道路との交差点にぶつかる手前に、「山高帽」はあった。民家の一階部分が店舗で、相当年季が入っているようだ。「営業中」の札もなく、やっているかいないか分からない感じだったが、中に人影が見えたので、思い切ってドアを開けてみる。首を突っこんで、「いいですか?」と声をかけると、軽やかな女性の声で「どうぞ」と返事があった。

躊躇っている優斗の背中を押して、店内に入らせる。外から見た限り窓は小さい感じだったが、店内には光が溢れている。まだ冬が抜け切っておらず、外は寒いのだが、中は暖かだった。窓際の席に二人で陣取ると、すぐに水が運ばれてくる。店主らしき五十絡みの女性のエプロンには、きちんとした楷書で「山高帽」の文字があった。

「ええと、何か食べる物は……」

「モーニングのセットがありますよ」

女性が、テーブルに乗ったメニューを指さした。なるほど……喫茶店定番のモーニングセットという感じだ。トースト、茹で卵、サラダにコーヒー。優斗はオレンジジュースにでもしてもらうか……しかし優斗は「僕もコーヒーでいい」と言って大友を仰天させた。

「コーヒーなんか飲むのか？」

「最近、飲んだよ」

「どこで」まさか小学生がカフェ通いじゃないだろうな、と大友は不安になった。最近塾に通い始めて、行動範囲が広がっているのだ。駅前にある塾の周辺には、チェーンのカフェが何軒もある。

「玲《れい》君の家で」

「玲人《れいじ》君もコーヒーを飲むんだ」優斗とは、一年生の時からずっと同じクラスの子である。大友のアパートからごく近いマンションに住んでいる。

「お母さんが、コーヒーに凝ってるんだって」

「そうか」

まあ……小学生でもコーヒーぐらい、問題ないだろう。大友がコーヒーを飲み始めたのは、高校生になってからだったが。中込駅近くの喫茶店でたむろして——あれはコーヒーが飲みたかったわけではなく、友だちと時間を共有しているのが楽しかっただけだ。

優斗は、コーヒーに砂糖とミルクをたっぷり加えた。さすがにブラックでは無理か……大友も一口飲んでから、ミルクをたっぷり加えた。思いきり苦い。これもコーヒーの魅力なのだろうが、限度はある。

あらかた食べ終えたところで、大友は昨日の話を切り出した。

「何か思い出したか？」

茹で卵を頬張っていた優斗が、無言で首を振る。まあ、厳しいか……いきなりの出来事で、自分がどんな状況に置かれているか、冷静に確認している暇もなかっただろう。たとえ大人でも、そんな目に遭ったら、何が起きたか覚えていられるはずがない。おそらく捜査は、バスの乗客名簿をしらみ潰しにすることが中心になるだろう。優斗の記憶によると、トイレにつき添った男は二十代後半……三十代前半ぐらい。名簿では年齢までは分からないが、長野県警が乗客全員に当たり始めているはずだ。いずれは割り出せるだろう。

「あ、でも」優斗が卵を呑みこんで、声を上げた。

「何か思い出したか？」

「確かに、押されたんだ……」

「どこで？」

「トイレの中……松葉杖の人を助けた後で、ドアから外を見ている時に」

昨日は押された「かもしれない」だった。記憶が蘇ってきたのだろうか。

「その男が押したんじゃないのか？　松葉杖の男」

「違うんじゃないかな」優斗が両手を叩き合わせてパンくずを皿の上に落とす。「だって、ずっと松葉杖をついてたんだよ？　押された時、結構すごい力だったから。松葉杖をついてる人には、あんなことはできないと思うけど。歩くのだって大変そうだったし」

「どんな松葉杖だった？」

「普通の」

「普通っていうのは？」

優斗が顔をしかめる。いつもの癖――刑事の性癖で突っこみ過ぎてしまったのだと気づき、大友は咳払いした。質問を変えようかと思った瞬間、優斗が口を開く。

「金属製で、二本持って……」

「両脇に抱えて？」

「そう」

「ということは、結構重傷だったんだ」

「そうだね」優斗がうなずく。「骨折だって言ってた。左足は地面につけないようにしてたし」

「靴も履かないで？」

「ギプス……かな」

「なるほどね」大友は頭の中で、トイレでの出来事を想像した。松葉杖の男が優斗の背中を押そうとしたらどうなるだろう――二本の松葉杖がそもそも邪魔になる。しかも人の出入りがある場所だから、周囲に気を遣いながら素早くやらねばならない。力が入らずに優斗がよろけるだけで終わるか、滑って本人が転ぶ様子しか脳裏に浮かばなかった。

「その時、トイレに他に人はいなかったか？」

「いたかもしれないけど……よく覚えてない」

常に周囲には目を配っていないと駄目だ――文句が口をついて出そうになったが、我慢する。それは刑事としての理想ではあるが、子どもにそこまで期待するのは間違っている。

大友はトーストを齧る優斗を見守りながら、頭の中で時間軸を整理した。

1：松葉杖の男が「トイレのドアが開いている」と言う。
2：男がそこを覗きこんでバランスを崩し、外に転がり出てしまう。
3：優斗が助ける。
4：松葉杖の男がトイレに戻った直後、優斗が背中を押される。
5：頭に何かを被せられ、薬（？）を使われて監禁される。

どう考えても松葉杖の男が怪しいのだが、優斗を押した「誰か」、頭に何かを被せた「誰か」も割り出さなければならない。

大友は立ち上がり、レジ横にある新聞ラックから今日の朝刊を取ってきた。全国紙の一面左側には、黒地に白抜きの文字で「高速バス衝突　25人怪我」の見出し。そう、この件も大変なのだ……。

「優斗、これ、分かるか？」大友は新聞の一面を示した。

「え？」

「昨日、お前が乗ってたバスだ」

「マジで？」

「ああ。あの後、佐久のインターチェンジを降りる直前に事故を起こしたんだよ」

「うわ……」

優斗の視線は写真に吸い寄せられていた。写真は、高速道路左側の側壁に斜めに突っこんだバスの姿を捉えている。強いストロボの光で浮かび上がっているので、惨状がより明らかになっていた。衝撃で横転し、車体前方の左側が完全に潰れているのがよく分かる。際どい事故だった。死者が出なかったのは、幸運な偶然に過ぎないだろう。

写真はバスを大写しにしているので、周辺の状況は分からない。ブレーキ痕があったかどうか……事故原因に関しては、運転手の居眠り、あるいは運転ミスも考えられる。

「運転手さん、どんな人だった？」

「普通の人……五十歳ぐらい、かな？」優斗が首を傾げる。

「途中で何か、おかしなことはなかったか？」

「おかしなことって？」

「バスが蛇行したりとか」

「蛇行？」

「こう……」大友は宙で手をこねた。「右へ行ったり左へ行ったり。あとは急にスピードが出たり、遅くなったりとか」

「ないよ。普通に走ってた……運転手さん、優しそうな人だったよ」

「そうなのか？」

「降りる時、『十分しかないから急いでね』って声をかけてくれたし」

「そうか……」

「何なの、この事故」優斗の顔が不安気に歪む。

大友は記事に目を通し始めた。

「まだ分からない」


30日午後9時40分頃、長野県佐久市岩村田の上信越道下り線佐久インターチェンジ付近で、新宿発小諸行きの高速バス（信越バス運行）が道路左側の側壁に衝突、衝撃で横転した。

この事故で、乗客39人のうち24人が重軽傷を負い、近くの病院に搬送された。運転していた同社運転手の菅谷《すがや》政則《まさのり》さん（48）は頭を打って、一時意識不明の重体。

現場は、佐久インターチェンジまで一キロほどの地点。緩い右カーブに入る手前だが、見通しはいい。この事故で、上信越道下り線は同日午後11時半現在、通行止めになっている。長野県警高速隊で原因を調べている。


「優斗、バスのどっち側に乗ってた？」

「左側」

先にフェンスにぶつかった側か……大友はうなずいた。緊張でやけに喉が渇いているのを意識して、残ったコーヒーを飲み干し、さらに水のお代わりも貰う。この状況だと、右側に座っていた人の方に被害が多く出たはずだ。優斗がたまたま巻きこまれなかった偶然を喜ぶべきかどうか、今はまだ分からない。

関連記事が社会面に載っていたが、そちらを読む気にはなれなかった。軽傷の人を摑まえて話を聞き、それに過去の高速道路のバス事故のデータを組み合わせる——そんなものだろうと簡単に想像できた。

電話が鳴り始めた。「ちょっと待っててくれ」と優斗に声をかけ、店の外に出る。冷たい風が首筋をくすぐった。

「大友です」

「ああ、高木だけど。どうだい？」

「お陰さまで、体の方は何ともない」頼れる友人の声で安心した。

「それはよかった。車はいつでもいいから、優斗君の側にいてやれよ」

「これから埼玉県警の事情聴取があるんだ。車は、それが終わってから返しに行くよ」

「何か分かりそうか？」高木の声が、急に刑事のそれになった。

「今のところ、難しいな。僕も話を聴いたんだけど、優斗はあまりよく覚えてないんだ」

「自分の息子に対してだと、突っこみも弱くなるんじゃないか」

「僕は元々、強く突っこむタイプじゃないよ」

「ああ、そうだよな……そういう評判は聞いてる」

大友は、窓から店内を覗きこんだ。優斗がコーヒーカップを口に運び、一口飲んで顔をしかめる。砂糖をたっぷり入れていたはずだが、それでもまだ濃かったのだろう。結局まだ子どもということか、と思わずにやりとしてしまう。

「それより、ちょっと厄介なことになってるみたいだぜ」

「こっちの事件で？」この男はどこで情報を集めているのだろう、と大友は首を捻った。

埼玉県警に知り合いがいてもおかしくはないのだが。

「いや、そっちと言うかこっちと言うか」常にてきぱき喋る高木にしては、妙に歯切れが悪い。

「長野県警と埼玉県警の間で、何かトラブルでもあったのか？」

「さすがにテツは鋭いね」高木が溜息をついた。「俺がどうこう言う問題じゃないとは思うけど、うちの高速隊と寄居署が、昨夜からやり合ってるらしい」

「それは……」一台のバスを巡る二つの事件。トラブルにならないわけがない。「乗客名簿というか、乗客に対する事情聴取の問題じゃないのか？」

「そういうこと」

「寄居署は昨夜のうちに、もう名簿を手に入れていたけど」

「だけど、怪我した人がどこの病院に入っているかまでは分からないだろう？　だからこっちに協力を求めたそうだけど、高速隊は蹴ったらしいんだ」

「どうしてまた」手書きでも何でも、リストを流せば済む——簡単な話ではないか。隠すほどの情報とは思えない。

「昨夜は、大混乱だったらしいぜ」

「それはそうだろうけど……」

「怪我人も多いし、高速の通行止めで誘導の人手は必要になるし、高速隊としては埼玉県警の相手をしている暇はなかったんだよ。ところがそれで、埼玉県警が怒っちゃったみたいでさ。トラブってるらしいよ」

「参ったな……」大友は自分の頬を軽く張った。「そんなことしてる場合じゃないのに」

「俺から見てもそうなんだけど、残念ながら俺がレフリー役を務めるわけにもいかないから」

「ああ」

「寄居署で事情聴取を受けるなら、そういう事情があることも頭に入れておいた方がいいと思うよ」

「ありがとう」大友は素直に礼を言った。何も知らずにトラブルに巻きこまれると、厄介なことになる。「そっちへ戻ったら連絡するよ」

電話を切って、大友は肩を上下させた。気をつけないと……この件では、自分はあくまで「被害者の父親」であり、捜査に首を突っこむつもりもそんな権利もない。だが、何故か事件に強く惹かれるのだった。また、二つの県警の関係がぎくしゃくしているのも気になる。それこそまったく関係ない警視庁の人間が首を突っこむのは筋違いなのだが、自分なら「バランサー」としての役割を果たせるのではないかとも思う。

「まさか、な」自分への戒めとしてつぶやき、店に戻る。優斗は既に朝食を食べ終えていた。コーヒーは……半分ほど残っている。

「準備は？」

返事する代わりに、優斗が親指をぐっと立てて見せた。小さなその指を見て、大友はほっとした。こいつの心は折れていない。寄居署の事情聴取にも耐えられるだろう。

6

捜査全体の指揮を取る深井は最初に顔を出しただけで、後を全て若い女性刑事、長江《ながえ》真理に任せることにしたようだ。部屋を出る直前、大友に「ちゃんとできる人間だから」と囁く。本当だろうか、と大友は一抹の不安を抱いた。真理は小柄で童顔、二十歳前後にしか見えないのだ。交番勤務から刑事課に上がってきたばかりだろう。子どもの相手は、経験豊富なベテランの方がいいのだが……。

「大友優斗君ね」会議室で優斗と向き合った真理が優しく声をかける。

「はい」優斗の声は硬かった。

「緊張しないで、普通に話してくれればいいから」

最初にそういうことを言うと、かえって相手は緊張するんだよな……大友は心の中で舌打ちした。

静かだった。寄居署は、国道一四〇号線――彩甲斐街道と呼ぶらしい――に面しているが、交通量もさほど多くなく、外の音は気にならない。窓の大きな会議室は南向きで、春らしい暖かな光がたっぷり入ってくる。この暖かさは眠気を誘い、集中力を削ぎそうだ。まあ、時々優斗に声をかけ、気持ちを持ち直させよう。

どんなものかと不安だったが、真理のやり方は過不足なかった。事実関係の確認をしている時には、優斗は暇そうな表情を浮かべていたが――何しろ同じ話を既に何回もしている――犯行当時の話になると、真理の口調は熱を帯び、優斗もそれに釣られるように真剣な表情になった。背筋もいつの間にかちゃんと伸びている。

「それじゃ、誰かに押されて外に出たのは間違いないのね？」

「はい」

「その誰かが誰なのか、分からない？」

「分かりません」

「後ろの方――トイレの中で、誰か騒いでいる人とかはいなかった？」

「ええと……静かだったと思います。声も聞こえませんでした」

なるほど。ということは、やはりトイレに人はいなかったのだ。いや、いた――松葉杖の男。彼はどうして、優斗がいなくなったことに気づかなかったのだろう。どうもおかしい。やはりこの男が犯行に一枚嚙んでいるのではないか。

「あ」優斗が急に高い声を上げ、真理の顔を真っ直ぐ覗きこんだ。

「何か思い出した？」真理が優しげな声で訊ねる。

「あの、その人……松葉杖の人なんですけど、いなかったです」

「一緒にトイレに行ったんじゃないの？」

話しながら、真理が手帳の上で忙しく手を動かす。自分なりに作ったタイムラインを修正しているのではないか、と大友は想像した。

「行きました」

「それで？」

「その人が転んだから助けて、その後すぐ、トイレから出て行ったんだと思うんです」

「見たの？」

「見たっていうか、聞いた……松葉杖の音、結構大きいんです。トイレの床、タイルかコンクリートか……分からないですけど、かつかつって音がして、それが遠くへ行く感じがしたから」

「じゃあ、優斗君は、トイレの中で一人になってたわけ？」

「たぶん」

「松葉杖の人がいなくなった後に、いきなり後ろから押されて外に出た。そういうことね？」

「優斗、間違いないか」大友は思わず確認した。これは、先ほど話を聴いた段階では出ていなかった話である。優斗がうなずいたが、今一つ自信なさそうだ。

「助けてあげた時、松葉杖の人は何か言わなかった？」真理が話を引き戻す。

「参ったなって……何か、照れたみたいに言いましたけど」

松葉杖の男の行動の意味は今ひとつ分からないが、もしかしたら事件には直接関係ないかもしれない。「もしかしたら」ばかりが積み重なっていく状況に、大友はかすかな苛立ちを覚えた。被害者が優斗ではなく大人だったら、もう少し先に進んでいるかもしれないが……いや、大人だって、自分の置かれた状況を常に完全に把握できるわけではないのだ。優斗はむしろ、よく頑張っていると思う。

「だったら、トイレには他に第三者がいたわけだ……」

真理がボールペンを顎の先に当てた。表情は暗い。それはそうだろう、と大友は思った。ある特定の時刻に、パーキングエリアのトイレにいた特定の人間を捜し出すことなど、ほとんど不可能である。目撃者は当てにできないわけだ。

「トイレに防犯カメラはないんですか」大友は話に割って入った。

「残念ですけど、あそこのトイレにはありません」真理の口調は本当に残念そうだった。

「目撃者は……」

「今のところは、ないですね」真理が首を横に振る。

「あの……」優斗が遠慮がちに手を挙げた。

「何？」真理がまた優しげな声に戻る。

「トイレに行って来ていいですか」腹を摩りながら優斗が言った。

「何だ、お腹でも痛いのか？」

「ちょっと……」

「コーヒーのせいだな。しばらくコーヒーはやめにしよう」

「分かってる」

ぶっきらぼうに言って、優斗が立ち上がった。真理も立ち上がり——優斗とそれほど身長は変わらない——廊下に出てトイレの場所を教えた。戻って来ると、小さく溜息をついて椅子に腰かける。

「子ども相手は疲れますよね」大友はいたわりの声をかけた。

「いえ……あ、ごめんなさい。そんなつもりじゃないんですけど」真理の耳が赤くなった。「昨夜、ほとんど寝てないんです」

「ご迷惑をおかけして……」大友は頭を下げた。

「でも、息子さん、よく覚えてますよね。大人だって、パニックになったら、自分に起きたことさえ覚えていられないんじゃないですか」

「でしょうね」

「何か、特別な訓練でもしてるんですか？　刑事並みの観察力ですよね」

「まさか」大友は苦笑した。ごく普通の小学生だし、刑事の能力は遺伝するものではないだろう。

「この後は、監禁された時の状況を聞きます。それと、現場検証につき合ってもらわないといけないんですけど」遠慮がちに真理が切り出した。

「分かってます」大友は肩をすくめた。何だか優斗の真似をしているみたいだな、と思った。「そこまでがワンセットですからね」

「予定は大丈夫なんですか？」真理が手首に視線を落とし、時計を見た。

「これから佐久の実家へ里帰りするだけですから、問題ないですよ。それより、長野県警と上手くいってないっていう話を聞いたんですけど、本当ですか？」大友は一度立ち上がり、少し真理に近い椅子に移動した。正方形に組まれた長テーブルの周りに椅子がずらりと並んでおり、テーブルの角を挟んで真理と向き合う格好になる。

「誰に聞いたんですか、そんなこと」

真理の耳がまた赤くなる。動揺が顔に出やすいタイプだ、と大友は判断した。刑事はポーカーフェイスが一番なのだが。

「僕にも情報源はありますよ……長野県警が協力してくれないとか？」

「向こうが忙しかったのは分かりますけど、ちょっと行き違いがあったみたいですよ。私はあちらと直接話していないから、よく分かりませんけど」

「ああ……」

「上が話をすることですから、そのうち何とかなるんじゃないですか」

ずいぶん楽観的だ。自分が直接担当していない仕事だと、こんなものかもしれないが。

真理が口を開きかけた瞬間、テーブルに置いた彼女の携帯が鳴った。慌てて引き寄せ、大友に背を向けて話し出す。

「はい……ええ、え？　そうなんですか？　まずいですよね。ええ、分かってます。こっちからは何も言いませんから。もちろん、ちゃんと保護します。ええ、出る時も気をつけますので。大丈夫です」

電話を切り、大友に向き直る。眉間に深い皺が寄っていた。

「どうしました？」

「マスコミが、優斗君の件を嗅ぎつけたみたいです」

「それはまずいな」大友も、自分の眉間に皺が寄るのを意識した。

埼玉県警は、昨夜の事件を積極的に広報しなかった。ただ、長野の事故について調べたマスコミは、当然拉致・監禁事件についても嗅ぎつけるだろう。そして当然、事故との関連性を疑っているはずだ。まずいな……大友はゆっくりと顎を撫でた。優斗をマスコミの攻撃に晒すわけにはいかない。

「こっちとしては、広報しなかったんですよ」真理が言い訳した。

「分かってます」情報漏れの穴を完璧に塞ぐことなど、不可能である。

大友の携帯が鳴った。名前は登録していないが、見覚えのある番号……最悪の相手だ。東日新聞の社会部記者、沢登《さわと》有香《ゆか》。遊軍記者なのに、面白そうな事件があるとすぐに首を突っこんでくる。大友の携帯電話の番号も、いつの間にか割り出されてしまっていた。無視することもできる——実際、そうすることも多い——のだが、今回は電話に出ることにした。ここでぴしりと言っておかないと、後々つきまとわれて面倒なことになる。

電話を手にして立ち上がった瞬間、優斗が部屋に戻って来た。

「ちょっと電話に出てくる。話の続きは後にして……もらえませんか？」言葉の後半は真理に向けた。

真理がうなずくのを確認してから通話ボタンを押し、同時に廊下に出る。

「大友さん、大丈夫なんですか」

驚いたことに、有香の声は記者のそれではなかった。知り合いの身を案ずるような調子……知り合いとは言えない——言いたくないんだけどな、と大友は苦笑した。

「何がですか」

「優斗君。拉致されたんでしょう」

「否定も肯定もできません」

嘘はつけない。ただ「言えない」ことを分かって欲しかった。もちろん、しつこさでは大友が知る人間の中でも五指に入る有香を、これだけで納得させられるとは思っていなかったが。

「だけど優斗君、拉致された後で監禁されたんでしょう?」

「どこで聞いた情報か知りませんけど、僕は何も言えませんよ」さすがに有香は、かなり詳細に割り出しているようだ。

「優斗君、佐久へ里帰りする途中だったんじゃないんですか」

「それも含めて何も言えません」

「どうして? 被害者でしょう?」

「被害者には、新聞に名前を知られないようにする権利もあると思いますけどね」

「被害者の名前が出ていない新聞なんか、新聞じゃありませんよ」

「もう少し、人権について真面目に考えた方がいいんじゃないですか? 今時、何でもかんでも名前を出せばいいってものではないでしょう」大友は釘を刺した。

「優斗君なんですよね?」

「だから、それを言う気はありませんから」言質《げんち》は与えていないだろうな、と心配になる。彼女は些細なことにでも食いつき、最後には真相を引っ張り出してしまうタイプなのだ。

「でも、優斗君が心配です」一転して、知り合いの親しげな口調になる。

「優斗なら元気です。ご心配なく」あなたには心配する権利はない、と言いたかった。しかし、余計な一言で刺激するのもまずいと思い、言葉を呑みこむ。

「いったい何があったんですか？　拉致なんて、ただ事じゃないでしょう。もしかしたら、大友さんが撃たれたことと、何か関係してるんじゃないですか」

「それについても何も言えませんね。撃たれた件に関しては僕は単なる当事者で、何も知りませんし」

「被害者本人が何も知らないわけがないでしょう」有香は相変わらず強気、かつ粘り強かった。「メタンハイドレートの事件、まだ続いてるわけじゃないですよね？」

「終わったと聞いてますけど」あれは資源を巡る犯行という、スケールの大きい事件だった。

「じゃあ、優斗君の件は……」

「優斗に何かあったかどうかは言えません。イエスでもノーでもない。とにかく今後は、電話しないで下さい」

僕にしては強い言い方だったな、と思いながら電話を切る。有香は、この程度で諦めるタイプではないのだが、ひとまず撃退はできたと思う。

さすがに全身から力が抜ける。一瞬、誰が情報を漏らしたのか、真面目に犯人探しをしようかとも思った。しかし、そんなことに労力を割いている余裕はないと考え直す。携帯電話をジャケットの胸ポケットに落としこみ、会議室に戻った。頼んだ通り、真理は事情聴取を再開していない様子で、二人は緩い表情で雑談している。

大友が席に戻るのを待って、真理が話を本題に引き戻す。しかしもう、大友の耳に二人のやり取りは入ってこなかった。これは間違いなく面倒なことになる。一刻も早く解決しなければ……そのために、何としても自分でも動きたいのだが、やはり縛《いまし》めはある。それも自縄自縛だ。とにかく今は、先走らないようにしよう。

結局真理は、これまで出ている以上の情報を引き出せなかった。がっかりした様子だったが、誰がやっても同じだっただろう。慰めようかとも思ったが、それはむしろ彼女のプライドを傷つけるだろうと思ってやめにする。上手くいかなかったことは、彼女自身が一番よく分かっているはずだ。

これから現場検証に向かうというので、その前に刑事課に立ち寄ることにした。既に背広に着替えている深井は、書類をさばいていた。警察官の仕事の九割は書類仕事……というのは冗談でも何でもない。実際、少しでも手を抜くと、処理しなければならない書類は溜まる一方なのだ。もしかしたら優秀な警察官というのは、書類の処理が早い人間を指すのかもしれない。

「私の――優斗の名前がマスコミに漏れているようですが」単刀直入に切り出す。

「ああ……絶対にうちからじゃないよ。その辺は、きっちりやってるから」深井が顎に力を入れた。

「今、犯人探しをしても仕方ないですよね」

「時間の無駄だろうな」

「とにかく、今後も極秘でお願いできますか。撃たれた時にも、マスコミにつきまとわれて大変だったんです」

「そいつは迷惑だねえ」深井がうなずく。「ま、うちとしては機密保持の方針に変わりはないから」

「お手数おかけします」

一礼して、優斗を連れて刑事課を出る。さて、マスコミの件をどうするべきか……あの連中は時に、禿鷹のように襲いかかってくる。何も知らない優斗を、連中の餌食にするわけにはいかない。

「優斗、昨夜の一件がマスコミに漏れてるんだ」

「どういうこと？」

「お前の名前が漏れてるんだよ。だからもしかしたら、つきまとって来る奴らがいるかもしれない」

「僕に？」優斗が自分の鼻を指差した。「何で……」

「被害者だから」

ついでに言えば僕の息子だから。数か月前に撃たれた刑事の息子が監禁されたとなれば、想像を逞しくするメディアもあるだろう——有香のように。興味本位で書き立てられ、自分たちのプライバシーを冒されるようなことは、絶対に避けたかった。

「とにかく、誰かに何か聞かれても、絶対に答えるな。しつこくつきまとわれたら、どこかに逃げこめ」

「そんな……」優斗の顔が歪む。

「面白ければ何でも書く記者もいるんだ。余計なことを言って変な風に書かれたら、大変だぞ」

「……分かった」

「できれば、パパといない時も、誰かと一緒にいた方がいいな。友だちとかでもいいから」

「分かった」

繰り返す優斗の声は、少しだけしっかりしてきた。立ち直りが早いのか、あまり物事を深く考えていないのか、大友にも分かり辛いところである。しかしこれで、万が一何かあっても優斗は用心するだろう。後はできるだけ、自分が側にいてやることだ。

よし、とにかく現場検証。その後はできるだけ早く実家に帰って、優斗をリラックスさせよう。あそこは、優斗がどこよりも安心できる場所の一つなのだから。

今日も冷たい風が吹き抜けていた。この辺りには夏はくるのだろうか、と大友は本気で疑い始めた。高速道路のパーキングエリアは、特に風の影響を受けやすい場所であるからかもしれないが――何しろ吹きさらしなのだ。

ダウンジャケットを着ている優斗も寒そうだった。首が引っこみ、ずっと前屈みの姿勢になっている。両手はダウンジャケットのポケットに突っこんだままだった。鉄塔に上る時は、特に辛そうだった。昨日の恐怖を思い出したのか、足が前に――上に進まない。後ろからついていった真理が励ましているようだが、それでもなかなか階段を上がれなかった。その様子を下から見守りつつ、大友は鉄塔の入り口に当たる扉を観察した。

本来、南京錠で施錠されているようだが、今、南京錠はない。側にいた鑑識の係官に確認すると、綺麗に切断されていたという。南京錠も万能ではなく、壊すのは難しくない。

「すぐにできますかね？」

「大型のボルトカッターがあれば、五秒かな」初老の係官が、右手をぱっと広げてみせる。

「そんなに早く？」

「それほど頑丈なものじゃなかったからね、ここの南京錠は。それにしても、そもそも警戒が甘いんじゃないかな。南京錠以外にはガードがないんだから」

携帯電話の基地局であるこの鉄塔が壊されたら、どれぐらいの被害が出るのだろう……昨夜はそこまで思考が回らなかったが、今になってつい考えこんでしまった。

そうこうしているうちに、優斗は何とか四階の踊り場までたどり着いた。狭い場所なので人は三人しかいないが、優斗は真理に指示されるまま、そこに横たわって現場の再現を始めたようだ。下を見るなよ……と心の中で呼びかける。スケルトン構造の鉄塔だから、明るい時間には真下までくっきりと見える。風も強いだろうから、優斗の恐怖感は頂点に達しているはずだ。しかしこの状態では、手を貸すこともできない。大友は首をすくめたまま、鉄塔の上での現場検証が終わるのを待った。

三人が鉄塔の上にいたのは十分ほどだったが、戻って来た優斗の唇は紫色になっていた。大友は急いで売店に行き、自動販売機で温かいココアを買って来た。優斗に渡してやったが、手が震えてプルタブも開けられない。

「しばらく持ってろよ。カイロ代わりだ」

優斗が無言でうなずき、両手で缶を包みこんだ。相当熱いはずだが、手の冷たさの方が勝るようで、熱さは気にもかからない様子だった。

「結局、ほとんど何も分かりませんでした」真理が首を横に振りながら言った。

「申し訳ない」大友は頭を下げた。何だか昨日から、謝ってばかりだ。

「仕方ないんですけど……取り敢えずこれで、現場検証は終わります。後は、いつでも連絡がつくようにしておいてもらえますか」

そんなことは当たり前だ。いつもは大友自身が口にする台詞でもあるのだから、十分分かっている。しかしここは、反発せずに素直にうなずくだけにした。無用なトラブルは避けたい。

「すぐに佐久に戻りますか？」

「そうしたいですね」大友は腕時計を見た。もう、お昼近いのだ。そろそろ優斗に昼食を食べさせなければならないし、心配しているだろう両親にも会わせたい。自分の両親は、ここ数年間で、心臓マヒを起こしてもおかしくないほどショックなことに二度も対面したのだ——最初は嫁である菜緒の事故死。二度目は自分が撃たれたこと。今回が三度目だ。普通の親は、ここまで衝撃的な出来事に三度もぶつかりはしない。

「優斗、佐久へ行くぞ」

まだ缶を両手で握り締めたまま、優斗がこくりとうなずく。次の瞬間には体を折り曲げるようにしてくしゃみをした。風邪をひいたか……当たり前だ。昨夜の段階で、あんな寒い場所に何時間も放置されていたのだから。早く帰って、暖かくして休ませないと。

「お腹減ってないか？」

「まだ大丈夫」

「じゃあ、このまま佐久へ帰ろうか。おばあちゃんにご飯を作っておいてもらおう」

「そうだね」優斗が欠伸《あくび》を嚙み殺した。次の瞬間には、体を震わせる。

大友は優斗の肩に手を起き、駐車場まで連れて行った。高木の車の中で二人きりになると、ようやくほっとする。自分もこれまで、被害者の家族にこういうきつい思いをさせていたのだろうか……警察に話を聴かれ、現場検証につき合うだけでも、大変なストレスになるだろう。これからは、いろいろ考えて仕事をしないと、と反省する。

ただ、自分がいつ普通の仕事に戻れるかは分からない。

刑事総務課でのリハビリ——それはゆっくりとだが確実に功を奏していたと思う。優斗の世話が何とかなれば、すぐにでも元々籍を置いていた捜査一課に戻るつもりだった。その決心と自信もあった。

しかし撃たれたことで、大友の心は間違いなく折れた。急激な体力の衰え、それに修羅場に飛びこむことを想像しただけで襲ってくる恐怖。それらと戦う術は、今の大友にはない。新たなリハビリの日々がいつまで続くか分からないし、長引けば長引く分、自分は年を取る。そう、同窓会をして、改めて自分の年齢を意識せざるを得なくなった。もう若くはない——いったいいつになったら普通に仕事ができるのか……頑張ろう、と覚悟するには大変な努力が必要だった。

優斗は、車が走り出すとすぐに寝入ってしまった。よほど疲れていたのだろう。佐久まで一時間ほどの道程の間、大友はスピードを出し過ぎないよう、常に意識した。このまま寝かせておいてやりたい。

佐久インターチェンジの手前で、昨夜の事故の現場にさしかかる。「湯川橋」の看板が見え、その先でコンクリート製のフェンスが数十メートルに渡って壊れているのが見えた。その上に金属製のフェンスも重ねられていたようだが、わずかな残骸が残っているだけだった。道路脇には黒い跡……ブレーキ痕というわけではないようだが、何なのかは分からない。かなり広範囲に、片づけきれなかったガラスの破片が散乱している。ほぼ真上からの陽射しを浴びてきらきらと光ったが、綺麗だ、と感嘆するわけにはいかない。あのガラス片を踏んだ車が、パンクするかもしれないのだ。そうしたら、第二の事故が起きかねない。

路肩に車を停めるわけにはいかないが、大友は少しだけスピードを落とした。危ないところだった、と肝を冷やす。フェンスの向こうは緩い斜面、さらにその向こうには枯れた田が広がっている。もしもフェンスを突き破って斜面を転落したら、被害ははるかに拡大していたのではないか……そう考えると、恐怖が背筋を走った。肩を二度上下させて気を取り直してから、ハンドルをきつく握り締める。怪我人だけで済んだのは奇跡かもしれないな、と思い直した。高速——少なくとも八十キロぐらいは出ていたのではないだろうか——で走っていたバスが横転したのだから、死者が多数出ていてもおかしくなかった。他の車が巻きこまれていた可能性もある。

それにしても……事故が起こりそうな場所ではない。右にカーブしつつ、緩やかに上っていくような道路だが、基本的に見通しはいいのだ。夜とはいえ、その状況に変わりはないだろう。しかも運転手は、このルートを何度も往復しているはずだ。慣れた道ほど危ないとも言うが、三時間程度では、さほど危険はないような気がする。中間地点の寄居では一休みしているのだし、運転手が疲れ切っていたとは考えにくい。

いや……その一休みが、運転手に無駄なストレスを与えたのではないか。乗客が行方不明になるなど、滅多にあることではあるまい。しかも子どもだ。日本人は概して我慢強いものだが、予定より三十分も遅れてしまえば、他の乗客からの無言の圧力も感じただろう。気の短い客が怒鳴りつけるぐらいはしたかもしれない。そのストレスを抱えたまま運転を続け、些細なことで事故を起こしてしまう——考えられないことではなかった。となると事故の遠因は、優斗を監禁した犯人にある。

それにしても、そもそもの事故原因は何なのだろう。運転手本人の問題なのか、あるいはバスにトラブルがあったのか。よくあるのが、運転手が睡眠時無呼吸症候群で、ハンドルを握っている時にいつの間にか意識を失ってしまう、というものだ。これは職業運転手だけではなく、一般のドライバーでも起こり得る。だが、そういう事故が何件か立て続けに起きた後、バス会社の方でもドライバーの健康管理は徹底するようになってきたはずだ。

あるいは、避け得ない心臓発作などだろうか。実は交通事故には、心臓や脳の発作が原因であるものが意外に多い。突然、運転もできないほどの痛みに襲われて、その結果事故に至る——というものだ。それも当然、会社側の健康管理の問題になるわけだが……運転手は意識を回復しただろうか。このまま死んだら、事故の真相は分からないままになる。

インターチェンジで、ETCのバーがすっと上がる。おっと……高速料金は、高木のクレジットカードから引き落とされるはずだ。あとで、ガソリン代などとまとめて返さないと。

車が県道に出ると、優斗が身じろぎしてシートの上で体を動かした。目を擦り、小さく欠伸をしてから、「着いた？」と訊ねる。

「もう少しだ。それより、風邪引いてないか？」

「ちょっと頭が痛い」

「じゃあ、まだ寝てろよ。着いたら起こすから」

「うん」

ちらりと横を見ると、優斗は素直に目を閉じていた。まず、病院に連れて行った方がいいかもしれない。保険証は……持ってきていないが、何とかなるだろう。

車はほどなく、国道一四一号線に入る。田舎の大きな道路の交差点は、看板の見本市だ。佐久インターチェンジへのアプローチになるこの交差点は交通量が多いせいか、看板も一際派手である。ゴルフ場、ホテル、ショッピングセンターにパチンコ屋……情報の洪水だ。

さて、あとは一四一号線をひたすら南下するだけだ。実家までは車で十分ほど。昼過ぎで道路も空いていて、快適に走れる。冬なので空は高く、正面にくっきりと見えているのは鍋鎗山だろうか……残念ながら、長野生まれなのに山にまったく縁のない生活を送ってきた大友は、山の名前には詳しくない。

大友の実家は、一四一号線――いわゆる臼田バイパスから、中込駅方向へ向かう途中にある。この辺は最近、「ぴんころ地蔵」の街として有名だ。「ぴんぴん生きてころりと死ぬ」。高齢者の理想の最期とされているが、大友は全面的に受け入れることはできない。身近な者を若くして突然亡くした人間は、こういう言葉に敏感になるものである。

まぁ、年寄りの養生訓だと思えばいいわけで……大友は自分に言い聞かせた。どうも僕は、生と死について、深刻に考え過ぎる嫌いがある。

それにしてもこの辺は、大友が子どもの頃とあまり変わっていない。帰省する度に驚かされることだ。都会化するわけでも寂れるわけでもなく、何十年も前のイメージがそのまま残っている街は、珍しいのではないだろうか。

街の中心にあるのが、伴野城跡だ。今は城山公園として綺麗に整備されている。その片隅にあるのが「大伴神社」というのは、何かの縁かもしれない。子どもの頃、この神社の裏手の小高い丘でよく遊び回ったものだ。そこに上がっても、市街地が一望できるほどの高さではなく、大したことはないのだが……ただ「おおとも」という神社の名前を意識する度に、不思議に思ったのを覚えている。

今日も、小さな子を連れた母親が公園の中で遊んでいる。芝が比較的綺麗に整備されているので、子どもも安心して遊べるのだ。まだ春先で、芝の緑は鮮やかではないが、抜けるような青空と綺麗なコントラストを成している。公園を取り囲むお堀には、鯉が泳いでいるはずだ。

区画整理などとは縁のない街で、道路は狭く曲がりくねって、どことなくごちゃごちゃしている。実家の前の道路も細く、高木のフォレスターを停めておくのは憚《はばか》られたが……仕方ない。なるべく早く返しに行こう。

優斗が車から降りると、すぐに玄関が開き、父母が同時に顔を見せた。優斗はぺこりと頭を下げて挨拶した——抱きつくような年齢はとうに過ぎたのだ。父が、大友に顔を向けて説明を求める。

「体は大丈夫だから……ちょっと風邪気味かもしれないけど」

「あら、大変」母が屈みこみ、優斗の額に手を当てる。優斗が一瞬顔をしかめた。「少し熱があるみたいね」

「病院にいたんだけどね」

「ちゃんとした病院だったのか？」父が厳しい表情になる。何かと厳格な人で——教員だったのだ——物事がきちんと進んでいないと急に不機嫌になるのだ。もともと子どもに怖がられそうな顔つきなのだが、それがいっそう厳しくなる。

「その後で現場に行ったりして、寒かったからね。そのせいじゃないかな……とにかく、何か食べさせてもらえる？　僕は、長野まで車を返しに行かなくちゃいけないんだ」

「高木君の車か？　それなら、電話があったぞ」父が言った。

「家《うち》に？」

「ああ。車はいつでもいいからって言ってた。律儀な子だな」

四十近くにもなって「子」もないものだが、元教員から見れば、何十年経っても「子」なのだろう。

母は、サンドウィッチの簡単な昼食を用意してくれていた。何故か昔から、休日の昼はサンドウィッチと決まっていたのだ。理由はよく分からず、聞いたこともないが、家族の習慣にさしたる由来などないのだろう。もっとも、今日は平日なのだが。

卵サンドが少し甘いのは、隠し味に砂糖を入れるからだ。優斗と二人暮らしになってから、料理のことがよく分からず、父よりも母と話すことが多くなって、このレシピも教えてもらった。子どもの頃は甘さが何となく気に食わなかったのだが、今になれば妙に懐かしい。優斗が、旺盛な食欲を発揮したので、大友は少しだけほっとした。これだけ食べられるなら、体調はそれほど心配しなくてもいいだろう。

食べ終えると、大友は優斗をかつて自分が使っていた部屋に連れて行き、布団を敷いた。

「体調、どうだ?」

「少し頭が痛い」

「少し寝て、それで治らなければ医者に行こうな」

「大丈夫だと思うけど」優斗が抵抗の姿勢を示した。子どもだから当然かもしれないが、優斗は医者が嫌いである。小学校の低学年ぐらいまでは、体調が悪い時に医者まで連れて行くのに苦労したものだ。さすがに最近は、そんなこともない。

車でここまで来る間にもほとんど寝ていたのに、優斗は布団に潜りこんだ途端に静かに寝息を立て始めていた。ストレスに対する体の自然な反応だろうか……事件の被害者は、様々な反応を示す。ずっと泣きじゃくったり、まったく何でもないように見えて、不眠症に悩まされたり。優斗の場合、眠り続けることで心の傷を癒しているのだろうか。

そう言えば、熱があるんだったな……大友は冷却シートを取ってきて、優斗の額に張りつけた。さすがに冷たいのかぴくりとしたが、目を覚まそうとはしない。取り敢えず、大丈夫だろう。一安心して階下に降りる。母がお茶の用意をしていたが、構わずコートを手にした。

「あら、どこへ行くの？」

「長野。高木に車を返してくるよ。いつまでも借りてたら、申し訳ないから」

「帰りはどうするの？」

「何とか帰って来る」

とはいえ、結構面倒臭い。新幹線で佐久平駅まで戻るのが一番早いのだが、何となく大袈裟な気もする。佐久平駅まで戻っても、その後自宅近くまではまだ距離があるし。

「長野からの高速バスが、うちのすぐ近くで停まるぞ」父が言った。

「いや……それはやめておくよ」大友は思わず身震いした。今は高速バスに乗る気にはなれない。「とにかく行って来る。夕飯までには帰るから。優斗は、大丈夫だと思うけど……」

「調子が悪いようだったら、石田《いしだ》先生のところへ連れて行くから」母親が言った。

近所の石田医院か……確か、今が三代目である。戦前からここで開業していたそうで、大友も子どもの頃には何度かお世話になった。

「じゃあ、悪いけど……」

「はいはい、大丈夫よ」

母が明るい口調で言った。この母親の存在は、自分にとって非常に大きい。明るく人好きのするタイプで、しかも面倒見がいいのだ。何より、健康なのがありがたい。両親ともとうに六十歳を過ぎ、多少の体調不良があってもおかしくないのだが、二人とも元気だ。父親は、教員を退職した後、絵に描いたような晴耕雨読の生活を送っている。家の裏手に小さな畑があり、自宅で食べるぐらいの野菜はそこで賄ってしまうのだ。最近は辛み大根に凝っていて、薬味として何にでも使うほか、漬物にもしている。畑に出ている時以外は、家に籠って読書三昧だ。元々高校では現代国語の教師で、現役時代からやたらと本を買い漁っていたのだが、当時はあまり読む時間がなかったようだ。今は暇にあかせて、当時手に入れた本を次々に読んでいるようで、「死ぬまでに全部読み終えられるか分からない」と嬉しそうに言っている。最近はタブレット端末を手に入れ、電子書籍で読むこともあるらしい。しばらく前に電話で話した時には、「古川緑波の昭和日記が大変面白い」と言っていた。奇妙な本に興味を惹かれるものだ。

まあ、両親は両親で上手くやっているようで、ありがたい限りである。同じ年代の知り合いが、そろそろ親の介護を口にするようになっている中、自分はまだそれを心配する必要はない。それこそ「ぴんぴんころり」を実践するつもりなのかもしれない。

ということは、今日の夜は野菜中心のメニューだな……食べ盛りの優斗が満足するかどうか分からないが、郷に入れば郷に従え、だ。

7

「やあ」

高木が右手を上げ、にやりと笑う。大友はいきなり、落ち着かない気分になった。同じ警察とはいえ、他県警に顔を出す時は、やはり「お客さん」気分が強くなる。だいたい、わざわざここまで来る必要もなかった。駐車場で会って、キーを渡せば済んだのに、わざわざ高木が「上がって来い」と言ったのは、自分の仕事場を見せたかったからかもしれない。

「うちの一課長を紹介するよ」

「ああ……」本当は断りたかったのだが、挨拶だけしておくことにした。無礼な真似はできない。

「ああ、君が大友君か」一課長は人が好さそうな男だった。長い顔には、少し間の抜けた表情が浮かんでいる。

「どうも、お邪魔してます。高木にお世話になりまして」

「聞いてる、聞いてる」

ずいぶん調子がいい感じだな、と大友はかすかに不信感を覚えた。「愛想がいい」のではなく、何だか軽い。

「大変だったねえ」一課長が同情を見せる。

「一応、怪我もなく無事でしたから」言いながら、監禁されたことが原因で優斗が風邪を引いたら、容疑には「傷害」を適用できるのだろうか、と大友は訝《いぶか》った。

「で？　あなたが自分で調べてるの？」

「いや、私は被害者の親ですから。それにそもそもこれは、埼玉県警の事件です」

「そうだけど、よく他の担当の事件に首を突っこんでるそうじゃないか」

少しだけ皮肉な口調。僕の悪評はこんなところにまで広まっているのか、とぞっとした。高木があれこれ喋ったとは思えないが、警察内部の情報網は、どんな風につながっているか分からない。

「お茶でも飲まないか？」

高木の誘いは助け舟だった。「失礼します」と一課長に頭を下げた瞬間、肩を二回叩かれる。何事かと思うと、一課長が「縁起がよさそうだからな」と言った。

「え？」

「撃たれて無事に生還した男だから、ご利益がありそうじゃないか。うちの刑事たちにも触らせてやってくれないか？」

「私は力士じゃありませんよ」

「女子職員の方は、別の意味でも」一課長がにやにや笑った。

「課長、すみませんが……」高木がすっと口を挟む。

「ああ、適当にな……」

交通部は昨日の事故の後始末で大騒ぎだろうが、刑事部は平穏なのだろう。世間の人は勘違いしているが、殺人事件などを担当する捜査一課は、年がら年中ばたばたしているわけではないのだ。重大な事件は、実際にはそれほど頻繁に起きない。

一課長から解放され、エレベーターがくるのを待ちながら、高木が「この辺も変わっただろう」と切り出した。

「そうか？」

「お前は知らないか」高木が一人納得したようにうなずいた。「オリンピックの前から、もう東京だったもんな」

「そうだよ」

「お前は結局、昔からずっと東京を向いてたんだろうな」

「そういうわけでもないけど」結果的にそうなっただけだ。大学へ進学した時には、将来の夢ははっきりしていなかった。帰京して地元で就職する選択肢もあったが、大学での菜緒との出会いが、その後の人生を決めてしまった。

「いずれにせよ、新しい長野市はあまり知らないだろう」

「その前の、古い長野市も知らなかったけどね。こっちの方へ来ること、なかったから」

「これだから、帰宅部の人間は」

高木が苦笑する。そうか……陸上部で活躍していた高木は、県内のあちこちで試合をしていたから、長野市へもよく来ていたのだろう。しかし、車で市街地を流して来た限りでは、それほど「新しくなった」イメージはない。市街地は完全には再開発されたとはいえず、道路は細々と入り組んでいる。結局、長野は善光寺、ということなのだろう。長野駅から二キロほど離れた場所に善光寺がある限り、この街の全体的なイメージは変わらないはずだ。

この近くでお茶が飲める店があったか……もしかしたら庁舎の中に職員用の食堂があるのかもしれない。しかし高木は、さっさと庁舎の裏手に回って行った。

「これだ」

高木が立ち止まり、ブルーシートがかけられた巨大な物体を見上げる。何なのか、大友にもすぐに分かった。昨夜、事故を起こしたバスだ。

「こんな大きなブルーシートがあったのか？」

「驚くポイントはそこかよ」呆れたように高木が言った。「まあ、いいけど……ここまで運んでくるの、大変だったらしいよ」

「高速隊の本部で調べればよかったんじゃないか」

「高速隊の方だと、色々不便なんだ。装備も少ないし」

バスの周りでは、鑑識課員が忙しく動き回っていて、時々カメラのフラッシュが瞬く。物が大きいだけに、調査には相当時間がかかるだろう。

「で？」何となく居心地の悪さを感じて、大友は低い声で言った。

「お前、何もしないのかよ」

「しないよ」

「どうして」

「人の領分を冒す気はない」

「警視庁では、いつもやってるそうじゃないか」

「あれは……警視庁の中の話だから。他の県警の仕事を邪魔したら申し訳ない」

「邪魔じゃなくて、手助けじゃないのか」

「そんなことをしても、高速隊は喜ばないと思う」

「うちじゃなくて、埼玉県警の方だよ」高木が訂正した。「こっちはあくまで事故だから、高速隊が処理するのが筋だ。ただ、拉致・監禁事件はどうなんだ？　優斗君が被害者なんだぜ？　ここは一つ、格好いいお父さんの姿を見せておいた方がいいんじゃないか」

「息子はもう、そういうことで喜ぶ年じゃないから」大友は苦笑した。「最近は、ちょっとずつ親離れしてるし」

「小学校高学年になったらそうかもしれないな……でもお前は、それでいいのか？」

「いい……と思うよ」無意識のうちに言葉が揺らいだ。

「今、間が空いたな？」高木がすかさず突っこんだ。「迷ってるからだろう？」

「そんなこと、ない」否定したが、気持ちが揺らぎ始めるのが分かった。このままじっと、寄居署の捜査を見守っているだけでいいのだろうか。普通の被害者家族ならそうするしかないのだが、自分は刑事である。何か役に立てることはあるはずだ。ましてや今は、休暇中なのだし。あと三日……「仕事」ではなく「手伝い」なら、誰も文句は言わないのではないだろうか。それに自分が捜査を手伝えば早く解決する――そんな風に己《うぬ》惚《ぼ》れているわけではないが、何かできることがあるのは間違いない。

「さ、お茶にしようか」

「いいのか？」

「そう誘ったはずだけど」にやりと笑って、高木が歩き出す。

道路を渡った向かいにあるファミリーレストランへ入る。高木はしょっちゅう来ている店のようで、店員と気楽に挨拶を交わしていた。東京だと、行く度に店員が変わってしまっていたりするが、長野では一か所で長く働くのが普通なのだろうか。

大友の経験からすると、午後の時間帯のファミレスは、幼稚園や保育園へ子どもを迎えに行った母親たちで賑わう。大友自身はさすがに、そういう「ママ会」につき合ったことはないが、亡き妻の菜緒は、よく顔を出していた。情報の交差点に立っているのも大事だから、と言って。

しかし今は、ランチタイムとお喋りタイムの狭間なのか、客はほとんどいない。窓際の席に陣取り、勝手にコーヒーを二つ注文すると、高木が背広の内ポケットから折り畳んだ紙片を取り出した。そのままテーブルに置き、大友の方へ押しやる。

「これは？」手をつけないまま、大友は訊ねた。「爆弾」の臭いがする。

「リスト」

「乗客リストなら、埼玉県警も手に入れてるよ」

「そこから先が上手くいってないって話、したよな」

「ああ」大友は紙片を取り上げて開いた。表計算ソフトで綺麗に作られたリストである。左端のセルにナンバーが振ってあり、怪我人のリストだとすぐに分かった。二十五人分。ナンバーのすぐ右には、「◎」「○」「△」の記号がある。

「これは、怪我の具合だね」大友は紙片をテーブルの上に置き直し、一番上の「◎」を指差した。

「ああ。分かると思うけど、二重丸が重体、丸が重傷、三角が軽傷だ。二重丸と丸に関しては全員入院中。三角は既に退院している」

素早く数えると、重体は二人しかいなかった。一人は運転手だろう。もう一人は女性だった。一番多いのが「○」で、これは十八人に上っている。

「重体の二人、容態はどうなんだろう」

「危機は脱したみたいだ」高木が煙草を引き抜き、素早く火を点けた。窓から射し込む明るい陽射しの中で、白い煙が漂う。「女性の方は、一番前の席に座っていて頭を打った。でも、昨夜のうちには意識が戻っている」

「席順まで分かるのか？」

「確定じゃないけどな」高木が、左から三番目のセルを指差した。「ここが、本人から聞き取り、あるいは周囲の状況から把握した席順だ。中央の通路を挟んで一列に四シート。それが十四列ある」

「ということは」大友は重体だという女性の席順を見た。「1A」。「この女性は、一番前の席の窓際……たぶん、左の窓際に座ってたんだね」

「何でAが左側だって分かる？」

「英語は左から書くから」

高木がにやりと笑う。煙草を灰皿の縁で叩き、さらに先端を底に擦りつけて、まだ長くなってもいない灰を落とした。

「ご名答。さすがだな」

「誰でも分かるよ」答えて、大友は肩をすくめた。

しばらく、リストの分析に専念した。メモ帳を取り出し、バスの座席を簡単に描き出してみる。通路を挟んで左右に二シートずつ、それが十四列……マスを並べ、そこに怪我の程度を表す印を書き加えた。すぐに、重傷者のほとんどは左側に座っていたことが分かる。

「横転したことより、最初の衝突のショックが大きかったみたいだね」

「実際は、こうみたいだ」

高木が、紙ナプキンをテーブルに置いた。ナプキンに平行に右手を動かし、やがてかするようにぶつける。

「こんな具合に、比較的浅い角度でフェンスに衝突したらしい。それでスピードが落ちて、ほとんど停まりそうになった時に、右側に横転した」

「右側の人も、下敷きになって怪我しそうなものだけど」優斗も確か、左側に座っていたと言っていた。それを思い出してぞっとする。体の小さい子どもがあれだけの事故に巻きこまれたら、怪我だけでは済まなかっただろう。

「どういう具合かは分からないけど、とにかく怪我人の分布はそういう感じだ」高木の口調は比較的穏やかだった。自分の担当でないから、責任感も薄い——ないということか。もちろん、直接捜査の担当者になっていれば、こんなところで呑気にお茶を飲んでいる暇などないのだが。

「それ、持っていってくれ」

「このリスト、正規のものなのか？」大友は紙を見詰めた。

「もちろん」

「どうやって手に入れた？」

「詰まらないこと、聞くなよ」高木が顔をしかめ、右手で頰を擦った。「俺にも伝《つて》とコネがあるんだからさ。後で問題にならないように、お前は出どころを知らない方がいいと思う」

「分かった」このリストは、寄居署にとっては大きなメリットになるだろう。それぞれの入院先も書いてあるから、すぐにでも事情聴取が可能になる。バス会社のリストでも、携帯電話や自宅の電話の番号は分かっているのだが、入院していたら摑まえるのはまず不可能だ。「だけど、どうして僕に？」

「あのさ、勘違いや変な意地の張り合いで捜査が止まったら、馬鹿らしいと思わないか？」

「ああ」

「二つとも重大な事案じゃないか。情報を共有するのが、効果的な捜査だと思うけどね」

「でも、寄居署の件は、お前には直接関係ないじゃないか」大友は指摘した。それを言えば、上信越道の事故についてもだ。まったく管轄が違う。

「俺としては、寄居署の事件の方に関心があるね。こんなこと言ったら不謹慎かもしれないけど、交通事故よりは拉致・監禁事件だろう」

「一課の刑事の習性だね」

「そういうこと」にやりと笑って高木がうなずく。「まあ、お前に渡すのが一番無難だと思うから。寄居署にはよろしく伝えておいてくれよ」

「お前の名前を出したら、いろいろ問題になると思うけど」

「ネタ元の名前は言わなくていい。ただ、情報源に間違いはないと伝えてくれれば……それで寄居署の連中も納得するんじゃないか？　暗黙の了解ってやつだ」

「分かった。橋渡しするよ」大友は紙片を折り畳んだ。シャツにセーター姿なので、今はしまう場所がない。コートを着た後でポケット行きにしよう。「ところでこの事故の原因は何なんだ？　運転手の居眠りとか……最近、そういう事故がよくあるだろう？」

「まだ分からないんだ。何しろ運転手本人に事情が聴けていないから。意識が戻ったから、間もなく聴けるとは思うけどね」指の間でずっと燃えていた煙草に初めて気づいたように、忙しなく吸う。

「乗客の証言は？」

「まだ全体の傾向は見えてこないんだけど、運転手の居眠りはないと思う」

「運転ミス？」

「かもしれないな」

「何だ、はっきりしないんだな」

「突っこむなよ」高木が両手を前に突き出した。「俺が調べてるわけじゃないんだから……あくまで情報として聞いただけなんだぜ。それも正式な情報じゃなくて、雑談レベルだ」

「ああ」大友はうなずいた。しかし情報というのはしばしば、整理されたものより、生で提供されたものの方が「活きがいい」。多くの人の手を経るうちにノイズが入りこみ、あるいは必要な情報が削り取られて、正しい情報とはまったく別の話になってしまうこともある。

「一つ、気になる証言がある。フェンスにぶつかる直前、運転手が『危ない』って叫んでいたという話があるんだ」

「それは……何とでも解釈できるんじゃないかな」急に居眠りから覚めて、眼前にフェンスが迫っていたら、「危ない」と叫ぶだろう。その推測を話すと、高木は即座に否定した。

「さっきも言ったけど、居眠り運転はない。それなら、事故を起こす前から蛇行したり、危ない兆候があると思うんだ。乗客は絶対、異常に気づくよ」

「ああ……」

「根拠はないんだけど、運転手は自分ではコントロールできない事態に直面したんじゃないかな」

「例えば?」

「いや、それは何とも言えないけどさ」高木が煙草を灰皿に押しつけ、すぐに新しい一本に火をつけた。今度はゆっくり、長く吸って味わう。「いろいろなケースが考えられるだろうね」

「前の車が、急に走行車線に飛びこんできたとか」

「前を猫が過ったとかね」

「高速に猫はいないと思うけど……」

「もう一つ、考えられるとしたら整備不良かな」高木が身を乗り出し、声を潜めた。

「あまりでかい声では言えないけど、バス会社なんて、結構いい加減なんじゃないか」

「それは、労務管理に関してじゃないのかな。さすがに車の整備はちゃんとするだろう」大友は反論した。

「いやあ、いろいろ危ない話も聞くぜ？」高木がすっと体を起こし、背中をソファに預けた。「事故にならないだけで、危ない目に遭ったっていう運転手、俺も何人か知ってる。航空事故だったら、重大インシデントっていう感じだな」

「そういう人たちに命を預けてるとしたら、怖い話だよね……ちなみにこのバス会社、本社は東京だよね」

「ああ。だからある意味、お前が首を突っこむ理由はあると思うけど」

「まさか」大友は急いで首を横に振った。「これは交通部の事件だし、捜査の主体はあくまで長野県警だ。警視庁に協力を依頼することがあっても、僕には関係ない」

「そうだよな。お前がやるべきなのは、あくまで優斗君の拉致・監禁事件の捜査だ」

「簡単に言うなよ」大友は苦笑した。「何かお手伝いできることがあれば、という程度の話だから」

「お手伝いがそのうちエスカレートして、積極的に首を突っこんで……」

否定するのは簡単だったが、大友は何も言わなかった。実際、そうなりそうな予感がしている。もう一つ、背中を押してくれるものがあれば、図々しく他人の現場を土足で踏み荒らしそうだった。

8

長野駅まで戻って来たものの、大友は高木が渡してくれたリストの扱いに困ってしまった。

リストをファクスで送るにしても、セキュリティの面で問題がありそうで、コンビニエンスストアのそれを使う気にはなれない。かといって、自宅へ戻ってからだと遅くなってしまう。さて、どうしたものか……考えた末、写真に撮ってメールで送信することにした。この方がセキュリティ的に危険は少ないだろうし、今の携帯のカメラの性能なら、十分読めるはずだ。後から念のためにファクスを送ればいいだろう。

深井のメールアドレス宛に写真を送信してから電話をかける。事情を説明すると、深井は手放しで喜び、礼を言ってきた。あまり面子《メンツ》などにはこだわらないタイプらしい。

「助かるよ。長野県警が、相変わらず愚図っていてね」

彼の愚痴も長く続きそうだったので、大友は急いで話を本筋に引き戻した。

「そちらの捜査の具合は、どんな感じなんですか」

「申し訳ないが、上手くいってないな……現場検証は終わったが、遺留品らしきものは見当たらない」

「そうですか」別に寄居署の捜査能力が低いとは思わないが、少しだけがっかりした。犯人が発生から二十時間も経っているのに、何もないというのはどういうことだろう。犯人がそれだけ入念に準備し、犯行に及んだのだろうか。突発的な犯行なら、犯人はほぼ百パーセント、現場に何らかの証拠を残すものだ。

「まあ、このリストを元に乗客の事情聴取を始めるよ。それで必ず、手がかりは得られるはずだ」

「それを祈ってます」

電話を切り、大友は新幹線の時刻表を確認した。午後四時二十三分発の東京行きがあり、五時前には佐久平に着ける。そこから先、実家までの帰り方はまた考えよう。いずれにせよ、出発までは三十分以上ある。どこかで時間を潰そうか……そう考えて構内をうろつき始めたが、突然、足が止まってしまった。後ろから来た人が軽くぶつかったので、反射的に「すみません」と謝ってしまう。頭の中に名簿が浮かんでいる……何か見落としているのではないか。

コートのポケットから、高木にもらったリストを取り出し、広げる。すぐに、「見落としていたこと」に気づいた。入院を要しなかった軽傷者の中に「武井美知瑠《たけいみちる》」の名前がある。この変わった名前……どうして見逃していたのだろう。

高校の同級生ではないか。

武井美知瑠は、地元の大学を出て、今は佐久市役所に勤務している。二年生の時にクラスが一緒だったから、向こうも覚えているかもしれない。駅の善光寺口から外に出て、バスターミナルの一角から電話をかけることにした。リストには携帯電話の番号が記してあったので、その番号を自分の携帯に入力する。

「大友君？」

向こうは声ですぐに気づいたようだ。ほっとして、まず怪我の程度から訊ねる。

「打撲」

「どこを？」リストには、怪我の部位までは載っていなかった。

「膝。一瞬、折れたと思ったけど……昔、スキーで折った時と同じ感じがしたのよ。関節の中でガーンって」

そうそう、スキー……話しているうちに思い出してきた。美知瑠はスキー部で、アルペンの選手だった。二年生の時、大会でコースアウトして負傷、松葉杖を使って教室に現れ——その怪我が原因で、スキー部からは早くに引退してしまったはずである。

「でも、打撲で済んだんだ」

「レントゲン検査の結果ではね。でも、少し脚を引きずってるし、靭帯ぐらいはやられてるかもしれないわ。あとでＭＲＩで詳しく検査してもらうけど」

「昨日は、どうして東京へ？」

「出張。今、市の観光交流推進課にいるんだけど、その仕事の関係で」

「実はあのバスに、僕の息子も乗ってたんだ」

「それってもしかして、寄居パーキングエリアで行方不明になった子のこと？」美知瑠の声が裏返る。

「騒ぎになったんだ？」

「当たり前じゃない。子どもが急に行方不明なんて、大変なんだから」美知瑠が憤りを隠そうともせずに言った。「私はちょっと、バス会社の対応に問題があると思ったけどね」

「どういう意味で？」

「遅れてもいいから、もっとちゃんと探すべきだと思った」

　美知瑠の説明を聞くと、優斗が行方不明になった時の状況が明らかになってきた。バスは予定通り、寄居パーキングエリアに休憩のために立ち寄り、乗客の数人がバスを降りた。美知瑠は東京出張の時によく高速バスを利用しているというのだが、東京―佐久路線だと、休憩でバスを降りる人はほとんどいないという。食事するには十分という停車時間は短く、降りる人がいるにしても、せいぜいトイレに行くか、飲み物を買って来るぐらいだろう。

「うちの息子がバスから降りたのは分かってた?」

「ごめん、全然分からなかった。寝てたし」

「それで、騒ぎになったのはいつ頃?」

「休憩は十分だけでしょう? 子どもが——大友君の息子さんが帰って来ないっていうんで、運転手がまず慌て始めて……違うか、別に騒いではいないわね。子どもを見かけた人はいないかって乗客に聞いたんだけど、答えがなくて。戻るまで待ちますって言って、運転手がすぐに捜しに行って……十分ぐらい出発が遅れることになったんだけど、結局見つからなくて、その後で乗客が何人か、ボランティアで捜し始めたのよ」

しかし優斗は見つからなかった。素人が、建物の裏にある鉄塔まで調べられないのは当然である。結局運転手が会社の指示を仰ぎ、会社側では捜索を警察に任せて出発するように指示したのだという。大勢の乗客が乗っているから、いつまでもその場に止まっているわけにはいかないというのは、仕方のない判断だったと思う。行方不明になったのが優斗だとすぐに断定されたのは、乗っている子どもが一人だけだったからだった。子どもの一人旅だったので、運転手もよく覚えていたという。

その間に優斗は誰かに拉致され、鉄塔の上に監禁されていたわけだ……もう少し気を遣ってもらえなかったのかと悔やむ半面、バスを降りてしまえば、運転手の目が届かなくなるのは当然だとも思う。

「その状況、君はどう思った？」

「ちょっと、私が何かしたと思ってるの？」

軽い口調だったが、本気で怒っている様子なのが大友には分かった。すぐに言い直す。

「何が起きたと思った？」

「分からない。子どもだから、ちょっと狭い所へ入りこんだりすることはあるじゃない？　悪戯してて、出られなくなったのかなって思ったんだけど……でも、警察が捜すっていう話だから、見つかるだろうって思ってたわ。それに一人、親切な人がいてね」

「どういう風に？」

「パーキングで降りて捜すからって」

「そんなこと、できるのか？」何となく怪しい。「あそこで降りたら、佐久へ行けないじゃないか」

「事情はよく分からないけど、後続のバスに乗るとか、タクシーを使うとか？　何とかなったんじゃないの」

「その人が同情して、わざわざ降りて捜してくれたということなんだね？」急ぎの旅ではなかったのだろうか。それにしても、大友が駆けつけた時、そんな人物はパーキングエリアにはいなかった。いれば、警察が来た時に協力を申し出るぐらいはしたはずだ。この件は後で、埼玉県警の高速隊や寄居署に確認してみよう。

「多分ね。その話は、途切れ途切れにしか聞こえなかったから、詳しいことは分からないけど」

「どんな人だった？」

「ちょっと分からない。顔までは見てなかったから」美知瑠は、いかにも自信なさげだった。

「その後は……」

「自分のことで精一杯。でも、息子さんは無事に見つかったんでしょう？」

「ああ、何とか」僕が見つけた、ということは言わずにおいた。わざわざ説明する必要もないことである。

「よかったじゃない」

「お陰さまで……で、事故の方はどうだった？」

「全然分からない。警察にも話を聴かれたんだけど、私、事故の直前まで寝てたのよね。寝不足で……」

弁解するような口調になったので、大友はすぐに「仕方ないよ」と慰めた。

「取り敢えず、大した怪我じゃなくてよかった」

「ついてただけだと思うわ」美知瑠の声は暗かった。「たぶん、この件はトラウマになるわね」

「とにかく、お大事に……」

「そうだ、大友君、今佐久に帰ってきてるんでしょう？」

「何かあったら言ってね。私で役に立てることがあるかもしれないし」

「ああ、里帰りで」

十分役にたった。彼女にすれば、今の会話は「雑談」だったかもしれないが、大友にとっては「事情聴取」である。当時の状況がある程度分かっただけでも収穫だった。この情報は、深井と共有しよう。

電話を終えて、駅舎に戻る。明日から四月とはいえ、まだまだ風は冷たい。さて……四時二十三分の新幹線には間に合いそうだ。背中を丸めて歩きながら、大友はこれからの捜査の組み立てを考え始めた。

自分には何をする権利もないのだが。


新幹線を降り、佐久平駅のコンコースに出たタイミングで携帯電話を確認する。同級生の村上からメールが届いていた――村上？

「遅れてるのか？」

何のことだろう。返信するより電話の方が早いと思い、村上の携帯を呼び出した。

「ああ、どうした？」

「どうしたって？　今、佐久平駅に着いたところなんだけど」

「一本遅かったんだな。蓼科口の方で待ってるから」

「待ってるって、何だよ」

「お前、足がないだろう」それだけ言って、村上は電話を切ってしまった。

わざわざ迎えに来てくれたのか？　大友は訝ったが、エスカレーターで蓼科口の方へ降りていくと、目の前のタクシー降車場のすぐ先に、一台の白いワゴン車が停まっているのが見えた。ボディには青い文字で「村上電器」。家業の電器店を継いだ村上が、普段仕事に使っている車なのだろう。大友は屈みこんで、助手席のドアを拳で叩いた。スマートフォンを見ていた村上が何か操作すると、ガチャンと軽い音がしてロックが外れた。大友は助手席に滑りこみ、礼を言った。

「ありがたいけど、どうして分かったんだ？」

「高木が連絡くれたんだ。どうせ足がないだろうから、迎えに行ってやれって」

「わざわざ悪いな」

「いや、いいんだ。外回りのついでだから」

確かに……村上は、地味なグレーの作業着を着ていた。左胸のポケットの上には名前が刺繍してある。

「仕事、大丈夫なのか？」

「そんなの、いくらでも調整できるよ。うちは個人商店なんだぜ」村上が車を出した。

ふいに、今日は長い一日だったのだ、と改めて意識する。朝から寄居署の事情聴取と現場検証につき合い、佐久まで戻ってから長野に行って……疲労を感じると同時に、かすかな胸の痛みに顔をしかめた。どうも、疲れたりストレスが溜まったりすると、痛みを感じるようだ。それを避けるためには、平静な毎日を……無理だろうな、と苦笑する。いかに刑事総務課とはいえ、警察の一組織なのだ。騒動と無縁ではいられない。

「優斗君、どうだった？」

「ああ、何とか元気だ」

「さすが、お前の息子だな」

「それが関係あるかどうか、分からないけど」むしろ、物事に動じないのは菜緒の血を引いているからではないかと思う。菜緒は滅多なことでは、感情を露《あらわ》にしないタイプだった。

村上の運転は乱暴だった。遠慮なくアクセルを踏みこみ、信号が黄色なら躊躇せず交差点に進入し、のろのろ走っている前の車にクラクションを浴びせかける。こんなに乱暴な男だったかな、と大友は驚いた。バレーボールの試合以外では、どちらかというとおっとりしていたのに。車を運転させると人間の本性が現れるとよく言うが、彼の場合、乱暴な本心が普段は隠れているというのだろうか。

「しかし、お前もついてないよな」村上の運転は乱暴だが、口調は静かだった。

「そうだな」大友は認めて顔を擦った。ここしばらく——去年の暮れから続いたアンラッキーな出来事は、自分の息子にまで及んでしまった。この負の連鎖をどうやって断ち切るか——方法は一つしかない。

「そう言えば、美知瑠と話したよ」

「そうなのか？」

「彼女、昨日のバスの事故に遭ったんだ」プライベートな出来事なので、話していいかどうか迷ったが、結局言ってしまった。田舎町のことである、大友が言わなくても噂はすぐに広まるだろう。あるいは彼女が自分で喋ってしまうか。元々お喋りなタイプなのだが、先ほど話した感触では、その傾向に拍車がかかったようだ。

「ええ？　マジかよ」村上が脳天から抜けるような声を上げた。「それまた、すごい偶然だな。同じバスに、高校の同級生と息子が乗り合わせるなんてさ」

偶然？　その一言が何故か気になった。

もちろん、二人が同じバスに乗っていたのは偶然に過ぎないだろう。だが、優斗の拉致・監禁事件と事故に関係はないのか？　一台の高速バスが、あんなに短時間に二度も不幸に見舞われることがあるのだろうか。

何とも言えなかった。世の中の出来事に、大抵偶然はない。だが二つの件を「必然だ」と結びつけるのは無理な気がした――いや、単に情報が足りないだけなのだが。

車は、浅蓼《せんりよう》大橋で千曲川を渡った。暗いのでよく見えないが、この辺りの河川敷には鬱蒼と木が生い茂り、森のような雰囲気さえある。千曲川自体は蛇行し、細々と分かれていて、最終的に日本海に注ぎこむ信濃川の悠々とした流れは想像もできない。河口付近では、ほとんど水が流れていないように見えるほどなのだ。もっとも大友には、いかにも急峻な山の中を降りてきた千曲川――河川法上は信濃川も千曲川も同じ川なのだが――の方が、典型的な日本の川という感じがして好ましい。

窓を細く開けると、冷たい風が吹きこみ、大友の顔を強張らせる。水の香りが感じられることもなく、大友はすぐにウィンドウを上げた。両手を擦り合わせながら村上に訊ねる。

「仕事、忙しいのか？」

「まあ……街の電器屋は、今は忙しいとは言えないな」

「量販店の影響で？」佐久市内にも、何軒か家電量販店がある。

「むしろネットの影響だな。家電もネットで買う時代だから、今は大型量販店も不調なんだ」

「じゃあ、お前の店は、どうやって成り立ってるんだ？」

「これまたきつい質問だね」

ちらりと横を見ると、村上が苦笑していた。まずい質問をしてしまった、と謝ろうとしたが、それより先に村上が口を開いた。

「アフターサービスが大事だな」

「そうなのか？」

「この辺、年寄りが多いだろう？　電球が切れても、換えられないような人も多いんだよ。で、換えに行ったついでに、高いＬＥＤの電球を勧めて帰って来る」

「それは……」あこぎだ、とは言えまい。単なる商売上手だ。街の電器店が生き残っていこうとしたら、あれこれ頭を働かさなければならないはずだ。

「ま、高齢化社会の現状を先取りした実験だと思ってるよ」

「ぴんころと関係あるのか?」

「あるような、ないような……なあ、長野県の高齢化率は、二十五パーセントぐらいなんだぜ。全国平均よりもずいぶん高齢化が進んでる。元気に長生きしてるのはいいことなんだろうけど、年を取ると、若い頃は平気でできたこともできなくなるんだよ。電球の交換なんて、何でもない作業なのに、脚立に乗るのさえ難しくなる」

「分かるよ」大友も時々、聖子の家のメインテナンスを頼まれる。

「だから、ここで今、高齢者相手にどう商売するかは大事なことなんだ。何十年か後には、全国で通用する手本になるかもしれない」

「お前……変わったな」

「そうか?」

「そんなに真面目に、家の商売のことを考えてるとは思わなかったよ」

「家の商売っていうか、この県全体について、かもな。ついでに言えば自分のこともだ。地元で商売してると、年寄りにつき合うことが多いから——と言うより、ほとんど年寄りの相手だから——色々考えるようになるんだよ。あと二十年もすると、俺たちも年寄りなんだぜ? その頃のこと、考えてるか?」

「いや」優斗がもう三十歳、か。もしかしたら自分にはもう、孫がいるかもしれない。

考えるだけで恐ろしかった。

「東京の人間は、あまり将来のことを考えないのかね。孤独死するかもしれないなんて、心配にならないか？」

「さすがにそこまでは考えない」

「なあ、こっちへ帰って来る気、ないか？」

「え？」想像もしていなかった質問に、大友ははっきり動揺するのを意識した。妻の菜緒が亡くなった時、優斗の世話のことを考慮して一瞬考えないこともなかったが、それより先に、義母の聖子が自分の家の近くに引っ越してこい、と声をかけてくれて、それで想像は打ち切りになってしまった。あれで少なくとも、自分は警視庁を辞めずに済んだわけだし。仕事は、辛うじてつながっている命綱、という感じだ。

「いや、こっちならオヤジさんもおふくろさんもいるし、子どもは田舎で育てた方がいいんじゃないか。どうせまた東京へ出て行くにしてもさ」

「だけど、こっちじゃ仕事がないからね」

菜緒が亡くなった時、大友は三十二歳だった。しかも長引く不況が日本全体を覆っていて、再就職など簡単にはできなかったはずだ。ましてや、他県警に移って警察官の仕事を続けることは不可能だっただろう。それ以外の自分の姿——あの時点で、大友は既に警察官になって十年経っていた。一通り仕事も覚え、これからいよいよ、捜査一課で大きな花を咲かせようとしていたわけで、今さら他の仕事などしたくもなかった。実家が商売でもしていたら話は別だっただろうが……。

「オヤジさんなら、いろいろコネもあるんじゃないかな」

「そうかもしれない」

「何千人も担任してきたんだから、教え子に有力者だって相当いるはずだぜ」

「だけどオヤジは、そういうコネを使うような人じゃないよ」

謹厳実直を絵に描いたような父が、県会議員になった教え子に頭を下げ、息子の就職を頼む——想像し難い光景だった。というより、あり得ない。

「まあ、そうか……大友先生、硬いからな」

しかし大友は、村上の言葉で、存在しなかった自分の「今」を考えてしまった。もしもあの時、東京に残らず、佐久に戻る選択をしていたらどうなっていただろう。どんな仕事をしていたか。優斗はどう育っていたか。自分は再婚していたかどうか。

終わってしまった過去に意味はない。そう考えても、どうしてももう一つの現在に思いを馳せてしまうのだった。


母は、村上に「ご飯を食べていけば」としつこく勧めたのだが、村上は何とか逃げ切った。いわく、「外で飯を食べると嫁が怒る」「最近太り気味なので、自宅の飯で体重を調整している」。母がまた、それを一々論破するのが大友には笑えた。「だったら奥さんも呼びなさい」「うちの食事の方が健康的」。

最終的には、父の「いい加減にしなさい」の一言で、村上は引き上げた。ダイニングテーブルにつくと、既に食事の用意が整っていた。優斗は何とか元気を取り戻したようだ。風呂を済ませて、髪が濡れている。

食卓には、見慣れた料理が並んでいた。ありがたいことに鯉はない——いや、そもそも大友の実家では鯉を食べる習慣がなかった。イナゴや蜂の子や馬肉も。野沢菜以外に、「長野名物」と呼ばれる料理が食卓を飾ることはほとんどなく、今日も野菜の煮物やサラダが中心だった。普段、ほとんど肉は食べないようだが、今日は子どもがいるせいか、鳥の唐揚げが添えられている。

「さ、食べようか」父が声を上げ、静かな夕食が始まった。夕食時にテレビをつけないのも、昔からの習慣である。大友は、東京の家で夕食を食べる時には、NHKのニュースを流しっ放しなのだが。

黙々と食事が進む。話してはいけない空気を察しているのか、普段食事の時はよく喋る優斗も、食べることに専念していた。

「優斗、風邪はどうだ？」

「うん、大丈夫」

口一杯に唐揚げを頬張りながら、優斗が答える。父が何か言いたげに優斗の顔を見たが、結局大友が予想したような叱責は出てこなかった。食べている時には喋るな——大友はそうしつけられてきたのだが、やはり孫には甘いらしい。

取り敢えず、優斗が旺盛な食欲を見せたのでほっとした。きちんと食べられるのは元気な証拠である。そういう意味で子どもは分かりやすい。

食後には、母がケーキを用意してくれていた。全員、モンブラン。栗の季節でもないのだが……優斗が一口食べて、「美味しい」と目を見開く。確かに——甘みがしつこくなく、栗の風味が濃く生きている。これは「モンブラン」というより、「洋風の栗きんとん」ではないかと大友は思った。

「佐久に、こんなに美味いケーキがあったんだ」

「何言ってるの」母が不思議そうな表情を浮かべる。「佐久は、『ケーキの街』で売り出してるのよ」

「初耳だ」

「神戸、自由が丘と並んで、日本三大ケーキの街なんですって」

大友は思わず父親に助けを求めた。苦笑するばかりで、何も言おうとしない。要するに、町おこしでケーキをアピールしているということだろう。大友が子どもの頃は、そんなに洋菓子店があった記憶はないのだが……味噌ラーメンもそうだ。やはり知らぬ間に、故郷も少しずつ変わる。

優斗を早めに寝かせることにした。塾の課題があるというのだが、それは明日以降に後回しにさせる。今は少しでも休んで、疲れとショックを取ることが先決だ。

九時過ぎ、風呂から出ると、父親に呼ばれた。書斎——というか書庫で、二人きりになる。何となく照れくさく、居心地が悪い。父親は、昔から使っているコーヒーミルで、静かに粉を挽いていた。飲食で唯一強い嗜好を持っているのがコーヒーで、一日二回、朝と夜に自分で豆を挽いて楽しむのが日課だった。

「飲むか？」

「そのために呼んでくれたんじゃないの？」

「豆がもったいない。こちらから勧めはしないよ」

そういう言い草はないと思ったが、大友は静かにうなずき、「飲みたい」と伝えた。風呂に入っても体は完全に暖まった感じがせず、内側から熱を入れるコーヒーが欲しかった。

電気ケトルでお湯を沸かし、ゆっくりとコーヒーを淹れる。たちまち、香ばしい香りが書斎の中に広がった。そう言えば……書棚は全体に茶色い感じがするのだが、これはコーヒーのせいではあるまいか。

まさか。

書庫には元々、古本独特のカビ臭いにおいが籠っている。コーヒーの香りがある程度は打ち消してくれたが、鼻の奥がむずむずする感覚は残った。それでも、父のコーヒーを一口飲むと、気持ちがすっと落ち着く。雑味が一切ない、澄んだ味わいだった。

「こっちへ戻って来る気はないか？」

「え？」村上に言われたのと同じように言われ、大友は慌てた。どうしてこのタイミングで言い出すのだろう——いや、このタイミングだからだ。傷を癒すために帰省してきたのは、こういう話題を切り出すいい機会だろう。

「仕事のことなら、何とかなる。優斗が中学生になるタイミングでこっちへ来れば、学校のこともスムーズにいくだろう」

「いや……」大友はカップを静かにテーブルに置いた。「優斗には向こうにたくさん友だちもいるし、僕にも仕事がある」

「仕事は、今まで通り続けられるのか」今日の父は、やけに強硬だった。今まで、大友の人生に口出ししたことなどなかったのに。

「今まで通りというか、そのうち必ず、元の仕事に戻る」

「人殺しの相手をするのは、そんなに楽しいのか？」

「父さん……どうかした？」大友は思わず訊ねてしまった。「今まで、そんなこと、一言も言ってなかったじゃない」

「息子が撃たれれば、誰だって不安になる」

そういうことか……あの事件は、僕よりも周囲の人に強い影響を及ぼしたようだ、と大友は思った。

「分かるけど、僕は自分のペースで生きていきたい。自分の……じゃなくて優斗のペースかもしれないけど」

「中学生になると、また色々難しくなるぞ」

「分かってる。でも、それも楽しみにしてるから」

本気か？　自分で言っていて信じられなかったが、引く気はなかった。ほどなく、自分は「東京」にこだわっているのだと気づく。菜緒が生まれ、育った街。二人で暮らした街。あそこを離れるつもりは、今のところまったくない。

時に、想い出が人を強くすることもあるのだから。


大友は、日付が変わる前にダウンした。さすがに疲れを覚え、同じ部屋で、優斗と布団を並べて寝ることにする。暗い中、音を立てないように気をつけながら部屋に入っていったのだが、すぐに、優斗が布団の上で上半身を起こしているのに気づいた。

「どうした。眠れないのか」

「うん……何か、起きちゃった」

「どうかしたか？」

「色々考えちゃって」

「事件のこととか？」デリカシーのない言い方かもしれないと思ったが、回りくどい言葉は、むしろ優斗を戸惑わせるかもしれない。大友が優斗の正面で胡坐をかくと、優斗がこくりとうなずいた。

「やっぱり怖かったか？」

「怖いっていうか、訳が分からなくて……気がついたら体を縛られてるし、声も出ないし、風が強くて……高いところにいるのは見えたんだけど、それがどこかも分からなかったから」

「それは不安になるよな」

「だから……」闇の中、優斗が唇を嚙む。「よく分からないけど……怖いんだよね、きっと」

「当たり前だ」本当は抱きしめてやりたかったが、もうそんなことをされて喜ぶ年でもない。一抹の寂しさを感じながら、大友は「どうすれば元気になると思う？」と優斗に訊ねた。

「さあ……」

「犯人を早く捕まえることだろうな」

「パパが？」

「多分、な」ああ、言ってしまった……息子に言ったことは、絶対の約束になる。今まではまったく違う仕事になるのは間違いなく、気安く保証などできないのだが。

しかし何故か、大友はすっきりしていた。やると言ったらやる。方針が決まれば、後は迷うことなどないのだ。

第二部　脅迫

1

「捜索を手伝ってくれた人？　そんな人はいないな」

電話の向こうで、埼玉県警高速隊の隊長があっさり言い切った。

「間違いないですか」大友は念押しした。

「いや、聞いていない……報告を受けていないだけかもしれないが、それが重要なことなのか？」

「分かりません。分からないから調べているんです」

「この件は、そもそも寄居署が担当することになったんだけどね。うちはもう、手を引いている」いかにも面倒臭そうな言い方だった。

「寄居署には後で確認します」隊長のやる気のなさにかすかに苛立ちながら、大友は言った。「とにかく、そういう人がいなかったかどうかだけでも、確かめていただけますか？　もしも本当に、親切心から息子を捜してくれたんだったら、お礼もしたいんです」

「まあ……しばらく時間をくれ。うちもローテーションで勤務しているんでね」

「あの夜、現場に出ていた人は誰ですか？」最初に話をした若い警官のことを思い出した。名前を聞いていないのが悔やまれる。

「それは言えない。隊員と個別に話はしないでくれるか」隊長がぴしりと言った。反論を許さない口調だった。

電話を切り、寄居署にかけ直す。今日も出勤していた深井に、優斗を探していた人間の話をすると、やはり「聞いていない」という。だが彼は、高速隊長と違って素っ気ない態度は取らなかった。

「確かにおかしな話だな。その男が、監禁事件に関係していたとでも？」

「可能性として、否定できないんですよね」

「ちょっと調べてみよう。リストを順番に潰していけば、分かるはずだ」

「それは……」

「もちろん、うちでやる」

「何かお手伝いできることはありませんか」

「それは筋違いだねえ。もちろん、被害者の父親としてのあなたには、情報は提供するけどね。埼玉県警は、被害者家族に対する対応には、気を遣っている」

本当だろうか、と大友は訝った。しばらく沈黙を守っていると、深井が咳払いをした。「とにかく、こちらで調べてみるから。あなたは大人しくしていた方がいいですよ」深井が釘を刺した。

大友は何も言わなかった。言わないことで決意表明したつもりだった。「手出ししません」と言って動き回っていたら嘘つきになる。大友は演技は好きだが嘘は嫌いなのだ。

電話を切り、縁側に出る。ささやかな庭の向こうは小さな畑になっており、朝食を終えた父が、もう野良仕事に出ていた。今日は陽射しが暖かく降り注ぎ、いかにも外で仕事をするに相応しい日になりそうである。今頃の季節は、何を植えているのだろう……

母親が、すっと近づいて来た。

「お茶、飲まない？」

「いや」大友は断り、母に向き直った。「ちょっと仕事があるんだ」

「仕事って、あなた……」母が顔をしかめる。「休みに来たのに、仕事？」

「優斗と約束したからね」

「どういうこと？」

「それは、優斗に聞いてくれないかな……それより、あいつの面倒を見ていて欲しいんだけど。あまり手はかからないと思うから」

「そうね。いい子に育ってるわね」

「埼玉まで行って来る。車を借りるよ」

「それは、お父さんに言って」

サンダルをつっかけ、庭を横切って畑に出た。父は、鍬《くわ》で土を掘り起こしていた。細身の割に動きは力強く、リズミカルである。

「父さん、今日一日、車を貸してくれないかな」

「母さんに言ってくれ」

夫婦揃って同じことを……僕はピンポン玉じゃないんだから、と大友は思わず苦笑した。

「じゃあ、とにかく借りて行くから。今日は使わないよね？」

「最近はほとんど乗らないよ。バッテリーが上がってないといいんだが」

父の愛車はボルボだ。いわゆる昔ながらのボルボ――「レンガに車輪」と言われた時代の最終型にあたる、角ばったデザインのものである。確か、上田の高校で教頭をやっている時に買ったはずだから、もう十五年以上乗っているのではないだろうか。一時は、東京でもやたら見かけたワゴン車である。

運転席に座る前に、一応ざっと点検する。濃い緑色のボディが埃で汚れているのは仕方ないとして……タイヤはスタッドレスだ。まだ急に雪が降る心配もあるから、これはありがたかったが、そもそもこのタイヤはいつから使っているのだろう。去年の冬に履き換えて、夏もそのままとか。あるいはずっと、夏用タイヤなど使っていないのかもしれない。

父の言う通りにバッテリーが心配だったが、幸い、エンジンは一発でかかった。ガソリンも満タンに近い。オドメーターは九万キロを超えている。この辺では車が足代わりなので、もっと走行距離が伸びていてもおかしくないが、退職してからほとんど乗っていないのは本当だろう。歩いて行ける場所にスーパーがあり、かさばる本は今やほとんどネットで取り寄せているそうだから、わざわざ車で出かけることもないのだろう。東京へ出て来る時は、常に新幹線を使うし。

寄居署へ行くことは決めていたが、まだ手順は考えていない。深井にも、余計なことをしないよう、釘を刺されたし。しかし、煙たがられても、何もしないよりはましだ。話しているうちにアイディアが浮かぶかもしれない。

しかし、時には答えが向こうから飛びこんでくることもある。電話が鳴ったので、大友は車の鼻先だけがガレージから出たところでブレーキを踏みつけた。高木だった。

「どうした、朝から」

「ちょっと、情報を耳に入れておこうと思ってね」

「あまり急かさないでくれよ」

「いやいや」高木が苦笑する。「面白い話だぞ。これは、高速隊の手には負えないかもしれないな。もしかしたら、サイバー犯罪対策室の手を煩わせることになるかもしれない」

「ネット絡み？　事故とは全然関係ない話に聞こえるけど」

「それが、そうでもないんだな。運転席付近から、不審な電子機器が見つかっているんだ」

高木の説明は、最初ぴんとこなかった。大友自身が、IT関係に強くないせいもある。果たしてそんなことが可能なのか……想像の域を出なかったし、高木も自分から積極的に推理を披露しようとしなかったので、二人の会話はすぐに行き詰ってしまった。

「……どうする？」探るように高木が訊ねた。

「どうするって言われても」

「手、出しにくいよな」

「ああ。事故に関しては、僕には直接関係ないから……いや、待ってくれ」

「何か思いついたか？」高木が、期待をこめた口調で言った。

「ああ。ちょっと待ってくれ」繰り返し言って、大友は右手でハンドルを握り締めたまま目を閉じた。思考の断片が、もやもやと頭の中を漂っている。はっきりしないな……しかし、一つだけ手がかりを得た。よし、とにかく話してみよう。「高速隊につないでもらえるかな」

「俺が？　いや、それはちょっと……」高木が尻ごみした。

「知り合いとか、いないのか」

「いるけど、俺が直接首を突っこむと、面倒なことになる」

「だけど、僕には首を突っこむようにそそのかしたじゃないか。自分だけ、安全なところに籠っているのはどうかと思うけど」

「別に俺は——」

「ヒントになるかもしれない……仮説を思いついたから、高速隊と話したいんだ。できたら、直接」

「……分かった。何とかする」結局高木は折れた。

「じゃあ、僕はこのまま高速隊に行ってみる。長野インターのところだろう？」

「ああ」

「お前は来る必要はないから。話だけ通してくれればいいよ」

「話だけって言っても、そうはいかないんだよ」高木は、大友の顔を見るなり、ぶつぶつと文句を言った。自分の仕事を放りだして来ているのだから、文句の一つも出るのは当たり前だろう。

「何も、わざわざ……」

「課長が、『お前も顔を出せ』って言うもんだからさ」

「一課長が？　どうして」

「お前のファンらしいよ」ようやく高木がにやりと笑った。「ま、それはともかく、さっさと済ませようぜ。こっちは待機中の身なんでね。いつまでも席を空けておくわけにはいかないんだ」

「助かるよ」

パトカーがずらりと並んだ駐車場を通り抜け、県警の庁舎に入る。高木が予め話を通していてくれたので、すぐに副隊長に会うことができた。向こうは制服姿、高木もスーツにネクタイなので、ノーネクタイにジャケットという格好が急に恥ずかしくなる。せめて腰を低くしていようと思ったのは、応対してくれた副隊長が不機嫌だったせいもある。

「越川《こしかわ》です」口調は丁寧だったが、表情には本心が滲み出ている。さっさと帰れ、だ。

「実は、事故を起こしたバスにうちの息子が乗っていまして」

「事故の時には乗っていなかった、が正確だな」越川がぶっきらぼうに言った。自分はデスクについているのだが、大友たちには椅子を勧めようともしない。長野県警は、被害者家族を大事にしないようだ。

「仰る通りです。寄居パーキングエリアで拉致・監禁されていました」

「災難だったな」さして災難と思っていない口調だった。

「その拉致と今回の事故が、関係があるんじゃないかと思います」

「まさか」越川が一言で切り捨てた。「それはあまりにも、偶然過ぎるんじゃないか」

「いや、必然なんです」喋っているうちに、だんだん考えがまとまってきた。運転中に一人で考えていた時にはもやもやしていたのだが、やはり誰かとディスカッション――これはまだディスカッションになっていないが――すると、考え方の方向性がはっきりしてくる。

「どうも、ピンとこないがね」越川が腕を組んだ。表情はますます不機嫌になっている。

「不審な電子機器が見つかったんですよね」

「ああ」越川が目を細める。「その話、そもそも誰から聞いた？　うちの捜査上の秘密なんだけど」

高木が前に出ようとしたが、大友はすっと右手を横に上げて、彼の動きを制した。確かに高木から聞いたのだが、ここで彼の立場を悪くすることはない。

「申し訳ありませんが、情報源は言えません」

「へえ」

越川が高木の顔をねめつける。高木は必死で視線を合わせまいとしたが、越川の目力は強烈だった。

「あれはおそらく、時間稼ぎだったんです」高木を助けるために、大友は慌てて言った。

「時間稼ぎ？」

越川の視線が大友に移った。この眼力は……目張りでもしているようだ。これなら自分もメークでもしてくるべきだった、と馬鹿なことを考える。

「そうです。うちの息子が行方不明になった結果、バスは寄居パーキングエリアで三十分ほど停車することになりました。その間、運転手はかなり長い時間、不在になっていました。しかも子どもが行方不明ということで、乗客の有志がボランティアで捜索に出てくれて、バスの中はざわついていた。誰かが運転席に近づいて細工するのは、難しくはなかったんじゃないですか」

「それで誰かが、例の電子機器を取りつけたと？」越川の声がわずかに揺らぐ。馬鹿馬鹿しいと思っていたのが、にわかにその可能性が現実味を帯びてきたと考えているのだろう。

「電子機器自体は、どんなものだったんですか？」

越川が、デスクに乗ったバインダーを開く。一枚の写真が出てきた。

「現物は県警本部の方にいってるんだが……どうも手作りらしいな」

一見、小型のハードディスクという感じだった。各辺が微妙に丸みを帯びた、直方体の黒いボックス。アスファルトの上で撮影されたもので、隣に巻尺が添えてあるので、長辺が十五センチほどと分かる。厚みは一センチもなさそうだ。まさにポータブルハードディスクという感じで、もしかしたらケースをそのまま流用したのかもしれない。実際、メーカーのロゴも確認できた。

「ハードディスクみたいですね」

「中身はそうじゃない。今、サイバー犯罪対策室で分析中だ」

「何なのか……何だと思いますか？」

「分からん」

越川が即座に言い切ったが、一瞬目に迷いが走るのを大友は見て取った。

「少なくとも、何か仮説みたいなものはありますよね？」

「あったら？」

「教えていただければ、私も考えます」

「あんたに考えてもらう必要はない」越川の表情が強張る。

「私も関係者なんです。それに刑事です」どちらを優先すべきかは難しいところだが。

越川が大友の顔を凝視した。ほどなくふっと息を吐き、助けを求めるように高木を見やる。

「あんた……捜査一課の高木だったな」

「ええ」

「彼は、友だちなのか？」

「高校の同級生です」

「昔からこんなにしつこかったのか？」

「いや」高木は必死で笑いを堪えていた。「警視庁で鍛えられたんじゃないですか。なあ？」

話を振られ、大友は曖昧にうなずいた。自分が変わったかどうか……自分では一番分からないことだ。

「バスは、外部からコントロールされていた可能性がある」越川がようやく認めた。

「リモコンのように？」大友は訊ねた。

「まあ、簡単に言ってしまえば」越川がようやく、椅子を勧めてくれた。大友と高木は、空いていた椅子を引っ張ってきて、デスクを挟んで越川と向かい合った。越川がすぐに、バインダーからカタログを取り出す。何と……バスのカタログである。こんなものがあるのかと驚きながら、大友は受け取って開いた。バスやトラックを多く作っているメーカーのものだとすぐに分かる。

「読んでくれ。車載通信システムの説明がある」越川が指摘した。

なるほど……ナビゲーションシステムとは別に、バスの運行センターと常時つながった状態になっているようだ。渋滞や事故の情報をリアルタイムでやり取りしたり、ネット経由で会話もできる。よりスムーズに運行するためのシステムということらしい。

「俺も、詳しい理屈は分からないよ」言い訳するように前置きしてから、越川が続ける。「ただし、こういう風に外部とネットでつながっている場合、ハッキングは可能らしいんだ。要するに、インターネットっていうのは穴だらけなんだね」

「だけど、バスを運転するのは人間じゃないですか」大友は反論した。

「あのね、最近の車は、どんどん進化してるんだ」越川が呆れたように言った。「あらゆる制御をコンピューターで行うようになっているわけだからね。それが外部とネットでつながっていたら――」

「ハッキングできるわけですね？」

「例えばウイルスを送りこむ、とかね。外部からのコントロールを可能にするようなウイルスを車載システムに感染させて、ネット経由でバスを操作することも可能になる――理屈の上では」

「仮説ですか……でも、この妙な機械の存在は気になりますよね」大友はまたカタログに視線を落とした。

「実は、このバスの車載通信システムには、運転手を監視する役目もある」

「監視？」そういう仕組みが開発中だ、ということは大友もどこかで読んでいた。顔の向きや瞼の動きをカメラで監視して、運転中に居眠りしていないかをコンピューターが確認、危ないと判断すれば、警告音を発する。さらに緊急の場合は、追突防止システムが作動して車が自動的にストップする。

「車載の居眠り防止装置もアラームを鳴らしたりするんだが、このシステムの記録は全て本社のサーバーに蓄積されている」

「今回は――」

「運転手は、居眠りはしていない」越川が断言した。

高木は昨日、「居眠りではないと思う」と言っていた。フェンスにぶつかる直前、運転手が「危ない」と叫んでいたという――越川の話は、この情報の正確さを裏付けるものである。

「居眠り防止システムは、どこまで信頼できるんですか」

「百パーセントとは言わないが、百パーセントに近い」まるで自分がその技術を開発したかのように、越川が胸を張った。「とにかく会社のサーバーには、運転手が居眠りしていた記録は残っていないんだ」

「運転手とは、もう話をしたんですか？」

「いや、まだだ」越川が顔を歪める。「せん妄状態というのかな。生命の危機はなくなったが、意識が戻ったのか戻っていないのか、はっきりしていない状態らしい。病院からは、話す許可が下りないんだよ」

「回復待ちですね……ハッキングの話に戻りますが、仮に外部からコントロール可能になると、どんなことができるんですか」

「あらゆることが」越川が肩をすくめた。「このバスを作ったメーカーと直接話をした。ハンドルやアクセル、ブレーキの操作、基本的な運転にかかわることは、何でも外部から操作できるそうだ。このバスは、主要な部分にフライ・バイ・ワイヤ方式を採用しているから……フライ・バイ・ワイヤは分かるか」

「飛行機の話じゃないんですか？」

「元々は」越川がうなずく。「要するに、機械的に動かすんじゃなくて、電子信号を与えて操作する——つまり、ハードではなくソフト的に機械を動かす、ということらしい。まあそれは、機械に詳しくない俺に、バスメーカーが極めて簡単に説明してくれたことだけどな。とにかく、車内にもネットワークが張り巡らされているようなものだから、そこに侵入できれば、あとは自由自在にコントロールできる」

大友はぞっとして、思わず背筋を伸ばした。要するに、こういうシステムを持った車は、完全に外から乗っ取ることが可能なわけだ。今話題の自動運転など、危険極まりないものではないだろうか。人の命に直結するものには、今まで以上に強固なセキュリティが必要になる。

「実際にハッキングされたかどうかは、まだ分からないんですか」

「バスの方の車載コンピューターを調べないと、何とも言えない。損傷がひどいから、サルベージするだけで大変なんだよ」越川が言った。

「サルベージして調べれば、分かるんですか」

「保証はない。自己消去型とか言うらしいが、システムに感染してプログラムを書き換えたら、そのまま消滅してしまうウイルスがあるそうだ。結果的に、感染によるものなのか、元々のプログラムのミスなのか、後から証明するのは難しいらしい」

「残された機械の方の分析で、その辺は分かるんじゃないですか」大友は、黒い箱――まさにブラックボックスの写真に目をやった。こんな小さな箱で、五十数人乗りのバスを簡単にコントロールできるのか……。

越川のデスクの電話が鳴った。舌打ちして受話器を取り上げ、無愛想に「はい」と答えたが、すぐに表情が明るくなる。

「分かった。すぐにうちの人間をそっちにやるから。で？　どれぐらい話を聴けそうなんだ？　十分？　何だ、それは」また顔をしかめる。「ああ、分かった。まあ、しょうがない。取り敢えず手始めということだな」

叩きつけるように受話器を置き、両手を揉み合わせる。

「運転手の意識が戻ったんですね？」

「ああ」

「ご一緒してもいいですか」

「いや、それは……」

「ご一緒できないとしたら、後からまたお話を伺うことになると思いますが」

「いや、それは……」越川が繰り返した。しばらく唇を引き結んだまま、言葉を探している様子だったが、結局折れた。「あんたからの質問は絶対になし。病室の隅の方で、置物になっていると約束してくれたら、特別に許すよ」

大友は、口にチャックする真似をした。それを観た越川が表情を歪める。大友をまったく信用していないことは明らかだった。

2

「しかしお前、ずいぶん強引だな」佐久市内の病院に着き、駐車場でそれぞれの車から降り立った瞬間、高木が漏らした。

「そうかな」

「警視庁っていうのは、いつもこんなに強引に話を進めるのか？」

「何とも言えない。他の県警と比較したことがないから」

「まあ、とにかく……」高木が唇を舐めた。「お見それしましたよ」

うなずき、足早に病院の建物に向かう。大友はマスコミを警戒していた。地元メディアだけではなく、東京からも取材に来ているかもしれない。あの連中を捌くことを考えるとうんざりする。特に沢登有香は……大友は思わず、周囲を見回してしまった。取り敢えず、テレビカメラが見えないのでほっとする。病院側も、建物の中にまではカメラを入れないだろうから、ここで見当たらないということは、マスコミはいないはずだ。

「容態、どんな感じなんだろうな」

「それは、俺には分からない」高木が首を振り、腕時計を見た。「とにかく、時間がないぞ」

「分かってる」

二人は急ぎ足で——病院内なので走れない——集中治療室に向かった。しかし到着した瞬間、看護師から「一般病室に移った」と聞かされる。ということは、危機的状況からは完全に脱したのだ。一安心して、大友は吐息を漏らした。

「十分じゃなくて、もう少し長く話を聴けるかもしれないな」高木が言った。

「そうだといいけど」

大友は、自分の入院生活を思い出していた。昏睡状態から意識を取り戻した時、同僚からだいぶ長く話を聴かれたらしい。しかし、その記憶がまったくないのだ。同僚たちは「結構しっかり話していた」と言うが、自分としては話した記憶そのものがない。その時話したことが、はたして捜査に役立ったかどうかも分からなかった。

「あそこだ」高木が低い声で言った。

見ると、廊下に何人か、背広姿の男たちが固まっている。高速隊というと常に制服を着ている印象なのだが、さすがにこういう捜査だと背広になるのだろう。大友たちを認めると、微妙な表情を浮かべた――歓迎されざる客。

大友は丁寧に頭を下げたが、木で鼻をくくったような挨拶しか返ってこなかった。まあ、こういうことには慣れている……落下傘で特捜本部に降下した時は、だいたい似たような態度で迎えられるのだ。

「十分だけです」若い隊員が、両手をぱっと広げてみせた。「それ以上はまだ、病院が許可してくれません」

大友は黙ってうなずいた。すぐに、病室の外ではまだ口を閉ざしている必要はないのだと気づき、若い隊員に「容態はどうなんですか」と訊ねた。

「一応、生命の危機は脱しました。ただ、まだ麻酔の影響が残っているので、朦朧としてはいるようですね」

「もう少し待った方が……」

「それは無理です」隊員が表情を強張らせた。「事故の状況を一番よく知っている人ですから」

「事故の直前に何が起きたか、そこから聴いた方がいいですよ」

大友のアドバイスに、若い隊員の耳が赤くなった。余計なことを言ったかもしれないと悔いたが、まったく必要のない、「そもそもの初め」から話を始めてしまう警官もいるのだ。それこそ、その日の朝に何を食べたかから始めるのが、正確な事情聴取だと勘違いしているように。それでいい時もあるのだが――特に朝食が事件や事故の原因であれば――相手の意識がはっきりしない状態だったら、とにかく肝心なポイントだけを先に聴いてしまうに限る。

「では」若い隊員がドアを押し開けた。もう一人、相棒が中に入る。

大友は自分も入る前に、ドアの隙間から部屋の様子を観察した。一人部屋故に、かなり狭い。部屋の中央にベッド、その脇に丸椅子が二つあるが、他に座る場所はなかった。どうやら自分たちは窓際に陣取って、立ったまま話を聞いているしかないようだ。

大友はベッドの足の方を横切り、窓辺に向かった。薄いカーテンが閉まっており、淡く陽の光が入ってくるだけで、部屋は寒々としていた。病室がこんなに寒くてはいけないと思うのだが……高木も素早く大友の横に位置を取った。二人の隊員は、既に丸椅子を引いて座っている。

運転手は天井を向いたまま、意識を失っているように見えた。目が開いているので寝ていないのは分かるのだが、視線が虚ろで、何かが見えているとは思えない。頭にはネット型の包帯。半白の無精髭が、顔の下半分を覆っていた。

菅谷政則、四十八歳。バス運転手歴二十二年で、信越バスには五年前から勤めているという。今まで無事故無違反だったことは、記録から明らかになっていた。本当は礼を言うべきところなんだけどな、と大友は思った。優斗を必死に探してくれたのだから。しかし、その件について話をするには、もう少し時間が必要なようだ。

「菅谷さん、聞こえてますか」先ほどの若い警官が声をかけた。穏やかな口調なのは悪くない。相手は安心するだろう。

「あ……ああ」菅谷の声はかすれていた。薬のせいなのか怪我の影響なのかは分からない。

「話ができますね？　十分だけ時間をもらいますよ」

「十分……はい」

「喉は渇いてません？」隊員が、サイドテーブルに置かれたミネラルウォーターのペットボトルを手に取って見せる。

「今は……大丈夫です」菅谷の声が次第に明瞭になってきた。これならきちんと話ができるのでは、と大友は期待した。

隊員は、即座に事故直前の話から始めた。自分のアドバイスが効いたのだろうか、と思いながら、大友は二人のやり取りに耳を傾けた。菅谷の声はまだかすれており、しかも小さい。咳をすると、しばらく話ができなくなってしまう。

「事故を起こす直前まで、車に異常はありませんでしたか」

「……ないです」

「ハンドルを取られたりとか、ブレーキが利きにくくなっていたとか」

「ありません」

「居眠りしていたんじゃないですね？」

「違います」その時だけ、口調がはっきりした。自分の責任ではないことを、明確に伝えたいのだろう。「車載コンピューターの記録を見てもらえば分かります」

「それは確認します……急な割りこみなどは？」

「ないです」

「だったらどうして事故が起きたんですか」

「急にハンドルが利かなくなって……」

「自分の手で動かせないぐらいに？」

「そうです。それで勝手に左側に行ってしまって……」

「そんなことが、今までにありましたか？」

「ないです。初めてでした」

やはり車載コンピューターをハッキングされ、コントロールを奪われたのか。

「ぶつかる直前に、『危ない』と叫びましたか？」

「いえ……いや、覚えてないです」

「何か、事故原因に思い当たる節はありませんか」

「全然分かりません」

「こういうのは、あり得る話なんですか？」

「私には何とも……今まで経験したことがないので」

若い隊員はなおも、手を替え品を替え、質問を続けた。なかなかの粘り腰である。だが菅谷は、はっきりした答えを返せなかった。惚《とぼ》けている感じでも、薬の影響が残っている感じでもなく、本当に、何故事故が起きたか分かっていない様子だった。

大友は、警告を無視して自分でも質問しようと思った。他人の話を聴いているだけでは、どうにももどかしい。しかし背中を窓から離した瞬間、若い隊員が「これで終わります」と言って立ち上がったので、出鼻を挫かれてしまった。二人の隊員がさっさと部屋を出て行く中、自分だけ残って質問を続けるのは難しい。すぐにつまみ出されてしまうだろう。結局質問はできないまま、部屋を出るしかなかった。

廊下で、若い隊員が待ち構えていた。

「邪魔したわけじゃないですけど」最初に、言い訳するように言った。「副隊長から、釘を刺されていたので」

なるほど。「あいつには喋らせるな」か……確かにここで部外者の自分が勝手に質問したら、警察の管轄は滅茶苦茶になる。取り敢えずは大人しくしておこう、と決めた。

あくまで取り敢えずは。

二人の隊員と並んで歩きながら、大友は若い方にターゲットを定めて質問を始めた。

「君は、どう思った？」

「どうって……」答えていいかどうか分からないようで、若い隊員は言葉を濁してしまった。

「本当に、バスは乗っ取られたと思うか？」

「そう……なんじゃないですかね」

「何のために？」

「それは、現段階では分かりませんよ」隊員はうつむきがちだった。

「少しは自分の頭で考えないと」

「考えてますよ」むっとして隊員が言い返す。

「だったら、どういう結論に達した？　萱谷さんは嘘をついてないかな？　自分の運転ミスの責任を逃れたいがために、こんなことを言い出したとは思わない？」

「思えませんね。だったら、あのリモコンの意味はどうなりますか」

「リモコンって呼んでるんだ」

大友の質問に、隊員は沈黙を貫いた。耳が赤くなっている。この場でしか通じない隠語を口にしてしまったことを悔いているのだろう。

「目的は何だろうね」大友は言葉を変えて質問を繰り返した。

「会社に恨みを持ってるか、愉快犯か、どっちかしかないでしょう」

「なるほど。君はどっちだと思う？」

「そんなの、分かりませんよ。会社の方も調べてみないと」

「君が調べるのか？」

「それを決めるのは自分じゃないので」

若い隊員が、いきなり歩くスピードを上げた。追いつけないほどではないが、いい加減質問に飽き飽きしているであろうことは想像できたので、大友は後を追わなかった。

「聞きしに勝るしつこさだね」呆れたように高木が言った。「いつもこんな感じなのか？」

「そうする必要があると思えば」

「容疑者も大変だ。お前みたいなタイプとやり合わなくちゃいけないとなると、ストレスが溜まるだろうな。すぐに喋っちまうんじゃないか」

実際、すぐに喋る容疑者が多いのは事実だが、理由は分からない……先輩刑事たちもよく首を捻っていたが、「そういうやり方は忘れないようにしろよ」と何度も励まされたものである。前に座っただけで、容疑者が何でも白状してしまう能力——刑事なら、誰かを殺してでも手に入れたいものだ。もっとも大友には、どうしてそんな風になるか分からないので、忘れるも何もないのだが。

「で、これからどうする？」駐車場に出るなり、高木が訊ねた。雨粒が落ちてきたようで、首をすくめて左の掌を上に向けた。

「寄居まで行って来る」

「ずいぶん頑張るな。結構距離があるぞ」

「百キロじゃ済まないだろうね……百五十キロより、もう少しあるかな」

「腰を悪くするぞ。そもそも、怪我は大丈夫なのかよ。だいたい今回は、元々休養で来たんだろう」

仕事をけしかけた一人は、高木本人ではないか。そう思ったが、大友は口には出さなかった。どうも僕は、誰かが背中を押す前に、それを予期して自動的に飛び出してしまう性癖がある。しかしどうであれ、結果は自分一人で背負うのみだ。

「大丈夫だ」これは強がりでも何でもなかった。父のボルボは、見た目は無骨だが乗り心地はいい。長距離を運転してもまったく腰にダメージはなく、往復三百キロぐらいのドライブなら、何ということもないだろう。

「今の情報——というか推測を、寄居署に話してくるよ」

「上手くやってくれよ」高木が懇願するように言った。

「相変わらず、高速隊と寄居署は上手くいってないのか?」

「みたいだな。情報もきちんと流れてないんじゃないかと思う」高木が両手で顔を擦った。「馬鹿馬鹿しい限りだけどね……しょうがない」

「取り敢えず、緩衝材になってくるよ」

「挟まれて押し潰されないように気をつけろよ」

高木の忠告は、ジョークとは思えなかった。

3

深井が唖然として口を開けた。

「バスを……乗っ取り？」辛うじて言葉を絞り出す。

「その可能性が高いようです」

「そんなこと、できるのか？」

「できるようです。長野県警からの受け売りですが」大友は「ブラックボックス」あるいは「リモコン」の一件を説明した。そこから犯人にたどり着くのは、現段階では難しそうだが……寄居まで来る途中、高木からメールが入った。ブラックボックスは一応分解できたが、中身はどこでも買えるようなパーツばかりらしい。秋葉原を一時間ほどうろつけば揃うはずだ、というのが彼の説明だった——という新しい情報もまとめて披露する。

「しかし、相当な専門知識がないと、そんなことはできないだろう」

「いや、それがそうでもないそうです。ある程度プログラミングを学んだ人間で、少し手先が器用ならばできるというのが、長野県警のサイバー犯罪対策室の見解のようですね」

「そうか……となると、問題は実行方法だけだな？　あなたが言ったように時間稼ぎをしてしかけたとすれば……いや」深井が顔をしかめた。

「何か気になりますか？」

「誰かを行方不明にさせて騒ぎを起こすのは、時間稼ぎとしては上手い手だとは思う。ただ、大人を拉致するのは無理だろう。それこそ、何人もでやらないと、完全に自由は奪えない。子どもなら何とでもしやすい……騙すのも簡単だろうな。だけど、バスに子どもが乗っていることが、どうして事前に分かったんだ？　そんなもの、バス会社しか把握してないだろう。まさか、子どもが乗り合わせるまで何度も高速バスに乗っていたとしたら、効率が悪過ぎる」

「その件も考えたんですが……例えば、バス会社のコンピューターがハッキングされたとは考えられないですかね」

「何でもかんでもハッキングかね」深井が目を見開く。

「いや、これは真面目に検討していいことだと思います」大友は自分を納得させるためにうなずいた。「ハッキングは、我々が考えているよりもずっと簡単みたいですよ。インターネットにつながっているコンピューターには、必ずどこかに穴があると考えた方がいいようです」実際、面白半分というか、自分の腕を試したいがためにハッキングを試みる人間さえいるようだ。例えば、ペンタゴン（米国防総省）のハッキングに成功したと言えば、ハッカー――これも正確にはクラッカーと呼ぶべきだそうだが――業界では神と崇められるだろう。馬鹿馬鹿しいとは思ったが、ＩＴ技術は、こういう犯罪行為の積み重ねで向上していくのかもしれない。戦争で培われた技術が民生に転用され、一般人の生活を豊かにしていくように。

「つまり犯人は、予めバス会社のサーバーに侵入して、特定の日の特定のバスの乗客の情報を手に入れていた、と？」

「ええ。正確には、子どもが乗っているバスを特定して、それをターゲットにしたのかもしれませんが。別に、路線はどこでもよかったんじゃないですかね」

「だったら、犯人の狙いは？」

「バス会社をトラブルに巻きこむこと、でしょうか」

それで優斗が拉致されたなら、たまったものではない。その後の事故で怪我をした人も同様だ。まったく無関係の人が巻きこまれたという意味では、これは通り魔と同等レベルの凶悪な事件である。

「しかし、何のために？」

「それは……分かりませんが」

大友は思わず首をすくめ、コートの襟を立てた。最初に寄居署に寄ったのだが、深井たちは再び現場検証に出かけているというので、パーキングエリアに出向いたのだった。どういうわけか、長野よりもこちらの方がずっと寒い。大友は売店の温かい蕎麦――既に昼食時を過ぎているのだ——や自動販売機のコーヒーを思い浮かべた。深井は埼玉西部の寒さにも慣れているようで、薄いコート一枚で何ともないようだったが。

「問題がいくつもあるな」深井が顎を撫でた。「そのブラックボックスをしかけたのは誰か、共犯はいたのか。そもそもの動機は何なのか」

「最後の件については、警視庁に協力を依頼したらどうでしょう？　本社は東京ですし」そうすれば、自分も大手を振って捜査に参加できるかもしれない。

「いや、それは……これはあくまでうちの事件だから」深井の顔が強張る。「それに、他から押しつけられた捜査を、きちんとやってくれると思うか？」

普通はやらない。しかし自分が間に入れば、きちんと——それこそ自分たちの事件のように捜査する、と大友は思った。虎の威を借る狐のようだが、後山に頭を下げる手もある。まさか、三方面本部長へ転身した福原には頼めないだろうが。既に退職秒読みになっている福原が捜査に首を突っこむのは筋違いである。もっとも本人は、大友が頼めば喜んであちこちを引っ掻き回してくれるだろう。とにかく現場が、事件が好きな人なのだ。

「どうですか？　話だけでもしてみたら。こちらから刑事さんが出張するにしても、案内役がいる方がいいでしょう」

「まあ、そこまで心配してもらう必要はないけどな。今は人手が足りないし……バスの乗客リストを潰し始めているんだ」

「長野県警の妨害には遭っていませんか?」

「さすがにそれはないよ」深井が苦笑した。「いずれにせよ、ブラックボックスをしかけた人間の目撃者がいないか、聞き込みの重点をそこに移すから」

「そうですね……」一気呵成に会社も攻めなくてはいけないのだがと思いつつ、大友は曖昧に答えた。バス会社は何か、不祥事を隠そうとしていないだろうか。あるいは、かつて首を切った従業員から恨まれているとか。まずは会社の「感触」を聴くのが優先だ。そして自分ならそれはできる、という自信もある。ただし、今すぐは難しいかもしれない。事故原因の調査で、長野県警がしつこく攻めているはずで、そこに割りこむまでの図々しさはなかった。

深井の携帯が鳴った。慌てて電話を耳に押し当て、大友に背を向ける。それはそうだよな……何でもオープンにというわけにはいかない。僕には話せないことだっていくらでもあるだろうと自分に言い聞かせ、大友は少し離れて深井の通話が終わるのを待った。

会話は三十秒ほどしか続かなかった。携帯を背広の胸ポケットに落としこんだ深井が、軽く溜息をつく。

「どうしました?」何故か気になり、大友は訊ねた。

「いや、部下からなんだけど……怪しい感触の人間がいるようなんだ」

「怪しいって、どういうことですか?」大友は思わず一歩、深井に詰め寄った。

「はっきり喋らないというか、微妙に非協力的というか……あくまで刑事の感覚的な問題だけどね」

「それは、無視できませんよ。ベテランの人ですか」

「若手だが、勘はいい」

大友は黙ってうなずいた。この相手は無視できない。どういう理由で非協力的なのかは分からないが、事件の鍵を握っているかもしれないのだから。

「話、聞いてみましょうか？」

「いや、さすがにそれはまずいだろう」深井がまた携帯を取り出し、画面をチェックしてポケットに戻す。

「問題の人は、長野の人間ですか？」

「ああ……そうそう、あなたと同じ佐久の人だよ」

「だったら、帰るついでにでも。大した手間じゃないですよ」

「手間とか、そういう問題じゃない」

深井がぴしりと言った。僕を「被害者家族」扱いしてくれるのも、そろそろ限界かもしれない、と大友は首をすくめた。

「それで、相手は何者なんですか？」

「そう突っこまないでくれよ……ギタリスト、だそうだけどね」

「え？」

佐久でギタリスト。そういう人がいてもおかしくはないが、何となく違和感がある。

佐久出身というだけで、地元では演奏活動をしている人ではないのかもしれない。しかしどういう状況かは、今はどうでもいい。「佐久のギタリスト」。それだけで、話のとっかかりにはなるはずだ。

大友は深井との曖昧な会話から、ギタリストの個人情報——その断片を探り出した。そして、夕方佐久に戻るまでに何か所か電話をかけ、名前と住所を割り出していた。田舎の情報網、恐るべし。しかも世界が狭いことを思い知っていた。

綾瀬《あやせ》竜馬《りゅうま》。何と、父が上田で教師をしていた頃の教え子である。担任ではなく、現国の授業で教えただけだという話だったが、父の記憶は鮮明だった。

「授業中に、何かこそこそ内職をしてたんだ。見たら、楽譜を書いてた。そういうことは音楽の時間にやれと言ったんだが、何度も繰り返してね」

「その頃から、ギタリストを目指していたんじゃないかな」

「そうかもしれない」父がうなずく。

「そういう活動をしていたことは知ってたの？」

「ああ。学園祭ではステージに立ってたよ」

それが十五年以上前のこと——綾瀬は、今は三十代半ばになっているはずだ。父が何本か電話を回すと、すぐに住所と電話番号が割れた。これじゃ、自分でやるよりもよほど効果的だ、と大友は腐りかけたが、田舎ではこれが普通なのだろう。

父が集めた情報によると、綾瀬は高校を卒業後、東京の音楽専門学校に入学。在学中から本格的に演奏活動を始め、ジャズバンドに加わって全国を回っていたという。ジャズの本場、ニューオーリンズでの演奏経験もあるそうだ。映画音楽の仕事や、母校の音楽学校の講師で、ライブやレコーディングに費やす金を稼いでいたらしい。ライブが開けたから、あるいはCDを出せたから、それで生活できるものでもないようだ。何となく役者の世界と似ている、と大友は思った。

「まあ、成功した部類だろうな」父が簡単に話をまとめた。

「ああいうのは、本人が納得していれば成功って言えるんじゃないかな」

それも役者と同じだ。未だにアルバイト生活をしながら、舞台に立っている時には輝くかつての仲間たちの姿を、大友は思い浮かべる。もしかしたら、自分が歩んだかもしれない道。

書斎のカビ臭さに耐え切れず立ち上がったところで、母が入って来る。

「あら、また出かけるの」

「ああ」

「そろそろ夕食なんだけど」

「先に食べておいてくれないかな。少し調べたいことがあるんだ」

「だけど……」

「いいから、好きにさせなさい」

父が助け舟を出してくれた。どういうつもりなのか、大友には分からなかったが……これが自分にとってのリハビリだと、分かっていてくれるとは思えない。しかし、母の「夕食攻撃」から救い出してくれたのは間違いないので、軽く頭を下げて家を出る。

綾瀬の家は、小海線北中込駅の近くにあった。本来なら、市役所のあるこの辺が街の中心地なのだが、実際は寂れた雰囲気である。駅も無人駅で、乗降客数は極端に少ない。この辺りの人は車で動くのが基本だから、鉄道が寂れるのは仕方がないのだが。

綾瀬の家がある辺りは、最近宅地造成された一角らしい。どの家も新しく瀟洒《しょうしゃ》で、しかも大きい。その中にあって、綾瀬の家だけは場違いに古い木造二階建てだった。一軒だけ、ずっと昔から建っているような……玄関脇のカーポートには、年代物の日産車。窓にも灯が灯っている。誰かはいるだろうと、大友は思い切ってインタフォンのボタンを押した。

「はい」若い男の声で返事があった。これが綾瀬だろうか……呼びかけようとして、大友は一瞬迷った。この場合、何と名乗ればいい？　この訪問は、正式の仕事ではないのだ。

「大友と申します。警視庁の大友です」

嘘はつけない。結局「警視庁」の冠をつけざるを得なかった。向こうは警戒するのでは、と思っていたのだが、すぐにドアが開いた。自分より何歳か若い男……綾瀬がドアを押さえたまま大友の顔を覗きこむ。大友も綾瀬を見返した。小柄でほっそりとした体型。顎が尖っているせいもあって、目がやけに大きく見える。ウエーブがかかった長髪は、三十年ぐらい前——大友が小学生の頃によく見かけた髪型だ。今時あまり見ないが、ジャズのミュージシャンというのはこういう髪型が好きなのだろうか。

「あの、もしかしたら大友先生の……」綾瀬が遠慮がちに切り出した。

「息子です」

話がつながった、とほっとする。田舎において、「先生」という言葉は万能の呪文のような力を持っているのだ、と改めて実感した。

「何か……」

しかし綾瀬は、急に警戒心を露にした。ここは上手く攻めないと、と大友は気持ちを引き締める。

「実は、埼玉県警……寄居署のお手伝いをしているんですが」実際は「押しかけ」だ。深井にばれたら、嫌な顔をされるだろう。

「ああ」綾瀬の顔が曇る。

「ちょっと話を聴かせてもらえませんか？」

「いや、僕は別に話すことは……」

確かに「非協力的」な口調ではある。さっさと帰ってもらいたいのは明らかだった。

「事故を起こしたバスに乗ってましたよね？　怪我はなかったんですか」大友は話を続けた。

「事故の前に降りたので」

その一言でぴんときた。大友はドアに軽く手を添え、少しだけ広く押し開けた。

「もしかしたら、寄居インターチェンジで、息子を捜してくれたんじゃないんですか」

「え？」綾瀬が目を見開く。

「寄居インターチェンジで、行方不明になった小学生がいたでしょう？　あれ、僕の息子なんですよ」

「とんでもない偶然ですね」

綾瀬はまだ、信じられないといった様子だった。大友を自宅に入れてはくれたのだが、落ち着かない様子で、自分は座ろうとしない。大友は、さっさとソファに腰を下ろしてしまったのを悔いた。綾瀬を座らせるだけでも一苦労しそうである。

「座りませんか」と言うと、綾瀬がようやく向かいのソファに浅く腰かけた。すぐにでも逃げ出しそうな気配である。

「何だか、落ち着かないんですよ」

綾瀬が言って、リビングルームの中をぐるりと見回した。低い音でBGMが流れている。滑らかなギターの音色……彼自身の演奏だろうか。

「ご家族は？」

「いや……ここは今は俺の家じゃないので」綾瀬の答えは微妙にずれていた。

「東京ですか？」

「そうです」

「僕も町田ですよ」

「ああ……」綾瀬が微妙な表情を浮かべる。「町田は神奈川」。東京の人間も神奈川の人間もよく揶揄《やゆ》する。地図を見ればすぐに分かるのだが、町田市は、東京の下腹部分に垂れ下がり、神奈川県に食いこむ格好になっているのだ。

「町田市も、東京ですからね」大友は念押しした。むきになって「東京だ」と言い張ることで、初対面の緊張が解《ほぐ》れたりする。

「ええ、いや、分かってますけど」

「今回は、里帰りなんですか」

「そうです。ちょっとのんびりしようと思って。最近、ずっと忙しかったですから」

「分かりますよ……いや、分からないかな。ギタリストなんですって？」

「ええ」照れもせず、あっさりと認める。それを「職業」にしている人間ならではの誇りが感じられた。

「上田中央高校出身のミュージシャンなんて、珍しいんじゃないですか」

「まあ、そうかもしれません」ようやく綾瀬の喋り方が滑らかになってきた。「他には知りませんね」

「特殊な仕事ですからね」

「ええ」

さて、ここからが本題だと、大友は気持ちを引き締めた。

「警察が事情聴取に来たでしょう？　どうして追い返したんですか？」

「追い返してませんよ」綾瀬が苦笑した。「ちょっと忙しくて、話をしている暇がなかっただけです。それを何か、勘違いしたんじゃないですか」

「そうですか？」

「そうですよ」綾瀬が声に力をこめる。「だいたい、別に喋ることは……」

「うちの息子を捜してくれたじゃないですか」

「それはそうですけど、そんなの、当たり前じゃないですか。子どもがいなくなったら、ねえ」

「そうですか？　高速バスを途中で降りて人捜しするなんて、簡単にできることじゃないと思うけど」

「別に、急いでなかったからですよ。骨休め以外にこっちへ来る目的があったわけでもないし」

そんなものだろうか……あまりにも人が良過ぎる感じもした。

「結局、私が見つけ出しました」

「あ、そうなんですか」あくまで軽い受け答え。

「見つかったことは、ご存じなかった？」

「別に、ニュースはチェックしてませんから」綾瀬が左手で顎を挟みこむようにして揉む。細く長い指が目についた。ギタリストの指とは、こういうものなのだろうか。

「一つ、教えて下さい」

「はい」綾瀬が腿に手を置いた。

「あなた、バスの中でうちの息子——優斗と知り合いになりましたか？」

「ええ、席が隣同士だったんで」

「松葉杖を使っていたはずですよね。脚を怪我していたとか」

「ああ」綾瀬が頬を歪ませるようにして笑った。「馬鹿な話なんですけど、聞きたいですか？　福岡のライブハウスに出ていた時の話なんですけど——」

「それはまたの機会に」

大友が話を遮ると、綾瀬が唇を引き結んだ。話の腰を折られたことで、特に不機嫌になった様子はない。

「今、松葉杖は使ってませんよね」

「家の中ぐらいなら、なくても大丈夫ですよ。外を歩く時はさすがにきついですけどね。外でトイレに行く時なんか、本当に大変なんですよ」

「それで、優斗につき添わせたんですか？」

「みっともないじゃないですか」肩をすくめる。「トイレで転んだら、恥ずかしいですからね。バスのトイレは狭くて使いにくいし」

「その時に、トイレの裏口が開いているのに気づいて、あなた、転びましたよね？　転んだというか、バランスを崩して外に出てしまった」

「ええ」綾瀬の表情に変化はなかった。

「何でそんなことをしたんですか？」

「何でって言われても……」綾瀬の顔が曇る。「よく分かりません」

「自分でやったことなのに？」大友は膝に肘をついて身を乗り出した。「何かあったから、そんなことをしたんでしょう」

「いや、そういうわけじゃないですよ。たまたまドアに気づいて、身を乗り出したらバランスを崩しただけで。特に何の意味もないです。そういうこと、あるでしょう」

大友は明確な疑いを抱いた。綾瀬の説明はスムーズだが、やはり筋が通らない。しかし今のところは、喋ってくれているのが救いである。このまま突っこみ続けることにした。

「その時、優斗が引っ張り上げたんですよね」

「ええ」

「トイレに戻って、あなたはどうしたんですか」

「先にバスに戻りましたよ。歩くのに時間がかかりますから」

「優斗がいなくなったことには、いつ気づきました？」

「いつと言われても……バスに戻ったんだと思いました」

「優斗がトイレから外に押し出されるのを見ませんでしたか？」

「いえ」

この辺の発言も、優斗の証言とはずれている。優斗は、綾瀬を助け出した直後に外に押し出されたと言っている。しかし綾瀬は、何もなかったように喋っているではないか。

「バスに戻ったら優斗はいなかった」

「いなかったですね」

「それで、捜してくれたんですね」

「ええ……外に連れ出したのは僕ですから。申し訳ないなと思って」

「お手数をおかけしました」

大友は頭を下げた。「いえいえ」という言葉を聞きながら顔を上げると、綾瀬の表情が少しだけ緩んでいるのが分かった。山は超えたと思ったのだろう。

違う。本当の山はこれからだ。

「その後で、私も連絡を受けて寄居のパーキングエリアに向かいました」

「ええ」

「結局、パーキングエリアの裏にある鉄塔の中に監禁されているのを見つけたんです」

「鉄塔？　何でそんな場所に監禁したんでしょうね？」綾瀬が首を捻る。

「それは犯人に聞いてみないと……それよりあなた、どうしてパーキングエリアにいなかったんですか？」

「はい？」虚を突かれたように、綾瀬が目を見開く。

「いや、あそこで優斗を捜してくれてたんですよね？　私は、現場であなたを見かけた記憶がないんですが」松葉杖を使っている人間がいたら、嫌でも目立つはずだ。見逃すはずがない。

「ああ、それは……」急に綾瀬が照れたように笑った。「バスが出た後、すぐに警察が来たのが分かったんですよ」

「それで？」高速隊の連中だろう。

「正直、松葉杖をつきながらじゃ、ろくに歩き回れないじゃないですか。思わず言ってはみたものの、困っちゃって……で、警察が来たから、もう任せた方がいいんじゃないかと思ったんです」

「その後どうしたんですか？」

「タクシーを呼びました」

「パーキングエリアまで？」記憶をひっくり返す。現場でタクシーは見なかった。大友が到着するよりだいぶ早く、綾瀬はパーキングエリアを離れたのだろう。

「タクシーは、お金を出せばどこへでも来てくれますからね」綾瀬が反論する。

「まさか、タクシーで佐久まで戻ってきたんですか？」

「そこまで財布は分厚くないです」綾瀬が苦笑した。「一番近い駅……八高線の松久だったかな？　そこまで行ってもらって、高崎で長野新幹線に乗り換えて」

「そんな遅い時間に、まだ接続があるんですか?」

「新幹線は最終でしたけどね。佐久平に着いたのが十一時半ぐらいだったかな……そこからはまたタクシーです」

「領収書、取ってありますか?」

「何なんですか」いきなり綾瀬が不機嫌な口調になった。「僕を疑っているんですか?」

「いえ」大友は軽く嘘をついた。「息子が世話になりましたからね」

「それとこれとは関係ないじゃないですか」

「気になることがあったら、どこまでも知らないと満足できないんですよ」

「領収書はないです」綾瀬があっさり言った。「捨てました」

嘘だな、と大友は思った。どこが嘘か分からないが、全体が非常に嘘臭い。大友は、いわゆる「会社員」ではない人間を大勢知っているが——そのうち何人かは役者だ——彼らは領収書を非常に大事にする。給料をもらわず、自分で確定申告をしている人間にとって、領収書は命綱と言ってもいいものなのだ。

「分かりました」大友は両手で膝を叩いた。「いきなりお伺いして申し訳ありません。何分、息子のことなので、いろいろ気になりましてね」

「いえいえ」綾瀬がほっと息を吐く。「ところで大友先生、お元気ですか」

「毎日畑に出ています。そうでなければ本を読んでいるか」

「ああ……大友先生らしいや」綾瀬がふっと笑った。「昔から、何でもいいから本を読めって、煩《うるさ》く言われました」

「国語の教師ですからね」

「こっちは、本より楽譜だったんですけどね……授業中に隠れて楽譜を書いてて、見つかって怒られたな」

「その楽譜、何だったんですか？」

「曲を作ってたんですよ」綾瀬が少しだけ胸を張った。

「楽器なしで、楽譜だけで曲が書けるんですか？」脚本なし、アドリブだけで舞台を進めていくようなものだろうか。

「頭の中にある音を外に出してやるだけですから」綾瀬が、右手の人差し指で、耳の上を突いた。「そんなに大変な話じゃないんですよ。楽譜の書き方は、誰でも覚えられますし」

「どうも、素人には分かりにくい話ですね」

「まあ……どこの世界でも、専門的な話はありますから」

うなずきながら、父から聞いた話と合致する、と思い至った。同時に、こちらからこの話を持ち出さなくて正解だったと胸を撫で下ろす。父から本人の情報を聞き出した、とでも思われるかもしれない。田舎では、その場にいない人間の噂話が酒の肴になるのは珍しくないし、言われた方も何とも思わない。しかし綾瀬は、都会暮らしが長いはずだ。プライバシーに関しては、敏感ではないかと思われる。

大友は礼を言って家を辞去したが、胸のもやもやは消えず、色がグレーから黒に変わりつつある。
この男は何かを知っている――いや、まさに犯人かもしれない。

4

静かだった。

新しく住宅地として造成されたこの辺りには、まだ家は密集していない。行き交う人も少なく、時に車が通り過ぎるぐらいだった。大友は、綾瀬の実家から少し離れた場所にボルボを停めた。こちらから監視はできるが、向こうからは分かりにくいはずだ。大友がどんな車に乗っているかは分かっているかもしれないが、街はもう闇に包まれ始めており、しかも街灯の光は乏しい。監視には不向きな環境だ。

綾瀬の家の一階部分――先ほどまでいたリビングルーム――の灯りは灯っていたが、二階は真っ暗である。家族はどうしたのだろうと思いながら、大友は携帯電話を取り出した。一瞬躊躇ったが、結局深井の電話番号を呼び出す。自分一人の胸に秘めておいては意味のない話だ。

「今、綾瀬に会いました」

「おいおい」深井がいきなり、尖った口調で話し出す。「そういう勝手なことをされたら困る。あなたには今、捜査する権限はないはずだよ」

「分かってます。優斗の親として会ってきたんですよ……お礼を言っただけです」

深井が盛大な溜息をついた。大友は息を殺したまま、彼の次の一言を待った。今後、自分の狙い通りに寄居署に動いてもらうためには、ここからが大事である。結局深井は「ほどほどにしてくれよ」と忠告しただけだった。怒ってはいないようだ……ほっとして、大友は自分が抱いた疑念を話した。

「そいつが犯人なのか？」

「少なくとも共犯の可能性はあります。説明は理に適っているんですが、言っている通りだとしたら、一々行動が怪しい」

「なるほど……あなた、今どこにいるの？」

「家の前で張ってます。そちらの刑事さんは、まだ佐久で動いているんですか？」

「何人かはね」

「どうでしょう、もう一度綾瀬に事情聴取してみては。今は新しい情報があるんですから、それをぶつけてみるのも手です」

「そう、ねえ……」

電話の向こうで、深井が顎を撫でながらじっくり考えている様子が想像できた。しかし最終的には、こちらの提案に乗ってくるはずだ、と大友は読んでいた。今のところ、有力な手がかりはまったくない。怪しい人間がいれば叩こうと考えるのは、刑事の性《さが》のようなものである。

「ここでしばらく待機していますから。誰か来たら、引き継ぎますよ」

「あなたに張り込みをしてもらう必要はないんだよ」深井が釘を刺した。

「もちろんです。地元の人間が車で走っていて、ちょっと一休みしているだけ……というのはどうですかね」演技プランとしてはあまり上手くないな、と大友は顔をしかめた。

「分かった。近くに誰かいるかどうか確認して、折り返し連絡するよ。それまで手は出さないように」深井が忠告した。

「出す理由はないです」大友は思わず苦笑した。

「で、奴さんはどんな感じだったんだ？」

「事情聴取を拒否して、そちらの刑事さんが追い返されたという話ですよね？　そういうことをする人間には思えませんでしたけど……もちろん、僕が地元の人間だから、という事情もあるんでしょうけどね」

「そうでなければ、あなたの人柄かね。今度、うちの刑事たちにも研修してやってくれないか？　どうも、がさつな奴が多くて困ってるんだ」

「研修なら、いつでも引き受けますよ」それが刑事総務課の仕事ですからと言いかけ、大友は言葉を呑みこんだ。そもそも埼玉県警には関係ない話である。

　電話を切り、綾瀬の実家をさらに凝視した。道路に面したリビングルームの窓に、人影が映る。綾瀬。しばらく外の様子を見ていたようだが、ほどなく分厚いカーテンを閉じたので、中は窺えなくなってしまった。家を出るのではないかと大友は想像したが、ドアが開く気配はない。

十分……やはり動きはない。寄居署の刑事たちもまだ到着しなかった。どこにいるか分からないが、長野県も広いから……そもそも、深井からも電話がない。本気で刑事たちを集める気があるのか、と訝った瞬間、運転席の窓をノックされた。びくりとして横を見ると、暗闇の中に見知った顔がある。病院で深井と一緒にいた寄居署の若い刑事だ。大友がドアを押し開けると、すっと一歩引く。いつの間にか、自分のボルボの後ろに白い覆面パトカーが停まっていたことに気づいた……勘が鈍ったのかもしれない、と大友は首を横に振った。誰かが近づいて来たことぐらい、気づかないと。

「八木《やぎ》です」

「どうも、いろいろお世話になって」

「いえ」八木は無表情で、声色もぶっきらぼうだった。彼の背後に控えたもう一人の若い刑事も同様である。

「事情は分かってますね？」

「ええ」

「綾瀬さんの言い分には、不自然なところがある。そこを攻めてもらえませんか」

「そうします——課長からそう言われてますから」

本当は、八木には不機嫌になる権利などないのだ、と大友は思った。自分が事情聴取できなかった相手から、大友が話を聴き出した——己の無能さを反省して謙虚になるならともかく、「出し抜かれた」とでも考えているなら、大きな筋違いである。

しかし八木ももう一人の刑事も、仕事を放棄するほどの度胸はないようだった。大友の話を真剣に聞き、どうやって事情聴取を進めるかを話し合う。八木たちは、綾瀬を覆面パトカーに乗せたがった。さらに、できれば近くの所轄の取調室を借りたいという——早め早めにプレッシャーをかけるつもりなのは明白だった。

「そこまでする必要はないと思うけど」大友は遠慮しながら言った。

「いや、吐かせるには、環境を整えないと」八木が真顔で言った。

「犯人だと決まったわけじゃないよ」

「大友さんも怪しいと思ったから、俺たちを呼びつけたんでしょう？」八木が反論する。

「そうだけど、疑いの度合いというか、色合いがね」心証では「黒」なのだが、「絶対に犯人だ」と言い切ることはできない。

「分かりました。とにかく、玄関で話をしてみますよ。それでどう動くかは、その場の状況で決める——いいですね？」

八木が念押しする。大友としてはうなずくしかなかった。少なくとも八木は素人ではない、と判断してほっとする。予め決めた予定で凝り固まって身動きが取れなくなってしまうわけではなく、状況に応じて作戦を変えられるタイプのようだ。

「大友さんは、口出ししないようにお願いします」

「それは分かってる」これは刑事の事情聴取だ。先ほど自分が綾瀬に会ったのは、あくまで「お礼」と「世間話」のためである。

「それなら結構です」八木がうなずき、さっさと綾瀬の家に向かって歩き出した。もう一人の刑事と、顔を寄せ合うようにして相談している。大友は二人から三歩離れて後に続いた。ここはあくまで任せよう——お手並み拝見だ。

八木がインタフォンを鳴らす。大友は、玄関からは見えない位置に引っこんで、二人の様子を見守った。

すぐにドアが開き、綾瀬が顔だけ出した。しかめっ面をしているのが分かる。八木が低い声で何事か話しかけたが、綾瀬の表情は変わらなかった。

「——ない」という綾瀬の言葉だけが聞こえる。「話すことはない」か。自分に対するのとはあまりにも違う素っ気ない態度に、大友は戸惑いを覚えた。直後、綾瀬がドアを閉めようとする。すぐに八木が手をかけた。小柄な綾瀬に比べて、がっしりしている八木の方が遥かに有利で、ドアが大きく開いてしまう。綾瀬はドアノブを摑んだままだったようで、そのまま引きずられるように外に出て来た。サンダルを突っかけていただけで足下が安定していないのか、怪我のせいなのか、たたらを踏んでしまう。そのまま、もう一人の刑事にぶつかった。

「おい！」八木が怒鳴りつける。言葉の勢いを借りてか、綾瀬の腕を摑もうとした。綾瀬が思い切り体を捻り、さらに腕を振るって縛《いまし》めから逃れようとした。もう一人の刑事も抑えにかかるが、綾瀬は冷静さをすっかり失ったのか、あろうことか刑事に殴りかかってきた。避けない。綾瀬のパンチが、刑事の顎を捉えた。刑事は一、二歩下がっただけでさほどダメージを受けた様子はなかったが、すぐに「公妨！」と叫んだ。八木の手先で手錠が光る。

まずい……大友はダッシュして、二人の刑事と綾瀬の間に割って入ろうとしたが、八木が素早い動きで綾瀬に手錠をかけてしまった。綾瀬は肩を押さえられ、抵抗を封じこめられている。上目遣いに大友を見ると「罠だったんですか」と吐き捨てた。そういうわけじゃない、と言うのは簡単である。しかし実際には――綾瀬から見ると「罠」になっていたのだ。大友が先兵役として偵察し、後から強面《こわもて》の二人組がやって来た。これは面倒なことになる。大友は先行きの不安をはっきりと感じた。

現行犯逮捕の後、八木は急に強硬になった。綾瀬を覆面パトカーの後部座席に押しこめ、大友との会話を許さない。相棒が後部座席で監視役になり、八木本人は運転席に座って、携帯電話でどこかと連絡を取り始めた。すぐに会話を終えると、車を発進させる。大友は慌てて自分のボルボに駆け戻り、覆面パトカーの後を追った。どこへ行く気だ……まさかこのまま、寄居まで連れて行くつもりだろうか。ボルボのガソリンがあまり残っていないのが気がかりだった。せめてどこへ行くかだけでも分からないだろうか……後で深井に確認するしかないだろう。八木は先ほど、間違いなく上司の深井に報告を入れていたはずである。

覆面パトカーは、上信越道の佐久インターチェンジに向かっていた。緊急走行はしない。本当に寄居まで戻るつもりかと心配になったが、結局そこまでは行かず、小海線の岩村田駅にほど近い、佐久中央署に車を乗り入れた。取り敢えずここの取調室を借りるつもりなのか……それなら何とか対処できるのでは、と大友は思った。一応ここは、自分の地元の警察なのだから。ただ、顔が利くわけではなく、上手い作戦は思いつかない。

また高木の手を煩わせるのも申し訳なかった。だいたい、綾瀬が刑事に暴行したのは事実である。大友の目の前で行われたことなのだ。ただしあれは、わざとだ。いかにも非力そうな綾瀬のパンチをかわすぐらい、普段から鍛えている刑事には何でもないことだろう。わざと殴られて公妨の事実を作る――公安がよくやる手口である。それを考えると、大友はかすかな吐き気を覚えた。刑事部には刑事部の矜持があってもいいのではないか。こんな、引っかけのようなことをしなくても……。

佐久市内の行政拠点は市内のあちこちに分散しており、岩村田駅前もそういう一つである。警察の他に税務署、地裁の支部などが集まっている。ちなみに、大友が通った高校もこのすぐ近くだ。通る度に懐かしさを感じる場所だが、今はとてもそんな気分にはなれない。

佐久中央署の庁舎は、道路から少し引っこんだ場所にあるが、それは建物の前にある駐車場が広大なせいである。署員の数が多いのか、あるいは来庁者が多いのかと思わせるが、庁舎自体は古い三階建てである。おそらく、昭和四十年代、新しくても五十年代初めの建物だろう。真四角で地味なグレーのコンクリート造の庁舎は、その年代に特徴的だ。

二人の刑事が綾瀬を引っ立てて行くのに、大友は後ろからついていくしかなかった。八木はちらりともこちらを見ようとしない。まるでもう事件は自分たちのもので、大友はまったく関係ないと無言で宣言するように。

二人は、当直の警官たちと何事か話すと、綾瀬を二階に引っ立てていった。おそらくそちらに、刑事課の取調室があるのだろう。大友も後を追おうとしたが、署員に止められた。

「すみません、関係ない方は、ここから上はご遠慮願います」

「警視庁の大友です」

名乗ったが、まったく効果はなかった。若い制服警官は一歩引き、両手を腰に当てて大友を凝視した。バッジを示すのを待っているのだ、とすぐに気づく。警官のバッジは、何より確かな身分証明書なのだから。

「今は休暇中なので……」

「だったら、申し訳ありませんが」

若い割に、なかなか強硬な警官だった。この壁を突破するのは不可能だ、と大友は早々と諦めた。無駄なことには力を使いたくない。

大友は一度駐車場に出て、携帯電話を取り出した。既に街は真っ暗になっており、深い闇にはかすかな恐怖さえ感じる。岩村田駅前は商店街になっているのだが、夜になると人が消えてしまうのかもしれない。

深井はすぐに電話に出た。

「どうして逮捕を許可したんですか」大友は嚙みついた。

「現行犯でしょう。そういう風に報告を受けてますよ」深井がさらりと言った。

「あれはやり過ぎです。後で問題になりますよ」

大友は必死に反論したが、深井の気持ちを動かすことはできなかった。

「逮捕して調べる——普通でしょう。事件の容疑者かもしれないし」

それを言われると、口をつぐまざるを得ない。逮捕のやり方には大いに問題があるが、容疑者を上手く確保したとも考えられるのだから。

「喋らない人間に喋らせるには、色々知恵を使わないと」

「そういうやり方は、もう古いですよ」大友は断じた。

「警察のノウハウに、古いも何もないんじゃないかな」

「そうもいきません。最近は世間の批判に晒されることも多いんですから」大友は、正直呆れていた。捜査の最前線——所轄の刑事課長ともあろうものが、そんなことも気にせずに普段の仕事をしているのだろうか。批判の——あるいは忠告の言葉を叩きつけようとした瞬間、深井がきっぱりと言い切った。

「とにかくこれは、うちの事件だから」

「それは分かってますが——」

「分かってるなら、余計なことはしないように頼むよ」深井の口調は、これまでにないほど硬く鋭いものになっていた。「例えば、綾瀬の家族に事情を説明する必要はない。接触しないでいただきたい」

大友は大きく深呼吸した。焦るな。怒るな。僕は確かに部外者だ——しかし自分にそう言い聞かせてみても、頭の奥で渦巻く暗い気持ちは消えない。

「お願いですから、大人しくしていて下さいよ」

一転して、深井が猫撫で声を出す。硬軟両様ということか、と大友は少しばかり呆れた。しかし、ここで無駄に言い争っても意味はないだろう。深呼吸して気分を落ち着ける。

「綾瀬はどうするんですか？」

「こっちへ連れてくるつもりだが」用心した様子で深井が言った。

「公妨だけで身柄をずっと拘束するのは難しいですよ」

「分かってる」さらに不機嫌な声。

「別の容疑は固められるんですか」

「ああ、そうそう」また声が明るくなった。「その件では、あなたにも相談しないといけないな。息子さんに、面通しで会ってもらわないと」

「それは構いませんけど……」そこから先、話はつながるのだろうか。自分が心配することではないと思いながら、大友は口ごもってしまった。

「その件については、改めて連絡するから。まだ佐久にいるんだろう？」

「ええ」あと二日……優斗の学校の準備や塾のこともあり、明後日の夜には東京へ帰るつもりだった。「明後日の昼までですね。その後は、面通しするにしても、東京から行くことになります」

「あなたね、寄居をどれだけ田舎だと思ってるんですか」深井は本気で憤ったようだった。「佐久よりはずっと、東京に近いんだよ」

「とにかく、必要でしたらお電話をいただければ」

「そうさせてもらう。息子さん、元気か？」

「ええ、何とか」

「それはよかった」

電話を切り、大友は思わず首を傾げた。あまりにも頻繁に変わる深井の態度は何なのだろう。今までは、単なる気のいいオッサンだと思っていたのだが、手がかりらしきものを手に入れて、興奮しているのかもしれない。この程度で冷静さを欠くようでは、指揮官としてどうかと思うが。

さて、どうするか……大友は佐久中央署の庁舎に足を向けた。また当直の連中に追い出されるのは間違いないだろうが、何も分からぬままここを去るのは我慢できなかった。

何とか二階へ――刑事課の取調室へ入る方法を考えようとした瞬間、庁舎から飛び出して来た八木とぶつかりそうになる。

「どうですか？」大友は意識して柔らかな声で訊ねた。

「どうもこうも……これからですから」八木はいかにも迷惑そうだった。

「本人は何か喋ってる？」

「いや、まだそこまで行きません」

一旦歩みを止めた八木が、また歩き出した。行き先は、自分たちの覆面パトカー。運転席に体を突っこみ、何かごそごそとやっていたが、探し物はすぐに見つかったようで、ドアを乱暴に閉めた。

「とにかく」大判の封筒を胸に抱え、八木が忠告した。「ここは我々に任せて下さい」

「それは分かってるけどね……」

「きちんとやりますから。安心して待ってて下さい」

そう言われると返す言葉もない。無茶はするなよ、と声をかけたかったが、彼とてそんなことは当然意識しているだろう。

一人駐車場に取り残され、大友は途方に暮れた。現場で邪魔者にされた経験は少なない――いや、刑事総務課に移ってからは、ほとんどの現場でそうだった。ただし福原なり後山なりの後ろ盾があったので、鬱陶しがられながらもきちんと捜査に参加することはできた。

しかし、二人の影響力もここまでは届くまい。ふいに自分が、完全に無力な存在になったような気がした。風が吹き抜ける。四月とは思えない冷たさに、大友は思わず自分の体を抱きしめた。

5

「何でそんなしけた声出してるんだ」電話の向こうの柴の口調は、いつも通りだった。よく言えば快活、普通に言えば乱暴。

「邪魔者扱いされてね」

「何を今さら……そういうことには慣れてると思ったけど」柴が鼻で笑った。

「いつもとは別の種類の邪魔者、という感じかな」

「何だかよく分からないけど、まあ、いいよ」

どうやら僕のご機嫌伺いをしたいわけではないらしい。柴の関心は別のところにありそうだ。

家の中では話し辛いので、庭に出てきてしまったのだが、失敗だったとすぐに後悔する。とにかく寒い。全身を締めつけるような寒さで、セーター一枚では長時間は耐えられそうになかった。靴下を穿かず、サンダルを突っかけただけというのも痛い。かといって、着替えるために一度電話を切るのも馬鹿馬鹿しかった。

「何だか、長野県警も埼玉県警も上手くいってないみたいだな」柴が声をひそめて言った。

「それは、僕には何とも言えないけど」

「そうか？」柴がからかうような口調で言った。「田舎警察には、少々荷が重い事件じゃないのかね」

「僕には何とも言えない」大友は少し語気を強めて繰り返した。柴は、よく他県警を馬鹿にする。確かに、警視庁は職員四万人以上を抱える大所帯で、それぞれが「首都の治安を担う」という強い意識を持っている。また、警備出動などで、機動隊が他県に応援に行くこともしばしばあり、「戦力」として頼りにされているのは事実だ。だからといって、刑事部の人間が他県警を馬鹿にするいわれはない。警視庁だって未解決事件を抱えているし、職員の不祥事も跡を絶たない。不祥事に関しては、むしろ他県警よりも多いぐらいではないか。人数が多い分、「不良分子」の数も多いだけかもしれないが。

　大友は、話が長引くのを覚悟して、ベンチに腰を下ろした。その瞬間、これは自分が中学生の時に、技術の実習で作ったものだと思い出す。二十年以上前のものなのに、まだがっしりしていて、体重をかけてもびくともしない。手先が不器用なことは自認しているのだが、このベンチは例外的に上手く作れたようだ。

「ちょいと調べてみたんだが、あのバス会社自体にも問題があるみたいだな」柴が唐突に言った。

「そうなのか？」これが言いたかったのか、とようやく合点がいった。

「昔、事故を起こしてるんだ」

「事故ぐらい、バス会社にはつき物だと思うけど」

「テツは甘いねえ。バス会社は安全第一、じゃなくて、絶対安全じゃないと駄目なんだぜ。事故を起こしたら、その場で会社を清算するぐらいの覚悟がないと」

「それは極論だよ」思わず苦笑してしまった。極端から極端へ突っ走るのも柴の癖である。

「八年前に、高速道路で事故を起こしている。乗客が一人、亡くなった」

「記憶にないな」そんな会社に優斗を預けてしまったのか、と考えるとぞっとする。

「まあ、事故なんて毎日のように起きてるしな。とにかく、中央道の八王子インター付近で、高速バスがフェンスに激突した事故なんだ。今回と似たような感じかな？」

「そうかもしれない」

「で、運転手は逮捕された。運転ミスということで、裁判では有罪、実刑判決を受けたんだけど……どうなのかね、こういうの」

「こういうのって、何が？」回りくどいのも柴の欠点である。特に話が核心に入ると、劇的効果を狙っているつもりなのか、前置きが長くなり、こちらに答えを当てさせようとする傾向がある。多分本人は「ご名答！」と一声発したいのだろうが……面倒な男である。それでも長年つき合っているのは、同期だからというだけではなく、結局気が合うからとしか言いようがない。

「会社の責任は、当然あるんじゃないか」

「そんなところまで調べたのか？」柴は今、特捜本部を抱えていないはずで、暇なのは間違いない。だからこそ、優斗が行方不明になった時、わざわざ東京から車を飛ばして来てくれたのだ。

「いやいや……さすがにそれは想像だけど」

「何だ。適当なこと、言わないでくれよ」

「ただ、こういう事故を起こした過去がある会社だからな。今度の事故でも、何を言われるか分からないよ」

「挑発してるのか？」

「まさか。予想してるだけだ。だけどお前、こんなことも知らなかったのか？」

「事故の方は調べてないからね」言い訳めいているなと思いながら大友は言った。考えてみれば、柴が調べ出したことなど、誰にでも簡単に調べられる。今回の事故を受けて、新聞やテレビのニュースは、当然八年前の事故にも触れただろう——大友は見逃していたが。

「それで、どうなんだ？　優斗の監禁と事故の方、何かつながりは出てきたのか」

「まだ何とも言えない」前置きしながら、綾瀬という男が逮捕された事情を話した。

「何だい……埼玉県警は、ずいぶん乱暴な手を使うんだな。問題になるぞ」

「僕もそう言ったんだけど、言うことを聞かなくてね」

「テツの忠告は聞いておくべきだよな」極めて真面目な調子で柴が言った。「だいたい当たってるんだから。後から後悔しないためには、賢者の言葉には耳を傾けないと」

「僕は賢者じゃないけど」

「まあ、何でもいいよ……で？　いつこっちへ帰って来るんだ」

「明後日には戻ろうと思ってる」

「それで、事件は放置か」

「仕方ないだろう」

管轄違いの事件に首を突っこむことはできないし、時間があるわけでもないのだ。これが警視庁管内の事件だったらどうなるだろう、と思う。自分では手を出すつもりはなくとも、後山が現場に投入したかもしれない。それなら一件は正式な「仕事」になり、全力で取り組まざるを得ない――急に不安になってきた。体はまだ、万全ではないのだ。今日はほとんど一日車を運転しているだけだったが、それでも鈍い疲れが体のあちこちに巣食っている。首を左右に倒すと、枯れ枝が折れるような音がした。不幸中の幸いは、胸の傷跡の痛みがないことだ。

「あまり無理はできないんだ」

「ま、そうだな」

柴もさすがに挑発はしなかった。この男だって色々考えているのだ、と大友は思った。

たぶん、亡くなった菜緒は別にして、僕のことを一番知る人間だし。

電話を切り、空を見上げる。無数の星がちりばめられた夜空は、東京では決して見られないものだ。吐く息は白く、寒さは堪え難いものではあったが、大友はしばらく、時間を忘れて夜空を見上げ続けた。


結局、大友は休暇を一日早く切り上げた。刑事総務課への正式な復帰は明後日からなのだが、考えてみれば、前日に慌てて佐久から東京へ戻ると、ばたばたしてしまう。今はまだ、自分の体を大事にしなければならないから、丸一日を休養に当て、万全の態勢で出勤することにしよう――と殊勝な心がけでいたのだが、残念なことに休暇を切り上げざるを得なかった本当の理由は、寄居署に呼ばれたからだ。綾瀬逮捕の翌朝、深井から電話がかかってきて、「今日中に面通ししたい」と要請された。実際には「強制」であり、断り切れるものでもなく、寄居まで行ってから佐久へ戻るのがひどく面倒臭く感じられたので、そのまま東京へ帰ることにしたのだ。

時間はいつでもいいというので、実家で昼食を済ませてから出かけることにした。一週間ほどの里帰りで、どれだけ野沢菜を食べただろう……東京のスーパーで見かけると、たまに懐かしくなって買ってしまうのだが、これからしばらくは棚に手が伸びることはないだろう。

父に佐久平駅まで送ってもらい、帰りは新幹線を使うことにした。とはいえ、寄居署まで行くのは結構面倒臭い。新幹線の最寄り駅は本庄早稲田になるのだが、高崎で一度、上越新幹線に乗り換えねばならないのだ。しかも本庄早稲田駅から寄居署までは結構な距離がある。頼めば深井は覆面パトカーを迎えに出してくれるだろうが、何となく彼の世話にはなりたくなかった。

高崎駅で八高線に乗り換えることにした。寄居駅まで辿り着けば、後はタクシーでい い。帰りはまた八高線で八王子まで出て、町田までは横浜線。在来線の長い旅になるが、乗り換えは少なくて済む。新幹線で東京駅まで出て、そこから新宿経由で小田急線に乗り換えて……となると、面倒臭さが先に立つ。

新幹線に乗っているのはわずか三十分ほどだ。高崎駅から寄居駅までも、四十分ほど。そんなに遠い感じではない。乗り換えで三十分ほど待たされたが、これは仕方あるまい。優斗が元気なのが救いだった。大友があちこち動き回っているうちに、祖父母とあれこれ話したらしい。父は元高校教諭らしく、優斗の進学について盛んに気にしていたという。地元の公立中学に行くのは既定路線だが、そこから先は未定だ。優斗の学校の成績は中の上というところで、塾の効果が出てくるのはこれからだろう。中学の三年間でどうなるか……警察官の給与は、他の公務員に比べて低くはない。優斗を私立に通わせることも十分可能だ。いずれにせよ、高校を出るまでは自分が責任を持つ、と大友は決めている。

しかし父は、優斗に余計なことを吹きこんでいた。余計なことというか、大友も知らなかった情報……来年、佐久市内に新しい高校ができるというのだ。全寮制で、色々と新しい試みを計画しているらしい。

「新しい学校っていうのは、色々大変だよ」八高線に揺られながら、大友は優斗に釘を刺した。何となく、浮かれているようだったから。海のものとも山のものとも分からない高校に入学したら、その後の大学受験などでも不利になるかもしれない。

「でも、おじいちゃんは、いい学校になるって言ってたよ」優斗が反論した。「英語とコンピューターを多く勉強するんだって」

「英語ねえ……」優斗は塾でもまだ英語は習っていない。「英語になんか興味あるのか？」

「うーん……面白そうかな？」

「コンピューターは？」自宅にパソコンも置いていない大友にすれば、コンピューター関係の勉強をして将来どんな仕事をするのか、想像もできなかった。IT系の企業ということになるのだろうが、仕事のイメージが湧かない。就職したらしたで、大変ではないだろうか。一日十五時間ぐらい働く日が続く……きつい職場だというイメージを大友は持っていた。

「うん、よく分からないけど、普通の学校よりは面白いかなって」

「そうか。でもまだ四年もあるんだから、ゆっくり考えればいいよ」

「おじいちゃんが、パンフレットが手に入ったら送ってくれるって」

「そうなのか？」

父は何を考えているのだろう。優斗を引き取って育てる？　いや、全寮制だから、「引き取る」ことにはならないだろう。元教師として、純粋に学校の可能性を評価しているのか。

優斗もあまり詳しくは聞いていない様子で——父の話を理解できていないだけかもしれない——その話はそこで打ち切りになった。静かになると、隣に座る優斗が何となく緊張しているのが分かる。それはそうだろう。もしかしたら犯人と面会することになるのだから。やはり事件のトラウマが残っており、夜はあまりよく眠れていない様子である。その分昼間寝てしまい、昼夜逆転に近い生活になっているようだ。会話が途切れた瞬間に、いきなり眠ってしまう。新学期が始まるまでにリズムを取り戻さないと……と思ったが、あまりにも時間がない。

寄居署に立ち寄ると、眉間に皺を寄せた深井が出迎えてくれた。

「迎えぐらい、行ったのに」

「そういうわけにもいきませんから」

優斗がぺこりと頭を下げると、深井の眉間の皺が消えた。何というか……優斗は「大人受け」がいい子どもなのだ。もっと小さい頃は、それこそ子どもらしい表情や仕草が「可愛い」と受けていたのだが、今は多少計算が感じられる。

綾瀬は取調室に入れられていた。深井が、廊下側にある小さなカーテンを開けると、窓が現れる。当然マジックミラーで、取調室側からは単なる鏡にしか見えない。優斗が体を強張らせるのが分かる。大友は小さな背中を押して、「しっかり見ろよ」と声をかけた。優斗が素早くうなずき、「はい」と言った。

カーテンを持っていた深井が膝を曲げ、優斗と顔の高さを同じにする。

「どうかな」

「あの人です」

うなずいた深井が、「間違いない？」と念押しする。優斗は無言でうなずいた。「トイレに付いて来てくれ」と頼んだのが綾瀬だと、これではっきり裏が取れたわけだ。綾瀬本人も認めていたが、やはりもう一方の当事者の話は確認する必要がある。

「よし、ご苦労さん」

深井がカーテンを離した。取調室と遮断され、優斗がほっと吐息を漏らす。

「お礼にオレンジジュースでも奢ろう」深井は満足そうだった。

「コーヒーじゃなくていいのか？」

大友が訊ねると、優斗が顔をしかめて首を横に振る。先日の喫茶店で懲りたのかもしれない。

会議室に通され、優斗にはオレンジジュースが振る舞われた。大友には何もなし。待遇の違いに一瞬むっとしたが、お茶が出ればいいというものではない。ジュースを飲んでいる優斗から離れ、大友は深井を問い詰めた。

「これだったら、別に優斗に確認しなくてもよかったんじゃないですか。僕は、綾瀬から話を聴き出しましたよ」

「あなたはね」深井が鼻を鳴らす。「野郎、完全黙秘なんだ」

「あんな風に逮捕されたら、腹を立てるのも分かりますが」

「とにかく」深井が咳払いした。「被害者が直接確認したんだから、これを突破口にするよ」

頑張って下さいとも言えず、大友は口を閉ざした。どうにもならないもどかしさ……自分なら落とせるとも思うのだが、どうしようもない。

「ところであの男、ギタリストなんだって？」

「そうらしいですね」情報から遅れているのが気になり、実家で父にパソコンを借りて調べてみた。彼本人のサイトがあり、ＣＤをリリースしたり、ライブを行っているのも間違いなさそうだ。

「そんなに有名じゃないんだろう？」

「街を歩けば声がかかる感じではないでしょうね」

「新聞の扱い、どうなるかな」

「まだ発表しないんでしょう？」

「この時点で発表すると、邪推されるからな。容疑を認めるか、もっとはっきりした証拠が出るまでは……」深井が、口にチャックをする真似をした。

大友はうなずき、ちらりと優斗を見た。オレンジジュースはあらかたなくなっている。そろそろ引き上げるタイミングだ。

「今日から東京にいます。何かあったら……」

「すぐに知らせるが、あくまで知らせるだけだよ」深井がぴしりと言った。

「分かってます。色々お世話になりまして……」

「さっさと犯人を捕まえられないのは、申し訳ないと思ってる」

これは本音だろう、と大友は確信した。深井の目は真剣である。被害者が警察官の家族だろうが関係なく、迅速な犯人逮捕を願うのは、彼の真面目な面の表われだ。何とかなるだろう、と前向きに考えることにした。どうやら自分で犯人を捕まえることはできないようだが、誰が手錠をかけるかなど、結局どうでもいいことだ。手錠をかけた人間が表彰の対象になる——それだけの話である。そのために、一人の犯人に対して、何人もの刑事が手錠をかけたりするのだから。

警察には、馬鹿馬鹿しい風習がいくらでもある。

夕方町田の自宅に戻り、大友はすぐに買い物に出かけた。疲れてはいたが、夕食は食べなくてはいけないし、春休み中の優斗には昼の弁当も用意しなければならない。明日からの大変さを考えて、夕食は手抜きにすることにした。冬場によく作る、鶏団子の鍋。鶏のひき肉に、隠し味で味噌とたっぷりの生姜、ゴマを入れて団子にし、後は適当な野菜と煮こむだけ。簡単な割にボリュームがあるし、優斗の好物でもある。

食事を終えて七時半。さすがに疲れた……まだ怪我の影響があるのだと心配になりながら、大友は食器を洗った。優斗も手伝ってくれるのは、ありがたい限りである。洗い終えて、コーヒーでも淹れようかと思った途端に携帯が鳴った。後山。嫌な予感が一気に膨れ上がったが、無視するわけにはいかない。

「今、どちらですか」

「家に戻りました」

「それはよかった」

よかった？　東京にいることが？　嫌な予感が確信に変わる。

「何かあったんですか？」

「あなたに出動してもらいたい事案が発生しました」

やはりそうきたか……大友はダイニングテーブルについた優斗をちらりと見た。それほど寒くないのに鍋を食べたせいか、額には汗が浮かんでいる。氷を浮かべた冷水をちびちびと飲んで、暑さと戦っていた。今から出るとなると、聖子に預けなければならないだろう。本来、大人しくしているべきなのに、夜に仕事など……聖子が眉をひそめる様が簡単に想像できる。

「信越バスに脅迫状が届いたんですよ」

「え？」

「脅迫状です」繰り返す後山の声は暗かった。「これは、一つながりの事件と考えられませんか？」

「そう、ですね……」相槌は打ったものの、実際にはそうは言い切れない。材料が少な過ぎる。

「いずれにせよ、これはあなたの事件じゃないんでしょうか」

その通りだ、と大友は思った。

6

優斗を聖子の家に預け、大友は都心へ向かった。町田から新宿までは、小田急線で約三十分。遠いわけではないが、急いでいる時にはやはりじれったくなる。

信越バスの本社は、新宿中央署にほど近いオフィスビルの一階と二階を占めていた。ビルに入る前に周囲を見回すと、すぐに敦美を見つける。背が高いだけに、ただ立っているだけでも目立つのだ。待ち合わせの時には目印になる——とよくからかわれているのだが、本人はこれにお冠である。敦美の方でも大友に気づき、すっと眉を上げて見せた。

「帰って来たの？」

「何で強行班の君が出てるんだ？」敦美の質問に質問で返した。企業恐喝となれば、本来は敦美たち強行班ではなく特殊班の出番である。

「戦力の一気投入は、短期決戦における勝利の早道よ」

「それを言った戦国武将は？」敦美は最近、戦国時代を舞台にした歴史小説に凝っている。

「私の造語」敦美が肩をすくめた。

「福原さんじゃないんだから……」大友は思わず苦笑いした。福原は名言を引いて部下に訓示をするのが大好きで、果ては自分で格言らしきものを作るようになった。

「今、何人出てるんだ？」

「所轄も入れて五十人」

「君はここで何してるわけ？」少し大袈裟過ぎるなと思いながら大友はさらに訊ねた。

「警戒に決まってるじゃない」

大友はうなずいた。企業などを恐喝した犯人は、相手をどこかから観察していることがある。それを見逃さないためには、警察側でも関係箇所を監視しなければならず、しかも犯人を用心させないために、私服の刑事が出る必要がある——それは確かに理屈なのだが、新宿の雑踏の中でそれをやる意味があるかどうか分からない。何しろこの辺は、山手線の西側で最大のオフィス街であり、夜になっても行き交う人が多い。もう少し遅くなると、今度は酔っ払いが増えてくるだろう。信越バスが入ったビルを監視している犯人がいても、見分けるのは難しいはずだ。

「で、テツは？」

「取り敢えず呼ばれた」

「後山さん？」敦美が左の眉だけをくいっと吊り上げる。

「ああ」

「無茶するわね、あの人。あなた、まだリハビリ中じゃない」

「でも、優斗の件と関係ないわけでもない……あるかどうかは分からないけどね」

「そうか」納得したように、敦美がうなずく。「だったら、テツが出てこないと示しがつかないわよね」

大友もうなずき返した。誰に、あるいは何に対して示しがつかないかは分からなかったが。

「後山さんは？」

「中にいる。二階のはずよ」

「分かった」

「じゃあ」敦美がさっとうなずく。「ところで、怪我は大丈夫なの？」

「今のところはね」

不思議だった。優斗が行方不明になったと聞いた後は、ずっと胸の傷が痛み続けたのに、無事に発見してからは何ともない。これから厳しい状況になるのは間違いないのに、特にプレッシャーも感じていなかった。

エレベーターホールに、見知った顔が何人かいた。ダークスーツ姿で目つきの鋭い刑事たち。大友にうなずきかけてくれる人間もいれば、無視する人間もいる。ホールの脇にはシャッターが下りたカウンターがあり、その脇の壁に「信越バス　チケット受付・発売」という大きな看板が立てかけてあるのに気づいた。昼間はシャッターが開き、発券カウンターになるのだろう。

大友は階段で二階に上がった。次第に緊張感が高まってくるのを意識する。間口が狭く、奥に深い造りのビルで、廊下の両側にはドアがずらりと並んでいる。人気がないので、どのドアをノックしていいか分からなかった。一つずつ確かめていってもいいが、何となく馬鹿らしい。「到着しました」と後山に電話を入れようとした瞬間、一番階段に近い部屋のドアが開き、彼が顔を見せた。

「そろそろ来るかと思っていました」

「遅くなりました」大友は頭を下げた。

「ちょっと外で話しましょうか」後山が廊下に出て、そっとドアを閉めた。一つ溜息をついてから、大友に近づいて来る。ドアが開いていた時は、部屋からざわめきが漏れ出ていたのだが、閉まった途端に静かになる。後山が廊下の壁に背中を預け、ゆっくりと息を吐いた。

「お疲れですか？」

「いや、まあ……」後山が口ごもった。「ちょっと整理がつかない感じですね」

「右に同じくです」

「あなたは、前の二つの事件についても調べていたのでは？」後山が疑わしげに訊ねた。

「残念ですが、中途半端に終わってます」大友は肩をすくめた。「あくまで他県警の話ですから」

「そうですか……」

後山が背広の内ポケットに手を突っこみ、折り畳んだ紙を取り出す。大友は受け取って広げ、一秒で内容を把握した。

これまでの長野県警の捜査は、全て的外れだったというのか？

真相を明かされたくなければ金を用意しろ

プリントアウトされた文字は少しかすんでいる。プリンターの特徴なのかとも思ったが、実際には何回も複写を重ねて、コピー機の汚れがついたのだろう。

「シンプルな脅迫ですね」

大友が言うと、後山が素早くうなずいた。大友は紙を畳んで後山に返した。後山も広げて内容を一瞥《いちべつ》した後、丁寧に折り畳み直してポケットに落としこんだ。

「長野県警では、何者かがバスの車載コンピューターをハッキングして、コントロールを奪ったと判断しています」大友は説明した。

「その件は聞きました。手の込んだことをする犯人がいるんですね」後山の眉根が寄る。

「この脅迫状の意味は……バス事故とは関係ないんでしょうか」

「そうとも取れますね。バスの件についてまったく触れていない」後山の口調は曖昧だった。

大友はすぐに、彼が断言しない理由に思い至った。そう、この脅迫は、そもそも今回の事故に関係しているとは限らないのだ。もしかしたら別件……他の事故など、会社のスキャンダルに関するものかもしれない。

大友は廊下の壁に背中を預け、しばらく目を閉じた。薄い壁越しに、室内のざわざわした気配が伝わってくるようだった。この時点では、捜査陣も半信半疑ではないか、と考える。後山の曖昧な態度は、決して彼個人の判断ではないはずだ。

「脅迫状、いつ届いたんですか」奇妙な状態になってしまっているな、と意識しながら大友は訊ねた。自分も後山も、背中を壁につけたままであり、上司と部下として話をしている感じではない。しかし内容は、まさに仕事に関してなのだ……後山と話していると何故か、こういう風になることが多い。彼自身気さくな性格であるせいもあるし、年齢が近いからかもしれない。

「今日の夕方、窓口が閉まる直前です」

「郵送で……」

「いや、直接」

「どういうことですか」大友は背中を壁から引き剝がした。

「窓口には、社員の方が三人座っています。その一番左側——外から見て左側の人が、いつの間にかカウンターに封筒が置いてあるのに気づいたんです」

「つまり、誰かが直接ここに置いていったと？」信じられない。犯人は大胆な——あるいは無謀な人間だ。

「そうなんでしょうね」後山がうなずく。「あの窓口は、いつも混雑しているそうです。受付をやっている人たちも常に仕事に追われていますから、周囲をよく見ているような暇はない。その辺の事情を知っている人間なら、気づかれずに封筒を置けるかもしれないですね」

「防犯カメラは？」

最近は、残された映像が捜査の手がかりになることが多い。しかし後山は、力なく首を振るだけだった。

「残念ながら、あのホールに防犯カメラはありません。古いビルですからね」

「でも、会社の方で独自に設置することもできたんじゃないですか。現金を扱っているんだし」言っても仕方ないことだと思いながら、大友は疑問を口にした。

「その辺の事情は分かりませんが、とにかく防犯カメラはないんです……ちょっと現場を見てみますか？」

「ええ」

二人は階段で一階へ降り、受付のカウンターに向かった。シャッターが下りているので、脅迫状が見つかった時の状況と同じではないが、何となく雰囲気は分かる。後山は、カウンターと二メートルほどの距離を置き、小声で説明した。

「シャッターのこちら側にカウンターが出ていますよね？　営業時間帯は、あそこにパンフレット類が置いてあるそうです。左側にゴールデンウィークのバスツアーのパンフレットが積んであって、封筒はその上に無造作に置かれていたそうです」

大友は、その状況を想像して、脳内で再現した。一般客を装った犯人が、パンフレットを手に取る。実際に持ち帰ったかもしれない。それと交換するように封筒を置く――パンフレットを見る振りをしていれば、周囲を観察することもできるはずだ。誰も自分を注視していないのを確かめて、一瞬で……可能だろう。バッグや服のポケットから封筒を取り出してパンフレットの上に置くのに、数秒もかからないはずだ。

階段を上がりながら、大友は訊ねた。

「会社側は何と言ってるんですか」

「心当たりがない、と。どう思います？」

逆に聞かれて、大友は口ごもった。会社としては、話しにくいことだろう。嘘をついている可能性もある。たとえ脅迫されて被害者になったとしても、会社のマイナスポイントは表沙汰にしたくないものだ。

「相手が相手ですから、あなたに来てもらったんですけどね」

「会社の人間に話を聴け、ということですね」

「そういうの、あなたなら得意でしょう？」

「ええ、まあ……」以前なら、素直に「イエス」と言えた。人に本音を喋らせる能力には自信を持っていたから。しかし、しばらく仕事を離れていたせいもあり、今は素直にうなずけない。いきなり実戦投入か、と考えると鼓動が速くなってきた。

「もう、事情聴取は始めているんですよね」

「それは当然です。あなたには、会社のナンバーツーを担当していただきたい」

「ナンバーツーというのは……」

「総務担当の常務です」

「分かりました。今まで、誰か話を聴いたんですか？」

「まだです。名古屋に出張中だったのを、戻って来てもらったところなので」後山が腕時計を見た。「十分ほど前に帰って来たばかりですから、事情聴取はまだです」

「一つ、お願いがあります」大友は右手の人差し指を立てた。

「どうぞ」後山が大友に向かって手を差し伸べた。

「一人、バックアップをつけていただけますか？」頼れるパートナーが欲しい。

「誰か、特に信用できる人間を、ということですね」

さすがに後山は理解が早い。大友はうなずき、外で警戒を続けている敦美の名前を挙げた。

「あれは……無駄な警戒だと思いますし」上層部批判になるなと思いながら、大友は言った。

「分かりました。ただ、彼女で大丈夫ですか？」

「何がですか？」

「何と言うか……威圧感があるでしょう、彼女は」

「ああ――実は、座高は低いんです」

「はい？」

「座れば、それほど大きくは見えないんですよ。だいたい、今までも普通に取り調べはやっているでしょう？　何も問題はなかったと思いますが」

「……まあ、そうですね。では、あなたが呼んで下さい。それと、こっちに詰めている連中に挨拶しておきますか？　ここの会議室を対策本部に使わせてもらっているんですよ」後山が、先ほど出て来たドアを指さした。

「遠慮しておきます」大友は苦笑した。普段なら、嫌われていることが分かっていても礼儀としてきちんと挨拶するが、今はそこに使うためのエネルギーがなかった。

「では、五分後に。事情聴取用には別の会議室を用意してもらいますから」

「他に、私が知っておかなければいけないことはありますか？」

「残念ながら……言えることがあればいいんですけどね」

後山が肩をすくめ、対策本部のドアを開けた。漏れ出たざわめきが大友の耳に届く。

携帯を取り出し、敦美の番号を呼び出した。緊張感が高まる——上手くできるかどうか、自信もなかった。一つだけいいことがあるとすれば、敦美を暇な仕事から救出できることだろう。

信越バス常務の小菅元《こすがはじめ》が、しきりに額の汗を拭う。ハンカチはくしゃくしゃだ。会議室の照明を受けて、だいぶ広くなった額には拭い切れない汗が光っている。

軽く、お定まりの人定質問から始めた。年齢、五十九歳。信越バスに勤めて、もう三十五年になる。各地の営業所や本社の総務畑の勤務を経て、取締役総務部長から常務になったのが二年前。会社の総務部門を統括する立場だ。仕立てのいい背広に、地味な濃紺のネクタイ。ワイシャツの袖から覗く腕時計は非常に薄い、上品なものだった。

狭い会議室は暖房が効き過ぎていて、大友も何となく不快だった。

「よろしかったら、上着、脱ぎませんか？」

大友が提案すると、小菅はほっとして背広を脱いだ。ワイシャツ一枚になると、貧相な体型がはっきりと分かる。長テーブルを挟んで座っているだけなので、事情聴取するには少しだけ距離が近かった。冷静に話を聴くには、ある程度の距離感は必要なのだ。大友は立ち上がって背広を椅子の背にかけたついでに、わずかに椅子を左側へ動かした。これで、小菅とは斜め向かいの位置で相対することになる。大友の左側に座った敦美が、うなずきかけた。戦闘準備完了。

「脅迫状のことは、いつお聞きになりました?」

「三時間……三時間半前でしたかね」小菅が左腕を突き出して、腕時計を確認した。

「その時は、名古屋にいらっしゃったんですよね」

「向こうの支社で打ち合わせがありまして」

「『信越』バスなのに、ずいぶん営業範囲が広いんですね」

「ああ、それは創業者……先代の社長が長野出身だからつけた名前なんですよ」

「そういうことですか……今、営業路線は、どこまで広がっているんですか」

「東日本一帯、ですね。東北から中京地区まで」

今のところ、話はすらすらと流れている。話しても問題ない会社の事情——たぶんホームページでも公開されているようなもの——だからだろうが。敦美が唐突に咳払いする。前置きが長い、ということか……どうもまだ、リズムを取り戻せていない感じだ。

大友は首を振り、ギアを一段上げた。

「脅迫される心当たりはないですか」

「まさか」小菅が低い声で否定して、またハンカチで額の汗を拭った。

「先日の事故の件は……」

「あれに関しては、長野県警さんの捜査にきちんと協力していますが……だいたい、うちは被害者ですよ」

「誰かがバスをハッキングしたなら、そうでしょうね」

「そのように聞いていますが」

「まだ断定できないと思います」

小菅の顎が硬く引き締まった。話が違う、とでも思っているのかもしれない。ここで優斗の話をだすべきかどうか、大友は迷った。自分は被害者家族でもある——取り敢えず、使わないことにした。もしかしたら、いざという時の切り札になるかもしれない。もちろん、優斗の拉致・監禁事件に会社が関係しているとは思えなかったが。

「事故の後、脅迫めいた手紙やメールは来ていませんか？」

「それは……ありました」小菅が嫌そうに認める。「大量に」

「どんな具合ですか？」

「会社はきちんと責任を取れ、という内容がほとんどです」

小菅の額に、はっきり見えるほど汗の玉が浮かぶ。またハンカチを使ったが、もう絞れるほどではないかと大友は思った。

「それは手紙で？　あるいはメールですか？」

「全部メールです。最近はひどいですよね。メールなら簡単に出せるし、身元も特定できないから、人を中傷するには最高の方法じゃないですか」

「メールは保存してありますか」

「ええ、念のために……ウェブ関係を担当している部署がやっています」

大友はちらりと横を向き、敦美にうなずきかけた。これは後で確認する必要がある。

メールは、脅迫状の前段だったかもしれない。敦美がうなずき返したので、すぐに視線を小菅に戻す。

「その中で、今回の脅迫状に似た内容の物はありませんでしたか？」

「私も全部目を通しているわけではないので分かりませんが、こういう感じのものはありません。ほとんど、きちんと責任を取れ、というような内容ですよ。うちには何の落ち度もないのに」

そんなものだろう——この件では確かに、信越バスは被害者である。しかし世間の多くの人は、「バス会社で事故が起きた」としか認識していない。ハッキングに関して警察はまだ公表していないが、この情報が明らかになれば、「ハッキングされないようにセキュリティをしっかりしておくべきだった」と会社の責任を追及したくなるだろう。

「メール以外で、具体的な脅迫はなかったんですね」大友は念押しで訊ねた。

「この手紙が初めてです」

「メールは無視して、手紙は警察に届けたのは何故ですか」

「私が指示したんですが……」小菅の顔に戸惑いが浮かぶ。「金を出せという要求は初めてですし、犯人は会社まで来ているんですよ？　メールで気軽に中傷するのとはレベルが違うでしょう」

その判断は正しい。大友はうなずき、小菅の意見に同意している、と無言で伝えた。それで小菅が、わずかにほっとした表情を浮かべる。

「ここまで強い表現での脅迫は、これが初めてなんですね」

「ええ」

よし、これで第一段階終了。ここから先がさらに難しい、と大友は気持ちを引き締めた。ちらりと敦美を見ると、腕組みして小菅を凝視している。ちょっとプレッシャーをかけ過ぎだな、と思い目配せすると、腕を解いて両手を組み合わせ、テーブルに置いた。

「それで、何を隠しているんですか？」

「はい？」

「脅迫状の文面です」大友はゆっくりと身を乗り出した。「真相を明かせ、と言ってきてるでしょう。どんな真相を隠しているんですか」

「まさか。何もないですよ」

瞬時に小菅の耳が真っ赤になった。侮辱されたと思ったのか、まずいところを突かれたと慌てたのか、大友にはにわかに判断できなかった。

「つまり、今回はあくまで被害者だということですね」

「ネットなんかでもだいぶ責められてますけど、うちとしては後ろめたいことは一切ありませんから」小菅が胸を張ったが、小柄なので迫力はない。「それにしても、どうして人はあんな風に中傷するんですかね。ストレス解消ですか？」

「それは、私には分かりかねます」大友はすっと顎を引いた。大きな存在――権力者や既得権益者を匿名でからかってやろう、という気持ちは分からないでもない。ただ、ネットでの中傷では、まったく普通の人も対象になる。何年か前に、優斗の小学校から「学校裏サイトについての注意」という文書が回ってきたのを思い出す。小学生までネット上で他人を中傷するのか、とうんざりしたものだ。結局、相手の目が届かない闇の中から銃弾を放つのは気楽ということだろう。

「とにかく、これは一方的な因縁ですよ。うちは被害者なんですから」小菅が繰り返した。

「八年前の事故はどうですか」大友は切り札の一枚を切った。「あの事故は、御社の責任でした」

「あれは——」小菅が声を張り上げかけた。しかしすぐに、トーンを落としてしまう。「確かにうちの責任とも言えます。しかし、もう裁判で決着がついているんですよ。ご遺族に対しても、十分な補償をしました。今さら問題になるとは思えません」

「遺族全員と話し合いは済んだんですか？」

「もちろんです」

気が変わる、ということもあるのだろうが……金を受け取っても、なお気持ちの整理がつかない家族もいるだろう。しかしこの筋は弱い。何しろ裁判で事情が明らかにされたのだ。会社側が隠していることがあるとは思えなかった。

「だいたいあれは、あくまで運転手の責任ということで、裁判でも決着がついています」

「運転手は、御社の社員かと思いますが」大友は反論した。

「自己管理は、社員一人一人の責任です」小菅の口調が強張る。「こちらは、無理のない勤務ダイヤで、安全には十分気をつけているんです。しかし社員がそれを守ってくれなければ、どうしようもない」

「そういうことなんですか？　勤務に差し障るほど、生活が乱れていたと？」

「そういう話は、裁判の記録を見ていただければ分かりますよ」不機嫌そうに小菅が言った。腕を組んだが、すぐに思い直したようで、両手を長テーブルに置く。「とにかく、きちんと決着がついたんです。労務管理上、弊社に問題がなかったことは、裁判で認められました。それにこちらとしては、亡くなった方のご遺族や怪我をされた方のために、十分手を尽くさせていただいたんですよ。それを今さら、恨まれるようなことなんか……」

「最初からそうお考えでしたか？」大友は突っこんだ。

「え？」

「脅迫状のことを最初に聞いた時、そう思われましたか？　今回の事故の件にしろ、八年前の件にしろ、恨まれるようないわれはないと？」

「もちろんです」

「だったらどうして警察に通報したんですか？　確かに金を要求するのは悪質ですが、何も問題がないと思っているなら、無視してもよかったんじゃないですか」

「しかし金を要求してくるのは、尋常じゃないでしょう」小萱の耳は赤く、むきになっているのが分かった。

「具体的な要求額などはありませんよね」

「それは、これからの話じゃないですか」小萱がなおも食い下がった。「とにかく警察に早目に相談して、対策を取ろうと思った次第で……」

「分かりました。これでひとまず終わります」

大友が立ち上がると、小萱が呆気に取られた表情を浮かべ、大友を見上げた。

「何か？」

「いや……こんな感じでいいんですか」

「現段階で必要な情報は全て伺いました。もちろん、後でまた話を聴かせていただくことになると思いますが……ああ、脅迫めいたメールに関しては、全部まとめていただけますか？　こちらでも分析してみますので。お疲れ様でした」

大友はさっさと会議室のドアを開けた。不審気な表情を浮かべたまま、小萱も立ち上がる。上着を抱えこむようにして、前屈みで部屋を出て行った。ゆっくりとドアを閉めると、大友は敦美に「どう思う？」と訊ねた。敦美は椅子をくるりと回して大友に向き直ると、「過剰反応」とぽつりと言った。

「ああ。一課の出動も無駄になるかもしれないね」

「それは……その方がありがたいけど。私たちが暇な方が、世の中は平穏だから」

敦美がだるそうに立ち上がり、窓辺に寄った。ブラインドに人差し指をかけてわずかな隙間を作り、外を覗く。すぐに指を放すと、パチンと軽い音がしてブラインドが少し揺れた。その音が、大友の頭の中のスウィッチを押した。

「彼は、何か嘘をついていると思う」

「どうして？」敦美が振り返り、大友の顔を真っ直ぐ見る。

「確かに反応は過敏過ぎる。でも何かあるからこそ、警察に通報したんじゃないかな。世間に公表されたら困る何かが」

「それは、例えば……」

「今回の事故の件かもしれない。実はハッキングなんかされていなくて、運転手の単純なミスだったとか」

「あるいは会社の過密ダイヤで、運転手の疲労が限界に達していたとしたら？」

「会社は運行管理責任を問われるだろうね」大友はうなずいて話を引き取った。「八年前にも同じような事故を起こしているんだから、会社にとっては致命的じゃないかな。マスコミは話を蒸し返すだろうし」

「なるほどね」敦美が顎を撫でた。「でも、そうだとしたらこの会社は、あまり頭がよくないわね。警察に通報すれば、マスコミに情報が漏れるかもしれない」

「警察が調べれば、会社のボロも出てくるだろう。そこまで読めなかったとしたら……」

敦美が肩をすくめた。おどけた仕草は一瞬だけで、すぐに真顔になる。

「それで、テツとしてはどうするの？」

「小菅さんには、何度も話を聴くことになるだろうね。埼玉県警、長野県警とも連絡を取り合って……」

思わずにやりとしてしまった。今まで邪魔者扱いされてきたのだが、今後は「仕事」として堂々と話ができる。敦美が訝るように「何でにやけてるの？」と訊ねたが、大友は首を横に振るだけで答えなかった。君はのけ者にされた経験がないから、こういう気持ちは分からないだろう――自虐的になる必要もないのだろうが、大友は暗い喜びを一人嚙み締めていた。

大友たちは、近くにある新宿中央署に引き上げた。午後九時半から捜査会議が開かれたが、今のところ、殺人事件などに対応する特捜本部の体制にはなっていない。警察の背中を強力に推すだけの材料はないのだ。

参事官の後山はあくまでオブザーバーとして現場を見たというだけで――実際は大友を動かすために来たのだろう――既に引き上げていた。今日は多くの刑事たちが現場に出ていたが、今後の現場は捜査一課特殊班が仕切ることになったようで、係長の皆川《みながわ》が壇上に立って説明を始めた。この皆川というのが……小菅と同じように小柄な体型で、声も小さい。常に囁くように喋るので、こういう場で大勢に説明するのは苦手だ。集まったのは所轄、捜査一課含めて五十人ほど。マイクがないと辛い感じである。大友は一番後ろの席に座っていたのだが、ほぼ全員が前のめりになって耳を傾けている様は、ある意味滑稽だった。

「……現段階では犯人の意図が読めないのと、金額等の具体的な要求がないので、明日以降は捜査を一時的に縮小する」

ということは、僕はこれでお役御免か……自分で手を上げればいいとは分かっている。後山が呼びつけたのだから、そうしても拒絶はされないだろう。しかし……数か月前までの大友だったら、迷わず「やらせて下さい」と言っていた。「リハビリ」期間が終わり、優斗のことを何とかして、捜査一課に復帰しようと本格的に考えていたから。しかし撃たれた後では、どうしても今一つ積極的になれない。今のところは何ともないが、正直、体についてはまだ心配だ。

「それと、大友」

一瞬、皆川の声を聞き逃した。横に座った敦美が肘を小突いたので――かなりの衝撃だった――呼ばれたのに気づく。慌てていないように見せるため、敢えてゆっくり立ち上がった。

「明日以降も、ここで頼む」

「はい、あの……」

「後山参事官の指示だから」

誰も何も言わなかった。いつもの居心地の悪さ——お前は部外者だ——を感じたが、それには耐えられる。問題は、僕自身がどこまで過酷な仕事をこなせるかだ。

どうせ家に帰っても優斗はいない。敦美が「食事がまだだ」というので、つき合うことにした。大友はもう食べていたが、一人より二人の方がいいだろう。

驚くべきことに敦美は、新宿中央署近くにあるチェーンのカフェに入った。大友が入り口で躊躇しているのに気づき、振り返って訝しげな表情を浮かべる。

「どうかした？　閉店までにはまだ時間があるわよ」

「そうじゃなくて……」敦美は大酒吞みである。朝まで吞み明かしてそのまま出勤し、しかも平然としているうわばみだ。酒の苦手な柴などは簡単に潰されてしまうし、大友にしても最後までつき合ったことはほとんどない。

退院して以降は酒を控えていたが、どうせ今後も酒を吞む機会はある。敦美のハードな酒につき合って、リハビリを強行するのも悪くないと覚悟を決めていたのだが……彼女は吞むつもりがないのだろうか。この店にもビールやワインの用意はあるはずだが、彼女はそんな弱い酒では満足しないのだ。普段はバーボンかテキーラで、チェイサーなし。

敦美は、トマトとバジルのシンプルなパスタ、それにコーヒーを頼んだ。何だかいつもと様子が違う……何かあるのだろうかと警戒しながら、大友はカフェラテにした。席に落ち着くと、大友は「どういうことか、聞いていいかな」と遠慮がちに切り出した。

「何が？」

「いや……てっきり酒を吞むのかと思ってた。君のエネルギー源は、食べ物じゃなくて酒だよね」

「ああ……私の体も人並みだったっていうことよ」

「まさか、体調でも悪いとか？」とてもそんな風には見えなかったが。ほとんど化粧していないせいか、むしろ血色の良さが目立つ。

「自覚症状はないけど、この前の健康診断で色々とね……」敦美はいかにも不機嫌そうだった。

「まあ、あれだけ吞んでたら、数字も悪くなるんじゃないかな」

「健診の一週間前は禁酒してるのに」

「それで健診をクリアできたら、誰も苦労しないよ」

「そうよね……」敦美が頰杖をつき、空いた右手にフォークを握ってパスタに突っこんだ。くるくる回して巻きつけたが、あまり食べたくない様子である。

「僕たちも年を取ってきたわけだ」

「テツは子どもがいるから、そういうことを意識するかもしれないけど、一人で暮らしてると分からないものよ。それで急に数字を突きつけられたら、年を取ったって自覚するわけよ」

「そうかもしれないね」

「それで……この件はやれそう？」

「今のところ、弱気にはなっていない」言って、大友はカフェラテを一口飲んだ。最近、ブラックコーヒーは避けている。

「優斗は？　まだ春休み中でしょう？」

「それは何とかなるよ。もう、お互いに慣れてるし」

「本当のところ、彼女はどうなの？　佐緒里さん」

「どうもこうも」何とも言えない、というのが本当だ。撃たれた後何度か電話で話し、会ってもいるのだが、何となく彼女の方が引いている感じがする。つき合っていたわけではないが、彼女の方では「候補」と見てくれていたのかもしれない。しかし、いきなり撃たれたら——心配になるというより、不安の方が大きいだろう。いつ殺されるか分からないような人間とつき合うのは辛い。刑事が撃たれる可能性など極めて低いのだが、大友の方ではそんなことを説明する気になれなかった。そこで必死になれないのは、自分自身、それほど本気になっていないからだろう、と思う。

思いのままに突っ走れた若い頃を懐かしいとも思うが……まあ、あまり真剣に考えても仕方がない。

一つはっきりしているのは、自分は多くの物を抱えているということだ。仕事と子育て。それプラス恋愛をこなせるほどの余裕はない。そんな超人的な人がこの世にいるとも思えなかった。

7

翌朝から大友は、新宿中央署に置かれた「準捜査本部」に詰めた。事件の重要性・緊急性を検討した結果、きちんと予算がつく「捜査本部」や「特捜本部」にはせず、周辺捜査と警戒だけに徹することになったのだ。もちろん新たな展開があれば、人員を増強して一気に勝負をかけることになる。

朝の打ち合わせは、新宿中央署の刑事課長、半崎《はんざき》が仕切った。実際には、彼が顔を出すのは朝と夕方だけだろう。刑事課長には、他にも色々仕事があるのだ。ということは、逆に目が届かない——自分の判断だけで動ける部分が増えるわけで、大友にとっては好都合だった。もっとも、勝手にレーダーから消えてしまうのはまずい。一応、何をするか報告だけはしておくことにした。手を上げて発言を求める。

「会社側が何か隠している節があります」

「その話は昨夜も聞いたが……何なんだ？」半崎が疲れた様子で訊ねる。元々非常にタフな男なのだが、新宿中央署は、半月前に起きた通り魔殺人事件の捜査で忙殺されているのだ。そこへもってきてこの事件だから、両肩に重荷を背負いこんだ感じだろう。

「まだよく分かりませんが、個人的な感触です。八年前の事故が何か関係しているかもしれません……そこから調べてみようと思います」

「分かった。やってくれ」素早い判断である一方、ぞんざいな指示にも聞こえた。どうも半崎自身、この一件を単なる悪戯だと疑っている節がある。「うちの若い奴を使ってくれ。勉強になるだろう」

その「若い奴」は誰だろう……大友は周囲を見回した。若い――二十代に見える人間は一人しかいない。大友と目が合うと、素早く一礼してきたので、大友も目礼で返した。捜査会議が終わると、その若い刑事が立ち上がって大友のところまでやって来た。

「盗犯係の足達《あだち》です」膝につくほど深く頭を下げる。「よろしくお願いします」

「大友です。もしかしたら人手不足で、盗犯の方から駆り出されてきた？」

「そうなんですよ。昨日までは、殺しの特捜を手伝ってました」

足達が苦笑する。新宿中央署は盛り場を多く抱えていて、盗犯係も暇ではあるまいに……やはり殺し優先ということか。

「また違う畑の手伝いで申し訳ないけど、よろしく頼むよ」

「はい。まず何をしましょうか」

「当時の記録をひっくり返さないといけないんだけど……」

「裁判記録ですか？　あれ、閲覧は面倒ですよ」

「そうだな」この男は素直だし勘もいいようだ、とほっとする。まだ二十代で体力もありそうだし。

「まず、ネットですかね」

「それで基礎データを調べよう。そもそも警視庁管内の事故だから、高速隊にもデータが残ってるんじゃないかな」

「そうっすね。裁判記録を見るより、当時の捜査記録を見せてもらった方がいいかもしれません」足達がうなずく。

「裁判記録は整理されてて、生の情報はないし……ただ、八年前だから、どこまで記録が残っているか分からないな」

「とにかく調べてみます。あ、大友さん、コーヒーはどうすか？」

「コーヒーって……」大友は会議室の中を見回したが、コーヒーサーバーらしきものはない。特捜本部にでもなれば、いつでもお茶やコーヒーが飲めるように、所轄の警務課が準備してくれるのだが、今回はそういうサービスはないようだ。

「特捜本部からちょろまかしてきますよ」

　足達がにやりと笑う。どこか軽い感じはするが、この張り切り方は最近の二十代の刑事には珍しい。上手くコントロールできれば、いい戦力になりそうだ。

　足達がコーヒーを調達しに行っている間に、大友はパソコンを立ち上げて事件の概略を調べることにした。基礎情報はすぐに入手できた。

　事故が起きたのは、八年前の三月。松本から新宿へ向かう高速バスが、中央道の石川パーキングエリア手前で事故を起こした。今回の事故と同じように道路の側壁に衝突、その勢いで横転して、乗客一人が死亡、十五人が重軽傷を負う惨事になった。時刻は午後十一時前。雪がちらつく悪天候だったが、路面に積雪はなかったという。自らも軽傷を負った運転手は、その場で逮捕された。名前は斉木昭《さいきあきら》、当時四十五歳。

そこまでの情報は、古い新聞記事を拾っただけでも分かった。ざっとまとめてメモに起こし、プリントアウトしておく。そう言えば足達が遅い……壁の時計を見ると、彼が出て行ってから既に十五分以上経っていた。

「お待たせしました」足達が小走りに会議室に駆けこんで来る。両手にカップを持っていたが、昨夜敦美と入ったカフェのものだった。

「特捜のコーヒーは売り切れていた?」

「そうなんすよ。皆がぶがぶ飲むんで」

「わざわざ買いに行かなくてもよかったのに」気づいて体を斜めに倒し、尻ポケットから財布を抜く。五百円玉があったので、パチリと音を立ててテーブルに置いた。

「あ、いいっすよ、別に」

「まさか……後輩に奢ってもらうわけにはいかないよ」

「ありがとうございます」早口で喋ったので「あざっす」と聞こえた。こういう発音は、舞台では厳禁だな……一音一音、はっきり発音しないと客席には届かない。だから発声練習は必須なのだし。

「ちょっと資料をまとめてみた」

「早いっすね」

「これぐらい、すぐ拾えるよ」苦笑して立ち上がり、大友は少し離れた場所にあるプリンターが吐き出した先ほどのメモを取ってきた。足達に渡し、「ちょっと読んでおいてくれないか。他に調べることがあったら、ついでに……パソコンにメモを残してあるから、分かったことがあったら、追加しておいてくれ」と指示する。

「大友さんは？」

そんなにこっちのことを気にするなよ……と腹の中で苦笑しながら、大友は「ちょっと電話する。仁義を切っておかないといけない人がいるんだ」と答えた。

コーヒーを持って、足達と離れた席に陣取る。まず、寄居署の深井に電話を入れた。

「またあなたですか……」深井はさすがにうんざりした様子だった。「東京へ戻ったんでしょう？　こんな朝早くから何ですか」

「信越バスの脅迫の件について、正式に捜査に参加することになったので、お知らせしておこうと思いまして」

「脅迫の件？」深井の声が一気に真剣になる。

「ご存じですよね」海の物とも山の物ともつかないので、まだマスコミには公表されていないが、当然、埼玉県警には伝わっているはずだ。

「昨夜、ざっくりと話を聞いたよ。この件、どうなってるんだ？」

「まだ分かりませんけど、一応、準捜査本部体制で調べています。私もそこへ入りましたから」

「強引に押しこんだんじゃないのか？」深井の声には皮肉が混じっていた。

「刑事総務課の人間には、そんな権限はありませんよ」自分の特殊な立場を説明する気にもなれず――深井には理解不能だろう――大友は適当に言葉を濁した。「とにかく、今後は情報交換を密にお願いしたいんですが」

「まあ、そういうことなら……そうなるかね」深井はまだ不満そうだった。

「よろしくお願いします。こちらでも、できる限りお手伝いさせていただきますから」

電話を切る。次は長野県警の高速隊か……あそこではあまり歓迎されなかった。代わりに高木に話を通しておこう。正式に高速隊と話をする必要が出てきたら、その時に考えればいい。

「東京へ帰ったんだって？」

高木が第一声でそう切り出した。そう言えば挨拶もせずに出て来てしまったのだ……礼を失したな、と思ったが、果たして彼はどこから話を聞いたのだろう。まったく、田舎の口コミネットワークの速さときたら。

「ああ、昨日戻って来た。それで、ちょっとお前の耳に入れておきたいことがあるんだけど」

直接事故の捜査に当たっていない高木は、脅迫の件を知らないはずだ。説明すると、想像した通りに絶句した。

「マジかよ、それ……」

「まだ何とも言えないけど、とにかく、僕も調べているから。後で高速隊と話をする機会があるかもしれない」

「正式な捜査だったら、高速隊も文句を言わないと思うぜ」

「ああ……色々迷惑をかけたけど、これからは正式な仕事になる。ところで、そっちはどうなってる？」

「実は、うちが高速隊に手を貸すという話があるんだ」

「捜査一課が？」大友は電話を握り直した。「それは異例じゃないかな」

「異例だよ。でも、交通部には、この手の捜査のノウハウがないからね」

「この手って、ハッキングのことか……」

「ああ。サイバー犯罪対策室はもう手伝ってるんだけど、人手が足りないんだ」

「何だか……こういう事件の捜査はやりにくいね」

「最後は専門的な話になるからな。ＩＴ系、苦手なんだよ」高木が愚痴を零した。

「それは僕も一緒だ」しかし大友にとってはありがたい話だった。高木が捜査の手伝いをしていれば、情報が取りやすくなるかもしれない。

　礼を言って電話を切り、コーヒーを一口飲んでから足達のところへ戻った。足達は長い足を窮屈そうに組み、背中を丸めてパソコンに向かっている。名手がピアノを弾くようなスピードでキーボードを叩いていた。

「何か分かったか？」

「いや、あまりつけ加える情報はないんすけど……裁判の記事なんかを見てて、それでだいたいのところは分かりました」コーヒーを啜る。熱いのが苦手なのか、蓋は取ってしまっていた。

「運転ミスだって聞いたけど」

「そのようですね。ハンドル操作を誤って……雪が降っていて、視界が悪かったようです」

「ベテランのバスの運転手が、それぐらいで運転ミスをするものかな」

「判決でも、同じように出てますよ」

いつの間にプリントアウトしたのか、足達が新聞記事のコピーを差し出した。受け取り、座ってじっくり読み始める。

東京都日野市の中央道で乗客16人が死傷したバス事故で、業務上過失致死などの罪に問われた信越バス運転手・斉木昭被告（45）に対し、東京地裁（高木満裁判長）は8日懲役5年、罰金200万円（求刑・懲役7年、罰金200万円）の判決を言い渡した。判決では斉木被告の運転ミスを認定、高木裁判長は、「プロの運転手として、不注意は許されない」と、続発する高速バス事故に対して注意を喚起した。

事故は、昨年3月、松本発新宿行きの高速バスが、中央道石川パーキングエリア手前で道路脇のフェンスに衝突、横転したもの。この事故で乗客1人が死亡、15人が重軽傷を負った。

裁判で斉木被告は、「雪が降っていて一時的に視界が悪くなっていた。制限速度以下で慎重に運転していた」と運転ミスを否定。しかし判決では、バスの運行記録から、「事故当時、時速90キロは出ていた」と認定した。雪のために、当時最高速度は80キロに規制されていた。途中の渋滞や雪の影響もあって、バスは遅延、予定では石川パーキングエリア付近を午後10時前後に通過予定だったのが、30分ほど遅れていた。判決では、斉木被告が、遅れを取り戻すために焦ってスピードを出し過ぎたのが事故の原因、と断じた。

完全に運転手個人の責任か……昨夜小菅は、会社側に責任はない、被害者にも誠意を尽くしたと強調していた。しかしこの記事には、会社に関する記述はないので、本当にそうだったかどうかは分からない。ただ、判決が管理責任を指摘すれば、当然それは記事になっているはずだ。その方が、社会的問題としては重要である。

「どうですか？」足達が慎重に訊ねた。

「運転手の全面的な責任、ということなんだね」

「そうですね……会社の責任については、触れなかったんじゃないですかね。他の記事も、同じような感じです」

「ということは、今回の脅迫は別の筋か……」自分の見立てが外れつつあることを意識して、大友は天井を仰いだ。

「あの、もうちょっと調べてみませんか」足達が遠慮がちに申し出た。「せっかくここまで調べたんですから」

「せっかくって言うほど、必死に仕事はしてないけどね」大友は自虐的に言ったが、すぐに気持ちを入れ直した。「でも、もう少し突っこんでみるか」

「少なくとも、判決文ぐらいは見るべきじゃないでしょうか。自分、手配してもいいですけど……」

「そうだな。新聞記事に全部書いてあるわけじゃないし、そっちを当たってくれるか？僕は、高速隊の方に話を聞いてみる。当時のことを知っている人がいるかもしれないし」その可能性は低いだろうな、と思いながら大友は言った。警察官は普通、二年から三年で持ち場が変わる。当時捜査を担当した人間は、当然高速隊にはいないだろう。

だが今日の大友には、まだツキが残っていた。半分諦めたまま電話を入れると、八年前の捜査担当者が、二年前に八王子分駐所長として戻って来ていたのが分かった。約束を取りつけて電話を切ると、思わず両手を叩き合わせてしまう。足達が不審気に大友を見た。

「高速隊へ行ってくる」

「八王子の分駐所ですか？」足達は既に、自分の荷物をまとめ始めていた。薄いバッグは、パンパンに膨らんでいる。

「ああ」どうするか……車があれば一番便利なのだが――八王子分駐所は、中央道の八王子インターチェンジのすぐ近くにあり、新宿からは首都高と中央道で一直線だ。

「刑事課の車、一台調達しましょうか？」大友の気持ちを読んだように、足達が言った。

「大丈夫なのか？」

「それぐらい、何とか。分駐所、駅からだと遠いっすよね」

「歩いてはいけないだろうね」JRだろうが京王だろうが、八王子駅からインターチェンジまでは数キロあるはずだ。他に何か用事が出てくるかもしれないので、車があった方が何かと便利だ。

「じゃあ、ちょっと待っててもらえますか」

「了解」

ずいぶん気がきくというか、サービスのいい男だ。いったい何なのだろうと思ったが、ここは好意に甘えることにする。先ほど作ったメモは、足達が自分のバッグに入れてしまったので、自分用に新たに一枚プリントアウトした。これで準備完了……と思ったところで、足達が駆けこんで来る。右手にキーをぶら提げていた。

「悪いね」

「とんでもないです」

「じゃあ、後で連絡を取り合おう。何か分かったら、いつでもいいから電話してくれ」

「了解っす」

携帯の番号を交換した後、足達は駐車場まで案内してくれた。そこまででいいのに、大友が駐車場から車で出るところまで見送る。バックミラーに彼の姿を見ながら、いったい何なのだろうと考えた。僕のファン？　まさか。何故か昔から、男性人気はないのだ。

分駐所長の田村《たむら》は、資料を持って待っていてくれた。とはいっても、手帳一冊である。使いこんだ手帳は官給品ではなく、彼が自分で選んだものだろう。

「実はね、悪い知らせがある」

顔を合わせるなり、田村が申し訳なさそうに言った。嫌な予感を覚えて、大友は顎に力を入れた。

「まあ、座って下さい」

促されて、大友は椅子に浅く腰を下ろした。田村が手帳――古いものではなく、現在のもの――を開き、顔をしかめる。

「斉木だけどね、自殺してるんだ」

「え？」思いもよらぬ話に、大友は思わず間抜けな声を出してしまった。

「実刑判決を受けて、二年前に出てきた。それで、半年前に自殺している」

「どういうことなんですか」

「詳しい事情は分からない。あんたの電話を受けてから、気になったんでちょっと調べてみたんだ。当時、彼の弁護を担当した弁護士とは顔見知りでね」

「自殺の動機は？」喉の奥に何かが詰まった感じがした。

「はっきりしたことは分からない。斉木は二年前に出所した後、一度だけ弁護士を訪ねて行ったそうだ。その時に、『仕事がないから紹介して欲しい』と言っていたらしいんだが」

「仕事が見つからなくて、自殺したんですか？」大友は、胸の奥に軽い痛みを抱えこんだ。

「その可能性が高い、と弁護士は言ってたよ。実は弁護士も、斉木が亡くなったのを知ったのは、しばらくしてからだったそうだ」

「その弁護士、家族に事情は聞かなかったんですかね」

弁護士なら、それぐらいのことはしそうだ。もちろん、一つ一つの事件を、単なる「仕事」としてこなし、終わったらファイルに綴じこんで忘れてしまう弁護士もいるだろう。しかし、出所後にわざわざ斉木が訪ねて行ったということは、二人の間にはそれなりに強い信頼関係があったと考えていい。

「俺もそこまでは確かめていない。あんたの方で直接話を聴いてみたらどうかな」

「そうですね……その前に、当時の様子を聞かせてもらえませんか？　会社側の対応はどんな感じだったんですか」

「一応、誠意を尽くしたと考えていいんじゃないかな。少なくとも俺が知る限り、被害者やその家族との間にトラブルはなかったはずだ」

「当時、会社で遺族の補償問題などを担当したのは……」

田村が手帳を——今度は古い方を繰った。すぐに目当てのページを見つけ出し、「小菅だね」と言った。

「ああ、知ってます」

「そう？」

「今、常務ですよ」

「なるほどね」田村が手帳を閉じ、デスクに置いた。「当時は総務課長だった。順調に出世したわけだ」

「どんな感じだったんですか？　つまり、どんな感じの人でした？」

「小さい人」言って、田村が苦笑する。「いや、体が小さいってこともあるんだが、気持ちも小さい人でねえ。いつも汗をかいて、あたふたしてたんだ。それがむしろ、被害者家族には誠実な態度に見えたのかもしれない。謝りに来たのに、堂々とされても困るだろうし」

「汗をかきながら一生懸命頭を下げれば、無下にはできませんよね」盛んにハンカチで汗を拭っていた小菅の姿を思い出す。

「まあ……不幸中の幸いと言うべきか、亡くなったのは一人だけだったからね。その人の家族に重点的に対応していれば、騒ぎは大きくならなかった」

「上手いやり方だったわけですか」

「会社の事故処理としては、お手本と言っていいんじゃないかな。危機管理は極めて上手くいった方だと思うよ」

「そうですか」

「だいたいあの事故で、犠牲者が一人だけというのは奇跡的だ」

田村がまた古い手帳を開いた。一枚の写真を取り出し、大友に差し出す。

「これは……」大友は思わず顔をしかめた。事故現場の写真。いち早く到着した警察官でなければ撮影できない、生々しいものだ。

「個人的に撮影しておいた。あまり褒められたことじゃないけど、自分に対する戒めというか、いつでも気を抜かないように、ね」

「分かります」大友はうなずいた。知り合いの刑事で、常にデジカメを持ち歩いている男がいる。現場に入ると、鑑識の連中に混じって自分でも写真を撮影するのだ。恐らく動機は、田村と同じだろう。

改めて写真を見やる。横転したバスの裏側から写したもので、どこからか煙が上がっているのが分かる。オイルとガラスの破片がアスファルト上に散らばり、その上を、救急隊員に肩を抱えられた女性が歩いていた。毛布に包まれていたが、顔は蒼褪めており、彼女の震えが伝わってくるようだった。確かに田村の言う通りで、これで死者一人というのは不幸中の幸いだったとしか言いようがない。

「小さい人とか、誠実に対応したということ以外に、小菅さんはどんな感じの人でしたか？ 田村さんの個人的な感想で結構なんですが」

「さあ、ねえ」田村の口調が揺らぐ。「それほど何度も会ったわけじゃないし」

「第一印象があるでしょう？ 家族とのやり取りについては、後から知った話ですよね」

「あんた、俺に何を言わせたいんだ？」用心した様子で田村が訊ねる。

「正直な感想、です」

「……嘘つきだね」

大友は無言で唾を呑んだ。警察官が抱く第一印象は、当てにしていいものである。多くの人——それも犯罪者と会う機会が増えると、人の本質を短時間で見抜く能力が鍛えられる。

「どうして……と聞いても、論理的に説明はできませんよね」大友は念押しした。

「ああ」田村が認める。「ただ、そう思った。目つきがね……腹に一物ある感じだった」

「実は僕も、そう思いました」

「ほう」

「これも根拠がない話ですけどね」敢えて言えば、汗のかき方だろうか。確かに昨日彼と面会した部屋は暖房がきつく効いていたが、あんなに頻繁に汗を拭うほどではなかったはずだ。実際大友は、上着を脱いだらほどなく暑さを感じなくなった。

「恐らく俺も、あんたと同じようなことを感じたんだと思う。まあ、これは捜査には直接関係ないことだから、突っこまなかったけどね」

「会社は調べたんですか？」

「もちろん。ああいう事故があった場合、まず勤務超過を疑うからね。運転手が不足している会社は多いから、どうしても無理な運行ダイヤを組む。深夜に十時間以上運転して朝方到着、その後少しだけ仮眠して、午前中の便で戻って来るとかね。当然、運転手は寝不足で、事故が起きる可能性が高くなる」

「信越バスはどうだったんですか」

「当時のダイヤは、無理があるものとは言えなかった。少なくとも事故が起きる半年前からは、斉木のダイヤには無理がなかった。あまり長距離は走っていなかったし、休みもきちんと取れていた」

「それで、会社の責任を追及することはなかったんですね」

「そういうことだ」

　田村がうなずく。少し表情が硬い……自分の捜査の正当性を疑われている、と感じているに違いない。

「どう思いますか？」相手に判断を委ねるのは危険なことだと思いながら、大友は訊ねた。「八年前の事故で、未だに会社に恨みを持っている人がいると思いますか？」

「それは……考えにくいな」田村が顎を撫でた。「八年は長いよ。亡くなった方はともかく、他の人たちは無事に社会復帰しているはずだから、今さら恨みっていうのは……」

しかし外傷の後遺症は、意外に長く続くものだ。大友が時に悩まされる胸の痛みも、これからしつこくつきまとうかもしれない。もしかしたら雨の日とか、寒い日とか……同じように、例えば砕かれた膝の痛みを抱えて必死に生活している人がいるのではないだろうか。小さな痛みも、消えなければいつかは大きな悩みになる。

「リストはありますか？」

「リスト？」田村が眉をひそめる。意味はすぐに分かったはずだが、やはり自分の仕事ぶりを疑われていると感じたのだろう。

「被害者のリスト。あくまで念のためですけど、調べてみたいんですが」

「あのね、八年前の事故のことばかり言うけど、先日の事故についてはどうなんだ？あの件は、まだ捜査も終わっていないだろう。会社に対して恨みを抱く人間がいてもおかしくないぞ」

「それも筋違いなんですけどね」

大友は、車載コンピューターがハッキングされた事実を説明した。田村は何度もうなずいたが、渋い表情に変化はない。

「被害者にしてみれば、理由なんかどうでもいいんじゃないかな。セキュリティが甘かったとも言えるわけだから、会社を恨む理由にはなる。犯人が捕まっていないから、憎しみのベクトルが向く方向は限られるじゃないか」

田村の言うことには一理ある。その辺りについては、長野県警の高速隊と密に連絡を取り合って調べなければならないだろう。上手く交渉できる自信はなかったが……大友はなおも粘り、結局田村が保管していた当時の被害者家族のリストを借り受けることに成功した。だが受け取った瞬間、これは宝の山にはならないだろう、という予感に囚われる。

気持ちは、自殺した斉木の方に向いていた。まず弁護士に会わないと……こうやって、やることが積み重なって、仕事はゆっくりと転がり出すのだ——しばらく忘れていた感覚が蘇ってくる。それ自体は悪いことではないが、何だか疲れた。まだ体力が戻っていないのだろう。この先やっていけるかどうか、どうにも自信がない。

中央道に乗ると、すぐに石川パーキングエリアだ。ここで斉木のバスが事故を起こしたのだと意識させられ、嫌でも緊張する。あの時とは条件が違うが……今日は春の薄曇り、雪の気配などまったくない。窓を細く開けても、車内に吹きこむ風に冷たさはなかった。

八王子の北の方を走る中央道の周囲には、住宅街が広がっている。少し視線を遠くへ投げても、目に入るのはひたすら戸建ての住宅ばかりだ。八王子が人口五十万人を超える大都市だということを、嫌でも意識させられる。町田を一回り大きくした感じで、都心部のベッドタウン、さらに交通の要衝という点でも似ている。ただし、八王子の方が緑が多い感じだろうか。

背広のポケットに入れた携帯電話が震え出した。誰だろう……出るわけにもいかず、震動が収まったところで取り出し、着信を確認する。登録したばかりの足達の電話番号が浮かんでいた。新宿中央署までは三十分程度だが、緊急連絡だったら放っておけない。大友は左にハンドルを切り、石川パーキングエリアへの進入路に車を乗り入れた。この辺では中央道は比較的低い場所を通り、左側には間近に畑が広がっている。

石川パーキングエリアは、東京方面へ向かう中央道の最後のパーキングエリアだ。そのせいか、いつも賑わっている印象がある。駐車場はほぼ一杯……大友は一番手前の空いているスペースに車を突っこんで停めた。すぐに携帯電話を引っ張り出し、足達に連絡を入れる。

「あ、弁護士から判決文を手に入れました。それが一番早いと思ったので」

「そうだね」なかなか手際がいい。有望株として本部の捜査一課か三課に推薦してもいいな、と大友は思った。

「会社の責任についてですけど、ええと……」

足達は必死でページを繰っているようだ。判決文というのは独特な文体で書かれており、しばしば目にする大友でも、まだ読みにくい。「焦らなくていいから」と声をかけた。

「すみません、ありました。要するに、会社側にはまったく責任はないと断言していますね。勤務ダイヤに関してですが、『信越バス側は、過密勤務を避けるために十分余裕のある勤務ダイヤを作成しており、仮に運転中に極度の疲労を感じたとしたら、被告本人の個人的な体調管理の問題である』ってなってますね。もっとも斉木は、事故当時雪が降っていたせいで運転ミスをした、と一貫して主張しているんですけどね。疲れていたとは言ってないです」

「そうか……」話の転がりが悪くなってしまった。田村から聞いた話が裏づけられただけで、このままでは話はどこへも向かっていかない。この線は切った方がいいだろうかと考え始めた瞬間、別の考えが大友の頭に忍びこんだ。「ちょっと待て。弁護士に会ったんだよな」

「そうですけど……」

「まだ会えるだろうか？　今日は、法廷に出ていたりしない？」

「事務所にいると思います。書類仕事でクソ忙しいってぼやいてましたから。何だか、警察官の相手をしている暇はないって言いたそうだったっすよ」

「そうかもしれないね。でも、もう一度相手をしてもらわないと困るんだ」

「え？」

「弁護士事務所の前で落ち合おう。三十分……四十分後でどうだろう」幸いなことに、弁護士の事務所は新宿にあるのだ。新宿中央署の近くではなく、山手線の内側、靖国通り沿いだが……ここからだと、新宿中央署へ行くのと、さほど時間は変わらないはずだ。

「いいですけど、何なんすか」

「斉木は、半年前に自殺してるんだ。弁護士がある程度は事情を知ってると思う」

「ええっ……」一瞬甲高い声を上げたが、足達はすぐに黙りこんだ。この情報の意味を吟味しているに違いない。「それは……どういうことなんでしょう」

「間接的に聞いた話だから、詳しい情報は分からない。弁護士は、出所してきた斉木と会っているから、もう少し詳しい事情を知っていると思うんだ」

「分かりました。じゃあ、住所は……」

「それは分かってる」大友は手帳を広げ、田村から教えてもらった弁護士の住所を読み上げた。

「それで合ってます。もう一回行くって通告しておきますか？」

「それはやめよう」大友は即座に否定した。「いきなり訪ねて行けば、相手には準備する時間がなくなる。防御を整えられる前に攻撃しよう」

「ありがとうございます。勉強になります」

嬉しそうに言って、足達が電話を切った。少し調子が良過ぎるきらいはあるが、見こみのありそうな奴だな、と大友は嬉しくなった。最近の若い連中は、やる気があるのかないのかよく分からない。少しきつい言葉をかけると、「辞めます」と言い出しそうな感じもある。将来的には、足達のような人間が警視庁を背負っていくのだろう……そんなことを考えるのは、自分が年を取った証拠かもしれない。

8

弁護士の脇屋《わきや》は五十絡みで、身なりに一切構わない男だった。スーツとワイシャツはサイズが合わず、突き出た腹ではちきれそうになっている。ワイシャツの袖口は汚れ、襟は不自然に曲がり、ネクタイには皺が寄っている。髭の剃り残しも目立った。髪型はパンクに傾倒した野口英世という感じで、ウェーブがかかって膨れ上がっている。この世に床屋というものがあることを知らないのではないか、と大友は疑った。

事務所自体もひどいもので……自分の名前を冠した事務所を一人で運営しているのだから、それなりに儲かっているのは間違いないはずなのに、とにかく汚い。事務職員は見当たらないし、掃除などろくにしていない様子だった。ごみ箱から零れた紙クズが床に広がり、デスクには昼食に食べたのか、ピザの空き箱が放り出してあった。いや……今日の昼食ならまだしも、いったいいつのものだろう。パソコンの通気口は綿ぼこりで完全に塞がれており、先ほどからファンが必死で回転する音が煩い。ちらりと後ろを向くと、古びたソファの背にコートと背広がかかっている。かすかに見える白い物はシャツだろうか。もしかしたらこの男は、事務所で寝起きして金を浮かしているのかもしれない。他にも何か、奇妙な臭いが気にかかった。何だろう……猫だ、と気づく。猫を飼っている家に特有の、かすかな獣臭さ。事務所で猫を飼っている？　彼のライフスタイルが気になったが、一度話し始めると切りがなくなりそうなので、一切に目を瞑ることにした。取り敢えず猫の鳴き声は聞こえないし。

「何なんですか、いきなり……一日に二度も」

「用事があれば何度でも来ますよ」大友は即座に反論した。脇屋はねちっこそうなタイプに見える。先にこちらが主導権を握らないと、いつまでも文句を聞かされるばかりで、本題に入れないかもしれない。

「まあ、警察ってのは勝手なもんだね」脇屋が煙草に火を点ける。今時珍しい、両切りのピースだった。「バッジを見せれば、何でも自分たちの思い通りになると思っている」

「あのですね、こっちは仕事で来てるんすけど——」足達が食ってかかった。

「お若いの、焦ったら仕事にならないよ」

脇屋が、火の点いた煙草の先を足達に向けて忠告する。お若いの、という古めかしい台詞が似合うほどの年ではないのだが、ドスの効いた低い声に、足達は黙りこんでしまった。怒鳴り返さないだけましだな、と大友はまたこの若い刑事に対する評価を上げた。相手に煙草の先を向けるのは、無礼な行為の中でもかなり上位にくるだろう。しかし、そこで相手の手首を取って捻じ曲げてしまっては、話自体も骨折してしまう。

「八年前、中央道でバス事故を起こした斉木さんのことなんですが」大友は本題を切り出した。

「ああ……」途端に脇屋の顔が曇る。煙草を灰皿——吸殻で埋まっていた——に置き、両手で顔を擦る。「嫌な事件を思い出させてくれるね」

「嫌だったんですか?」

「後味が、ね」

「斉木さんは、半年前に自殺したと聞いています」

「正確に言えば、五か月前」脇屋がマウスを乱暴に動かし、パソコンのモニターを覗きこんだ。「去年の十一月一日に亡くなって……私が知ったのは、それから一か月以上経ってからだった。年末のばたばたした時期でね」

「ご家族から連絡があったんですね?」

「ああ……あのね、葬式っていうのは大変なんですよ。後始末も大変だし、あれこれ忙しくしているうちに、連絡漏れしてしまう相手は必ずいるわけでね」

「先生のように、斉木さんの人生にとって大事な人でも?」

「弁護士とつき合うことなんて、ない方がいいんだよ」脇屋が苦笑した。「大した役には立てなかったしね……これが、逆転無罪を勝ち取ったら家族の受けもいいんだろうけど、残念ながら検察側の言い分が全て認められたからね」

「残念なことなんですか?」

「うん?」

「検察側の言い分が認められたっていうことは、弁護側の言い分は通らなかったという意味に取れますが」

「あなたね、そういうのは揚げ足取りって言うんだよ。ええと……大友さん」手にした名刺に視線を落とし、脇屋がまた苦笑した。「あの件では、争える材料はほとんどなかったんだから。斉木さんは偶然の事故だと主張したけど、それ以外の部分では、十分反省しているからということで、情状酌量を求めるしかなかったんだよ。検察の言い分云々っていうのは、こういう場合の常套句に過ぎないから。真面目に取らないように」

脇屋がひょいと煙草を取り上げ、口に押しこむ。それからモニターに向かい、ブラインドタッチでキーボードを叩いた。あまりにも勢いが強かったせいか、まだそれほど長くない煙草の灰が折れてキーボードに零れる。脇屋は気にする様子もなく、キーボードを叩き続けた。はっきりと手垢の残るキーボードの基盤には、どれだけごみが入りこんでいるのだろう。いつの日かキーボードが言うことを聞かなくなり、怒った脇屋が壁に投げつける場面が容易に想像できた。

「服役中も、何度も面会に行ったそうですね」

「何か、あの人も可哀想でねえ」急にしんみりした口調になって脇屋が認めた。「結局、自分一人で責任を背負いこむ格好になってしまったから。まあ、見舞金や賠償金は会社の方で面倒を見たけどね」

「でも、家族を養わなくちゃいけないし、大変だったでしょう。出所後、斉木さんの方からあなたに会いに来たそうですね」

「会いに来たというか、相談かな。仕事を探してるんだけど見つからないって……それは、状況が悪いよね。それに服役中に体を悪くして、体力勝負のような仕事は無理だったと思うし」

「病気だったんですか」大友は訊ねた。

「はっきりと何の病気ということじゃないんだけど、とにかく元気がなかった。実年齢よりも十歳ぐらい老けて見えたから。肉体的にも精神的にもダメージは大きかったんだろうね」

「何か、仕事は紹介したんですか？」

「私はただの弁護士だよ」脇屋が肩をすくめる。「ハローワークの職員じゃない。ただ、あまりにも悲惨な様子だったから、一瞬だけ、うちで雇おうかと考えたぐらいでね」

「事務員の方、いないんですか」大友は先ほど感じた疑問を口にした。

「いれば、こんなに汚れてないでしょう……弁護士なんて基本的に儲からない商売だから。事務員を置かずに一人でやっていて、辛うじてこの事務所を維持しているんですよ。それを考えると、人を置く余裕はない。それに、法律事務の仕事には専門知識も必要だし、最初は素人から始めるにしても、若いうちじゃないと……」

脇屋の説明は、次第に言い訳めいてきた。別に責めているわけではないのだが、と思いながら、大友は質問を切り替えた。

「斉木さんのご家族は？」

「奥さんと息子さん一人……娘さんは、事故の前には結婚して、もう家を出てたな」

「というと、斉木さんは結構若い頃に結婚したんですね？」

「そうだね。斉木さんは、もうすぐ生まれる孫の顔が見られないのが辛いって言ってたけど、それが四十五歳ぐらいの時の話だから。まだ裁判前、勾留中だった」

その子がもう小学生になるのか……と大友はつい想像してしまった。それにしても娘にとっては、既に結婚していたことがまだしも幸運だったかもしれない。故意でないといっても、犯罪者の娘なのだ。そのせいでせっかくの縁談が破談になってしまったりした話を、大友は何度も聞いている。しかし娘夫婦は今も、世間から身を隠すように生きているのではないだろうか。ネット時代になってから、訳の分からない非難がどこから飛んでくるか分からなくなっている。

「ということは、同居のご家族は奥さんと息子さん、ということでいいんですね」

「そうね」

「ご自宅は？」

「今は杉並の方だね。まあ、これも悲惨な話で……事故を起こす前は、三十五年ローンを組んで買ったマンションに住んでましてね。でも、有罪判決が出た後で、ローンが払い切れなくて、出て行かざるを得なくなった。結局マンションは売り払って、賃貸のマンションに移り住んだんですよ」

「息子さんは働いていなかったんですか」

「事故当時は、まだ高校生だったから。三年生で、大学進学も決まってたんだけどねえ……入学したけど、授業料が払い切れなくて、一年で辞めちゃったんだ。その後は働いて、母親を支えてきた。母親が持病のある人で、フルタイムでは働けなかったんだね」

事故は、加害者家族にも重大な影響を及ぼす。様々な不幸を見てきた大友だが、新たな不幸を知る度に暗い気分になるのだった。こういうのは、いつまで経っても慣れない……。

「で、斉木さんは出所後、新しい家に戻って」

「そういうこと。でもね……」脇屋が、深爪が目立つ指先を弄《いじ》った。「家族とも折り合いが悪かったっていうか、斉木さんがいろいろ遠慮してしまったみたいでね。事故で家族に迷惑をかけた上に、息子さんの収入だけで暮らしていかなくちゃいけないとなったら、一家の大黒柱としては肩身が狭い思いをするわけだよ。だから、私のところまで訪ねて来たわけだし」

「それこそ、ハローワークに行けばよかったんじゃないすか」足達が口を挟んだ。

「行ったさ、もちろん」脇屋が両手を前に投げ出した。「ただ、マッチングが悪くてね。五十歳を過ぎた人の求人、どれぐらいあると思う？　数えるほどだし、うまく条件に合うものなんか、ほとんどない。だいたいね、バスの運転手のような専門職の人が、八年もブランクがあった後で他の職業に就こうとしても、無理があるんですよ。だからこそ、私なんかに頼ってきたんだろうし」

脇屋がまた煙草を手にしたが、いつの間にか灰皿の上で消えてしまっていた。忙しなく次の一本を咥《くわ》え、空になったのを確認してパッケージを握り潰した。デスクの隣にあるごみ箱に投げ入れたが、上まで一杯になっているのでバウンドして床に落ちた。本人はそれを見てもいない。

「それで、家族に対して責任を感じて自殺した、ということですか」依然として暗い気分を抱えたまま、大友は訊ねた。

「そういうことなんだろうねえ……遺書が残っていたわけじゃないから、はっきりしたことは言えないけど。とにかく、大変残念なことでした」煙草の煙の向こうで、脇屋が目を細める。

「その後、ご家族は？」

「一度、お線香を上げに行ったけど、それきりだね。会うのが辛くてねえ」

「ご家族、何か仰ってましたか？」

「こんなはずじゃなかったって……そりゃそうだよね。人生の悪いことを予測できる人間なんていないんだから。世の中、こんなはずじゃなかったことだらけだよ。そういうのは、警察の人もよく知ってるでしょう」

その言葉を聞いた大友は、軽い反感を覚えていた脇屋という男に対して、一瞬だけ共感を抱いた。少なくともこの男は、世間というものをよく知っている。

「ひどい話っすよねえ」近くに停めた覆面パトカーのところへ戻りながら、足達がぼやいた。事務所を出た途端にガムを口に放りこんだのだが、嚙むスピードが異常に早い。それでストレスを発散させているのかもしれない。

「よくあることだけど、ひどい話に変わりはないね」

「そうですよねえ……だけどこれ、何かにつながるんですか？」

「そうだな……」大友は口を閉ざした。斉木の家族が怒りまくっているということはないだろうか？　自制心をなくすほどに？　考えにくい。事故は八年も前のことだし、斉木本人も責任を感じて最終的には有罪判決を受け止めたのだ。家族も、怒りの矛先の向けようがないのではないか。

「家族に会ってみますか？」

「ああ……」足達の提案に返事をしたものの、その気になれない。五か月前に夫を、父を自殺で失った家族と会うのは、どうにも気が進まなかった。何だか鈍ってしまったな、と反省もする。以前は、必要なことだと思えば、どんなに厳しい環境にでも飛びこんだのだが……いや、これは「必要なこと」ではないのだと自分に言い聞かせる。特に容疑があるわけではないのだから。あくまで自分の好奇心、ないし勘に突き動かされていただけである。

しかし、このまま放置しておいていいとも思えない。

「取り敢えず、家だけ確認しておこうか」

「そう、ですね……」曖昧な口調に、足達の不満がそのまま表れていた。

「気になるのか?」

「いや、何となくですけどね、何となく。根拠はないです」

「勘は大事だけど、勘だけで動けないこともあるよな……」少し弱気になっている自分を意識する。どうも銃撃されて以来、物事に対して一歩引けてしまっているようだ。何かを恐れているのかもしれないと思うが、その「何か」が自分でも分からない。

運転を足達に任せることにした。かすかな疲労感……それに、例の嫌な胸の痛みもある。後遺症ではないはずなのだが、もう一度医者に相談してみようか。少し頑張り過ぎたのかもしれない、と思う。退院して以来、ずっと足元がふわふわした不安感が続いているのだ。自分の足でしっかり地面を踏みしめて歩いている感じがしない。大袈裟に言えば、世界の色が変わってしまった感じだった。重病から生還した人が、やはりこんな風に感じるのではないか、と想像することもある。嫌な感じだが、こういう感覚を話し合うべき相手がいない。自分が弱い人間だと他人に知られたくない、という思いもある。

「腹減らないっすか?」甲州街道で環七を超えたところで、足達が唐突に言った。

「ああ、そうか……」いつの間にか午後一時半。言われた途端に空腹を意識する。しかし、途中休憩すると、気合が抜けてしまいそうだ。「家の様子を見てからにしようか」

「そう、ですね……だけどこの辺でどこか食べるところ、あったかな。杉並の方、詳しくないんですよ」

「それは、右に同じくだね。最悪、ファミリーレストランだな」

「味気ないですけどねえ……」

「刑事の標準的な昼食だよ」

諦めたのか、足達が軽く溜息をつく。中には、食べることに異常に執念を燃やす刑事もいるのだが……都内を将棋の駒のように動き回るから、そのついでに美味い店を発掘しようとするのだ。もっとも、どれほど気に入っても、手帳にメモした店に何度も行く機会は少ないだろう。

環七の外側、杉並中央署にほど近い住宅街の中に、斉木の家族が暮らすマンションはあった。五階建てで、白いタイルの目地が結構汚れているので、それなりの築年数のようだ。

「何だか、侘しいっすよねえ」足達が溜息をつくように言った。

「どうして?」

「せっかく買った家を手放して、賃貸マンションなんて……手放す意味、あったんすかね」

「ローンは重荷になるよ」

「でも、三十五年ローンだったら、月々の負担はそんなに大したことないでしょう」

一々反論する奴だ——しかも理屈は合っている——と苦笑しながら、大友は頭の中で計算した。

「そのマンションの月々のローン返済分と賃貸マンションの家賃、どっちが高いだろう。家を買えば、色々税金もかかるし」

「そういうことですかね」顎に手を当て、マンションを見上げながら足達が言った。

「それにマンションを売れば、なにがしかの現金は手に入ったかもしれないし」

「ローンと相殺だから、そう上手くいったかな……マンションを手放したのは、失敗だったかもしれないね」

「あるいはけじめとか」

「ああ……」家族の長が逮捕され、服役。それまでとはまったく違う生活が始まるのは間違いない。できるだけ身の回りを軽くして、シンプルに生きようと考えるのも不思議ではない。若い足達も、案外よく物事を考えているのだな、と感心した。

マンションの一階は不動産屋だった。もしかしたら斉木の家族に部屋を紹介した店かもしれないと思って訊ねると、予想通りだった。ただし、契約と更新の時にしか顔を合わせておらず、特にトラブルもなかったので、家族がどんな様子かは分からないという。思い切って、夫が服役していたことは知っていたのか、と訊ねると、店長は渋い表情で「知っていた」と認めた。ただしその後すぐに、「事故じゃしょうがないですよね」とつけ加える。かすかに同情が感じられる台詞。さらに自殺の話を持ち出すと、店長の表情は一層暗くなった。ただ、斉木は部屋で自殺したわけではないので、不動産屋としては何も言えない、ということだった。もしもそういう部屋なら、いわゆる訳ありの「事故物件」になってしまうのだが。マンションの一階には、不動産屋の他にヘアサロン、パブ、それに小さな食堂が入っている。そこで食事を済ませようかと思ったが、既にランチタイムは終わって休憩時間に入っていた。それを見て、足達がぶつぶつと文句を言う。

「食べ物屋の中休みはやめて欲しいですよね。客商売として怠慢なんじゃないすか？　俺たちみたいに、日中ずっと外回りをしている人間のことを考えて欲しいっすよ」

よほど腹が減っているようだ。宥《なだ》めるために食事は奢ってやろうか、と大友は考え始めた。車に戻って、どこかで食べる場所を探すか……そう思った瞬間、足達が「大友さん、あれ」と低い声で言った。

彼の視線を追うと、マンションのエントランスホールに辿り着く。小柄な女性が、妙に周囲を気にしながら出て来るところだった。買い物だろうか、手には小さなバッグをぶら提げている。歩き出そうとした瞬間、不動産屋から出て来た店長と鉢合わせしそうになり、慌てて一歩引いた。斉木の妻ではないか——何となく勘が働き、大友は電柱の陰に身を隠した。大友の様子に気づいた足達は、一緒に隠れるわけにもいかないと判断したのか、向かいのマンションの方を見て素知らぬ振りを決めこむ。

大友は電柱の陰から二人の様子を観察した。店長が眉間に皺を寄せ、深刻そうな表情で何事か話している。警察が来た、とでも耳打ちしているのだろうか。家族の耳には入れないようにと念押ししてきたのだが……どこにでも、お喋りな人間はいる。

ほどなく、女性がしきりにぺこぺこしながら後ろへ下がり、踵を返した。また左右を何度も見回し、早足で歩き去る。やけに用心深く、怯えたような態度……大友たちはすぐにまた不動産屋に入り、今の女性が斉木の妻、真希子《まきこ》だと確認した。もちろん、店長に「余計なことは言わないように」と釘を刺すのは忘れなかった。

「何か……申し訳ないけど、冴えないおばさんでしたね」

本当に申し訳なさそうに足達が言った。マンションのすぐ近くにある、「名店」と呼ばれる蕎麦屋。昼休みがないのを確かめて店に入ったが、値段を見て大友は財布の中身が心配になってきた。天重、天ぷらそばともに二千二百五十七円……腹をすかせた足達が何を頼むか心配になったが、選んだのは鴨せいろだった。大友も同じものにする。

「あれだけいろいろあったんだから、精神的にダメージを受けてるのは間違いないよ」大友は指摘した。

「そうっすよねえ……ところで」足達が声を潜めた。「自殺って、どんな感じだったんすかね」

「そう言えば、それは確認してなかったな」

本当に自殺だったかどうかも分からない。高速隊の田村は弁護士の脇屋から聞いただけ、脇屋は家族から聞いただけである。いずれも伝聞であり、最終的には家族に確かめるしか方法がない。ただ、直接接触する理由もないわけで、これは難しい。「捜査の一環ですから」という理由だけで押し切るのは無理がありそうだった。もしも家の近くで自殺していたら、所轄が把握しているはずだが、そこまで確認する必要があるかどうか。

「君、荻窪中央署に知り合いはいないか？」

「ええと……あ、同期がいます。まだ交番勤務ですけど」

その台詞に、大友は足達のかすかな優越感を読み取った。こちらは新宿中央署の刑事課へ上がった。本部ももうすぐだ。それに比べて、まだ駆け出しの交番詰め……中には、生涯外勤警察官で勤めようと志している若者もいるから、一方的に優越感に浸るのは間違っているのだが。

「食べ終わったら、確認してみてくれないか？　念のためだ」

「分かりました」足達がうなずいたところで、蕎麦が運ばれて来た。「お、美味そうですね」足達の顔がほころぶ。

確かに……あまり積極的に蕎麦を食べない大友だが、この鴨せいろが美味そうなのは分かる。つけ汁の色は濃く、量も名店らしくなくたっぷりしている。だいたいこういう店では、格好だけつけて麵はごく少量、ということが多いのだが。

昼と夜の狭間の時間で、店内は空いていた。近所の人だろうか、初老の男性が一人で杯を傾けているだけで、余裕のある店内で二人が蕎麦を啜る音がやけに大きく響く。あっという間に食べ終えた足達が、ちらりとメニューを見た。ひどい空腹が落ち着いたら、まだせいろ一枚ぐらいは食べられそうだと思ったのかもしれない。だが、最初に大友が

「奢る」と宣言していたので、もう一枚食べるのは図々しいと判断したようだ。

食べ終え、大友は手帳を繰った。細々とした情報が書きつけてあるが、まだそれぞれが上手くくっつかない。もやもやした気分が広がる一方だった。

「斉木の家族が何かやったとは考えられないすかね」足達が遠慮がちに切り出した。「自分、息子にでも当たってみますよ」

大友はゆっくりと首を横に振ったが、足達の言葉を全面否定したわけではなかった。明確な証拠があるわけではないのだが、信越バスに対して恨みを抱いていると考えられるのは、この家族ぐらいである。そうでなければ、八年前と今回、二件の事故の被害者家族……ただ、自分たちはあまりにも先走りし過ぎているかもしれないと思う。依然として、あの脅迫状が本物かどうかは分からないのだ。単なる悪戯——その可能性の方が高いような気がしている。

「息子は後にしよう。まず、会社へ行ってみようか」大友は切り出した。

「そうっすね。そっちの確認も大事ですよね」足達がうなずいた。「斉木のこと、ぶつけてみますか？」

「ああ。それで反応を見てみよう」

恐らく何も出てこない。自分たちは、「迷惑な警察官」として迎えられるだけだろう、と大友は予想した。しかし、どこかを揺さぶってみないと何も始まらない。

小菅は丁寧に二人を出迎えた。だが、やはり苛立っているのが態度から透けて見える。椅子に座っても、体をよじって落ち着かない様子で、しきりに壁の時計に視線を投げた。仕事が忙しいのか、あるいは脅迫状の件で社内がばたばたしているのか……。

「その後、脅迫はありませんね？」大友は切り出した。

「ええ」

「会社の方として、具体的な対策は取っていないんですか？」

「今は特に動きがないですからね」当たり前だろうとでも言いたげな口調だった。

「営業所はどうですか？　本社はともかく、そちらは警備も薄いでしょう」

「そうですが、向こうの要求は金じゃないですか」

「用意してるんですか？」

「まさか。具体的な要求額も分からないんですよ」

小菅がハンカチを取り出す。昨夜と同じ状況だ、と大友は彼の動きを注視した。小菅は額の汗を素早く拭い、ハンカチは握り締めたままにした。今日は、部屋の暖房もそれほど効いていないのに……大友はむしろ、室内でもコートを着ていたいぐらいだった。

「斉木さんのことを教えて下さい」

「え？」突然の質問に、はっきりと戸惑いを見せた。

「八年前に事故を起こして、有罪判決を受けた斉木運転手です」

「それは……ずいぶん古い話ですね」

「でも、あなたはよく覚えているはずです。八年前の事故では、総務課長として、被害者家族への対応に当たったそうですね」

「ええ」ハンカチを握り締める手に力が入る。「それがまさに、総務課長の仕事ですから」

「大変だったでしょうね」

「もちろん……バス会社として、事故はあってはならないことですから」

「責任は、斉木さん一人に帰せられました。判決では、会社に責任はない、と断言されていましたね」

「そう、でしたね」

「本当にそういうことだったんですか？」

「はい？」小菅が目を細める。「判決がそうなんですから、そういうことでしょう。弊社としては、捜査にも全面的に協力したんですよ」

大友はうなずき、小菅の顔を凝視した。目が泳いでいる……目を合わせようとしないタイプだとは分かっていたが、それにしても落ち着きがない。昨夜にも増して、動揺しているようだった。

「それは分かります。斉木さん……出所してから自殺されたんですよね。その件は、聞いておられましたか？」

「……ええ」小菅の声が低くなる。うつむき、テーブルに視線を這わせた。

「仕事がなかったそうです。厳しい話ですね。出所後、お会いになりました？」

「会いましたよ。というか、こちらから会いに行きました」小菅が顔を上げた。

「何のためですか？」

「え？」小菅がようやく大友の目を正面から見る。「何のためって……」

「事故の責任は、斉木さん一人に帰せられました」大友は繰り返した。「御社としては、特に会う必要もなかったはずですが」

「道義的な問題です」

そうきたか……会話は微妙な段階に入りつつある、と大友は意識した。座り直して、少しだけ椅子を前に押し出す。小菅との距離が数センチだけ縮まった。

「道義的、ですか」

繰り返すと、小菅が素早くうなずく。しばらく唇を引き結んでいたが、やがて小さく溜息をついてから口を開いた。

「あの事故は、完全に斉木の運転ミスが原因です。弊社としては、被害者家族に対して責任を取って、斉木は有罪判決を受けて、それで事件は終わりだったんですよ……でも、斉木が出所後、仕事がないであろうことは分かっていました。もちろん、弊社で雇用するわけにはいきません。それは、世間的にも許されませんからね。ただ……放っておくわけにもいかないでしょう。長く働いた人なんですから」

「ええ」相槌をうちながら、大友はかすかな違和感を覚え始めていた。「それで、わざわざ会いに行ったんですか」

「様子を見る、ということもありましたので……働く気があれば、仕事を紹介しようとも思いました」

「御社で、ではないわけですよね」

「さすがにそれは……世間体もありますから。ただ関連会社なら、それほど非難を受けるようなことはないだろうと思ったんですよ。それに軽い事務仕事なら、ブランクがあってもできるでしょうしね。でも、拒否されました」

「そうですか」嘘だ、と大友は即座に判断した。出所後、家族のためにも仕事を必要としていた斉木。元勤務先からこんな提案をされたら、真っ先に飛びついていたはずである。「軽い事務仕事」なら、体調が悪くても何とかこなせたはずだし。実際の斉木は、「仕事を紹介してくれ」と弁護士に泣きつくほど困窮していたのだ。

「それはいつですか？　直接会いに行ったんですよね？」

「出所後、半年ぐらいしてからですかね……そう、私が直接会いに行きました」

「なるほど」半年のブランク。会社としては、一種の冷却期間を置きたかったのだろうか。

「何か、問題でも？」探るように小菅が訊ねる。

「いえ」

短い否定の言葉に、大友は小菅に対する疑念をこめた。やはり、何となく筋が合わない。大友の疑念に気づいたかどうかは分からないが、小菅がまた額の汗を拭った。嫌な沈黙を破るように、小菅が持ちこんだ内線電話のPHSが甲高い音で鳴り始める。慌てて、小菅が手を伸ばした。それでも「失礼します」と断るだけの常識は残っていたようで、体を斜めにし、口元を手で覆って話し始める。大友はちらりと足達の顔を見たが、足達は腕組みしたまま、じっと前方を凝視するばかりだった。

「はい、小菅……え？」小菅がぴんと背筋を伸ばした。ちらりと大友の顔を見た後、今度はさらに背中を丸め、こちらの存在を遮断するようにして喋り始める。

「それはいつ？　さっき？　何で誰も気づかなかったんだ……ああ、分かった。すぐに確認するから。今、どこに？　総務部だな？　分かった」

小菅が会話を終え、PHSを凝視した。まるでPHSと無言の会話を交わすように……ちらりと大友の顔を見て「ちょっと失礼します」と言ってから立ち上がろうとしたので、大友は「待って下さい」と声をかけた。腰を浮かしかけた小菅が、ゆるゆると椅子に尻を落ち着ける。

「何かあったんですね」

「いや、あの……」

「急ぐような話なんですか？　今、我々がお話を伺っている最中なんですけど」

小菅が無言で、唇を舐める。「当たり」だ——何かあったのは間違いないと確信したが、ここはどうしても彼の口から言わせなければならない。

「何かあったんですね」

大友が繰り返すと、小菅が溜息をついた。「脅迫状の件ですか」と畳みかけると、素早く、小さくうなずく……そうすれば、脅迫の事実はなかったことになる、とでもいうように。

「新しい脅迫状が届きました」小菅が認める。

「どうやって？」

「また受付に置いてあったんです」

「まさか」大友は目を剝いた。念のためにと、受付付近には私服の刑事を配している。何も気づかなかったとすれば、こちらのミスだ。張りついていた連中を問い詰めなければ……しかしそれは、後回しだ。

「内容は？　確認したんですか」

「バスジャックの予告です」

「取り引き材料は何なんですか」あるいは単なる「宣言」なのか。

「それは……」小菅が言い淀む。

「直接確認しましょう」

大友は立ち上がった。小菅が立とうとしないので、少しだけ声を荒らげる。

「小菅さん、脅迫状は総務部にあるんですよね？　確認させて下さい」

「しかし……」

「しかし、じゃないんです！」大友は言葉を叩きつけた。「事はバスジャックですよ？もしかしたら、佐久行きのバスをハッキングした人間が犯人かもしれない。そういう技術力を持った人間の脅迫なら、無視はできないでしょう。もっと危機感を持って下さい！」

弾かれたように小菅が立ち上がる。大友は足達に小声で呼びかけた。

「すぐに新宿中央署に連絡してくれ。鑑識の出動も要請するんだ」

「分かりました」

一足先に、足達が部屋を飛び出して行く。大友はがっくりと肩を落とした小菅の背中に手を添えた。

「何とかします……そのために我々警察がいるんですから」

第三部　バスジャック

1

　大友は、警察用の対策本部として提供されている大きな会議室に初めて足を踏み入れた。途端に、鋭い視線が突き刺さってくる。刑事たちが十人ほど詰めているが、信越バスの社員は一人もいない。必要があれば呼ぶ、ということだろう。係長の皆川は、渋い表情を浮かべていた。脅迫状が二通目となれば、さすがにより真剣に受け取らざるを得ない。既に本部に応援を要請しており、おっつけ捜査一課から増援の刑事たちが到着することになっている。

「どう思う?」皆川に意見を求められ、大友は「犯人は本気だと思います」と言わざるを得なかった。

　脅迫状の文面は、今回もシンプルだった。

信越バスは真相を明らかにしろ。そうしない限り、高速バスを乗っ取る。それができることは、既に新宿―佐久線で証明済みだ。

「今度は金の要求じゃないんですね」大友は言った。「一回目とは別の人間とは考えられませんか？」

「いや、脅迫状を置いていった手口が同じだから、同じ人間だと考えるべきだ。前の脅迫状のことは、ニュースになっていないし」皆川は相変わらず、囁くような声だった。

「どうするんですか？」

「どうもこうも、な」皆川は両手で顔を擦った。「お前はどう思う？」

「どにかく犯人逮捕しかないでしょう。信越バスは何か隠しているとは思いますが、締め上げても解決にはなりません」

「しかし、あの馬鹿者どもが……」皆川の表情がいきなり険しくなった。「馬鹿」が受付の人間、それに近くで警戒していた刑事たちを指すのは明らかだった。「どうして見逃すかね」

「ええ……」相槌を打ったものの、大友は監視していた二人の刑事に対して、少しだけ同情を覚えていた。あれだけの事故があったのに予約客は引きも切らず、狭いロビーは人で溢れている。ゴールデンウィークまで一か月足らず、大型連休にバスの旅を楽しもうという人たちは多いようだ。今時、バスの予約ぐらい電話やネットで済みそうなものだが、窓口で直接情報を確認しようとする人は、依然として少なくないらしい。パンフレットだけを取っていく人間もいるだろう。その中で、さりげなくカウンターに手紙を置く人間を見抜くのは至難の業だ。

「取り敢えず、あまり厳しく責任追及するのはどうかと思います」

「分かってる」皆川が渋い表情を浮かべる。

「会社の方はどうなってますか」

「社長を呼ぶことになった」

「呼ぶ、とは？」大友は一瞬混乱した。警察用語で「呼ぶ」と言えば、「容疑者に任意同行を求める」場合がほとんどである。社長が何かしたというのか？

大友が怪訝そうな表情を浮かべているのに気づいたのか、皆川が首を横に振る。

「別に、何かの容疑があるわけじゃないよ。バスの運行を止められないかどうか、検討するんだ」

「そんなこと、できるんですか」網の目のように張り巡らされたネットワークを遮断する——各方面に相当の影響が出るはずだ。

「警察では分からないから、バス会社に考えてもらうんだ。予防措置としてはそれが一番だろう」

「例えば、ハッキングされないように、システムを止めてしまうとか……」

「それはできないそうだ」皆川がすぐに否定する。「バスの多くのシステムが、ネットワークにつながって運用されている。そこから切り離して運転することはできないらしい。それに、仮にそんなことができても、物理的にバスジャックされる可能性もあるからな。例えば、刃物を隠して乗りこめば……」

大友は、テーブルの片隅にあった信越バスの運行表を手にした。高速バスは全部で十路線あり、一日の発着数は合わせて百便近い。これが全部運休するとなると、会社側の損害はどれぐらいになるのだろう。

大友がその疑問を口にすると、皆川は「想像もつかないな」と淡々と答えた。

「下手すると、倒産しますよ？　現金が流れなくなったら、バス会社なんて脆《もろ》いものじゃないですか」

「そうならないためには、早く犯人を捕まえるしかない」皆川が厳しい口調で宣言する。

「手がかりは……」

「ない」あっさりと皆川が言い切った。「ロビーに防犯カメラをつける相談をしていたんだが、間に合わなかった。犯人の動きは、えらく早いな。残念だが、今のところ完全に先手を取られている」

斉木のことを話すかどうか、大友は迷った。今のところ特定の容疑があるわけではないのだが、一人胸の中に抱えこんでおくのはきつい。こういう点でも、自分が弱くなっているのを意識する。撃たれる前なら、少しぐらい秘密を胸に秘めていても、我慢できた。真相が明らかになるまで、自分一人で頑張り通すのが普通だと思っていた。しかし今、全てを自分で何とかしようという前のめりの気持ちは萎《しぼ》んでいる。

結局話したが、皆川の反応は薄かった。

「まあ……何となく家族が釈然としないのは分かるけどな」

「実刑判決を受けた上に、自殺されたんですから」大友はうなずいた。「ただ、ちょっと気になることがあるんです」

「と言うと？」

「会社は——小菅専務は嘘をついていると思います」

皆川がすっと眉を上げた。大友は座り直し、先ほどの小菅とのやり取りをできるだけ正確に再現した。「仕事を紹介しようとしました」「軽い事務仕事なら、ブランクがあってもできるだろうと思ったんですが」。これらの発言は、弁護士の証言と相反するものだ。

「逆に、弁護士の方で嘘をつく理由は考えられるか？」皆川が訊ねる。

大友は一瞬考え、「ないと思います」と答えた。脇屋は間違いなくだらしない男だが、独特のウェットな感覚を持っている。自分が担当した被告に対する、同情心。それを隠そうともしなかったし、嘘はないと大友は判断していた。

「斉木本人が嘘をつくとも考えられないな」

「収入がなくて、焦りはあったと思いますが——」

「それにしても、嘘をつく理由は考えられない」皆川が自説を繰り返した。少しだけ声が大きくなっている。

「当面、捜査はどうするんですか？」

「そこはまず、お前の意見を聞きたい」皆川がうなずきながら言った。「埼玉の件と長野の件、それに今回の脅迫の件。一連のつながりだと思うか？」

「そうですね……」一歩引いて考えてみた。「埼玉と長野の件は、同一犯によるものかもしれません。でも、今回の件はどうでしょう。便乗犯、という感じがしないでもありません」

「俺は、全部同じ犯人だと思う」

大友は思わず、まじまじと皆川の顔を見た。皆川は慎重故に、捜査一課の係長まで出世した、という伝説を持つ男だ。警察の捜査は、常に「イケイケ」ではまずい。全員が同じ方向を向いていると、たとえ間違っていても、急には止まらなくなる。一方皆川は、必ず一歩引いて、全員が向いている方向の間違いを見つけるのが得意だ。それ故鬱陶しがられることも多いが、彼の慎重な姿勢でミスが防げたことも多い。誰が呼んだか、「捜査一課のフルバック」――最終防御ラインだ。

その彼が、こんな風に一歩踏みこむのは珍しい。普段は部下に好き勝手に話させて、それから穴を探すような分析をするのだ。

「根拠は何ですか？」

「まず、絶対に愉快犯ではない。愉快犯だったら、二度も受付に現れないはずだ。ネットなり電話なりで会社をからかえば済むじゃないか」

「ええ」

「犯人は、相当入念に下調べしていたと思う。逆にネットや電話、郵便で脅迫状を送ったら、そこから辿られる恐れがある。あの受付がいつでも混雑していて、目が届かないことを分かっていたんだと思う。カウンターの近くに防犯カメラがないことも、当然把握していたわけだ」

なるほど……しかしこれだけでは、皆川の説が正しいとは言い切れない。三つの事件のつながりを示す根拠にはならないのだ。そのことを指摘すると皆川はうなずいたが、まだ自説にこだわりを見せた。

「しかし、長野の件は、予行演習だったんじゃないかと思うんだ」

「確かに、ちゃんとバスをハッキングできるかどうかは、実際にやってみないと分かりませんよね」

「より大きい事件を起こすための実験だったんじゃないかね」

理に適ってはいる。もちろん、きちんとした証拠があるわけではないが。

「まあ、その辺はしっかり詰めていかないといけないな。長野県警と埼玉県警、それぞれと連絡を密にするんだ。その調整役は、お前に頼むぞ」

「分かりました」鬱陶しがられるのは覚悟の上だ。これは捜査であり、自分が正式に参加しているのだ、と自分に言い聞かせる。

「その前に、一つ……社長に付き添って、新宿中央署まで行ってくれ」

「僕が、ですか？」

「嫌なやり取りになるのは目に見えてるからな。こっちからは署長と管理官が出る予定なんだが、お前はクッション役になってくれないか」

「サンドバッグの間違いじゃないんですか？」決して楽しい仕事ではない。

「殴られないように気をつけるんだな」珍しく、皆川がにやりと笑った。しかしすぐに笑みを引っこめ、「それにしても、会社はもう十分損害を受けていると思うよ」と言った。

「そうですね……世間は会社が悪いように思うかもしれません」

皆川が、渋い表情を浮かべたまま、傍らのスクラップブックを引き寄せた。

「これ、会社から借りてきたんだけどな」大友に向かって突き出す。「これだけ色々書かれたら、会社のイメージは間違いなく地に落ちる。会社は、犯罪被害者にもなっちゃいけないってことだよ」

ぱらぱらとスクラップブックをめくってみる。全国紙だけではなく、埼玉や長野の地方紙の記事も張ってあった。そちらの方が、むしろ内容は詳しい。長野県のローカル紙は、社説でまで取り上げていた。「安全運行　対策を急げ」という見出しで、信越バス側の安全対策に踏みこんで批判している。

「しかし、バスまでハッキングされるとなると、インターネットも考え物だな」皆川がぽつりと言った。

「そうですね。何でもかんでもネット頼みだと、悪い奴らがつけ入る隙も生じるんでしょうね」

「ネットっていうのは、意外と弱いんだろうな。攻撃しやすいというか……だから、これだけ犯罪が起きるんだろうが」皆川が手首を上げて腕時計を確認し、慌てて言った。「おっと、新宿中央署と社長の会談は三時からなんだ。ここから署まで百メートルしかないけど、念のために護衛も頼む。マスコミの連中が、署にも張りついているんだ」

「脅迫状の件、発表したんですか？」昨夜は、報道陣の姿はまったく見当たらなかったのだが。

「漏れたんだよ」苦々しい口調で皆川が吐き捨てた。「まったく、マスコミの連中は抜け目ないな。広報課にも問い合わせが殺到していて、正式に公表するかどうか、検討中だ。ただ、今の時点では会社側に余計なことを喋らせるわけにはいかない」

ガードというか、口封じか……しかしこれも仕事である。うなずいて立ち上がった大友は、薄いコートに袖を通した。

「このビルの入り口付近でもマスコミが張ってるぞ」皆川が忠告した。「まず、社長を上手く脱出させる作戦を考えないと」

「そうなんですか？　参ったな……」新宿中央署へ行くには、実は道路を横断するだけなのだ。しかし「出」と「入り」のところに大きな障害が待ち構えている。制服警官をガードに立たせて「通路」を作り、そこを通して車に乗せてしまう手もあるが、それをやると、「警察が警戒している」証拠をマスコミに見せてしまうことになる。

　こんなところに知恵を使うのはもったいないのだが、捜査には常に、余計な要素がつきまとう。それは分かっているのだが、面倒臭いとしか感じなかった。

　強行班の敦美も応援に来てくれたので、大友は少しだけほっとした。いざとなったら彼女を先頭に立てて、テレビカメラの連中を蹴散らせばいい――元女子ラグビー選手の敦美なら、それぐらいは楽勝だろう。

　だが彼女は「裏に車を用意したから」とあっさり言った。

「裏から出られるのか？」

「そう。簡単な計画よ」敦美がうなずく。「二階の裏側にある非常階段を降りてもらうと、隣のビルとの隙間みたいな通路に出る。そこを二十メートルほど行くと、一方通行の道路に出るから、そこで車を待機させておけば……新宿中央署へ行くには遠回りになるけど、さすがに車に乗せてしまえば大丈夫でしょう？　中央署では、裏口から入ってもらえばいいし」

　敦美が無線を渡してくれた。

「あなたが先導して、私が車の所で待っている――脱出作戦は、そういう感じでどうかしら」

「嗅ぎつけられたら、二人では守れないよ」

「気にし過ぎ」敦美が苦笑した。「マスコミなんて、警察と一緒なんだから」

「何だい、それ」

「一点に集中しがちでしょう？　他のマスコミが張っているところから、離れられないのよ。よほど人数がいれば別だけど、今はそれほどたくさん集まっていないみたいだから。裏口を張っている人間がいたら、また何か別の手を考えるわ」

「分かった……取り敢えず、会社の連中にも念押ししておかないと」

「何を？」

「余計なことを喋らないように。記者会見でもされたら、話がこじれる」

「そこは、作戦として会見する手もあると思うけど」敦美が首を捻った。

「と言うと？」

「脅されている事実を明らかにすれば、犯人は手を出しにくくなるんじゃない？　抑止力っていうことよ」

ああ、こんなことにも考えが及ばないとは、僕の頭は本当に鈍ってしまったのだ……ただし、中途半端な情報を流すと、かえって面倒臭いことになる。本当は、長野の事故と関連づけて説明できれば一番いいのだが。犯人は車載コンピューターをハッキングしてバスを乗っ取った。次も同じ手口を取る可能性がある——犯人側の手口を公開してしまえば、向こうも動きにくくなるだろう。しかし長野県警もまだハッキングの詳細を解明していないし、そもそも向こうの事件と今回の脅迫とが関係あるかどうかも分からない。

上手くつながらない。今のところは完全に口をつぐむか、最低限の情報を流すしかないだろう。それでも会社側の損害は膨大な額になるはずだが。

大友は小菅に再度面会を求めた。まるで体が縮こまってしまったようで、声も小さくなっている。署長に呼びつけられたので、萎縮しているのかもしれない。

「裏の非常階段を使って、外へ出てもらいます」本当は「脱出」だと思いながら、大友は説明した。「そちらに警察の車を回しますから、新宿中央署までは車で……本社前と新宿中央署でマスコミが張っていますから、気づかれないように気をつけましょう」

「悪いことをしたわけではないんですけどね」小菅の声は消え入りそうだった。

「もちろんです。ただ、マスコミの連中はしつこいですから、上手く振り切らないと……余計な言葉尻を摑まえられて、こちらの意図とはまったく違う解釈をされかねません。そうなったら、後から訂正するのは難しいですから、何も言わない——接触しない方がいいんです」

「分かりました。では、よろしくお願いします」立ち上がって小菅が頭を下げる。先ほどまでとは打って変わって、警察に全面的に頼ろうという姿勢が滲み出ていた。

大友は続いて、社長の太田《おおた》にも面会した。世襲の二代目社長。がっしりした体型で、いかにも精力的に見えるが、心配のためか、太い眉が真ん中に寄っている。いかにも迷惑そうで動きは鈍かったが、言葉遣いは丁寧だった。

「今回は、まことにご迷惑をおかけして……」

「こういうことになって大変だと思いますが、警察も幹部が相談に乗りますから」

「よろしくお願いします」

深みのある声。初対面の人でも簡単に信用させられるタイプだな、と大友は思った。

「では、行きましょう」大友はちらりと腕時計を見た。敦美とは時計を合わせている。しかし念のため、無線を使って状況を確認することにしていた。

「今から社長室を出ます」大友は無線に向かって囁いた。

「了解」敦美の答えは素っ気なかったが、任務中だから当然である。

大友は二人を先導して、長い廊下を歩いた。奥に深い作りなので、裏の非常階段までは結構な距離がある。廊下では一つおきに蛍光灯が消してあるので、ひどく薄暗い感じだった。間もなく、「非常口」の緑色のピクトグラムが見えてくる。ドアを押し開けると、柔らかい春の陽射しが射しこんで、大友は一瞬目を細めた。踊り場に出て、周囲を見回す。すぐ目の前は隣のビルの壁で、下には人一人が通れるぐらいの隙間しかない。普段はここを歩く人もいないのだろう、ところどころでアスファルトの割れ目から雑草が顔を出していた。

太田と小菅を無事に車まで誘導した。ここから署までは、敦美が同乗する。大友はそのまま走って、新宿中央署に向かった。信号に引っかからず横断できたので、車よりも先に署に到着する。

テレビカメラこそ見当たらなかったが、署内——警務課付近に記者連中がたむろしているのが分かった。相手をしている副署長は、うんざりした表情だ。大友は顔見知りの副署長に目配せし、間もなく信越バスの幹部が到着する、と無言で伝えた。それを受けて副署長が、警務課の連中に向かって目配せする。無言のまま伝言ゲームが終わると、若い警務課員が立ち上がり、副署長席の背後にある署長室のドアをノックする。すぐに、ファイルを何冊か抱えた署長が出て来た。気づいた記者たちがわっと群がり、コメントを求める。

「これから警務課の会議だから」署長は記者たちを軽くいなして、その輪から抜け出した。会議のダミーなのか、警務課長がすぐ後に続く。

上手く切り抜けるものだな、と大友は感心した。つい余計な一言を喋って、さらに詳しい説明をするまで放してもらえないこともあるのに。

おっと……大友は思わず顔を背けた。有香だ。遊軍だからどんな取材にも首を突っこんでもいいのだろうが、いい加減事件取材から離れてくれないだろうか、と思う。だいたい事件取材ができるのは、体力のある三十歳ぐらいまでではないか。彼女もいい年なのだから、そろそろもっと仕事の幅を広げていけばいいのに。例えば環境問題とか、少子化問題とか。好んで事件の取材を続けているのは、相当変り者の証拠だ。

大友はすぐに背を向けて、階段を上がる署長の背中を追った。ここで有香に摑まったらたまらない。振り切るだけでも大変なのだ。ということは、彼女には大きな才能があるのかもしれないが……誰も彼女の質問を無視して先へ行けないとか。

「署長」

声をかけると、踊り場のところで署長が振り返った。

「大友か……面倒かけるな」強張った表情でうなずく。

「いえ」新宿中央署長は、かつて——大友が捜査一課で駆け出しの頃に管理官だった。当然、互いに顔見知りである。大友は突然、時の流れを意識して啞然とした。管理官から新宿中央署長へ——新宿中央署は数少ない「A級署」であり、ノンキャリアの警官にとってここの署長は、出世の頂点だ。偉くなったものだと思うが、そもそも大友が捜査一課へ配属されたのは、もう十年以上も前である。二十代だった自分が、もう四十代が見える年齢になっている。管理官が新宿中央署の署長になってもおかしくないだけの時間が流れているわけだ。

「怪我はどうだ」署長が拳で自分の左胸を叩く。

「何とか、無事にやってます」不思議なもので、ばたばたと忙しく動いている時には、やはり痛みはない。仕事こそ最高のリハビリ、ということなのだろうか。

「お前、どう思う？　この脅迫は本気だと思うか？」

「真剣に考えた方がいいとは思いますね」

「犯人の狙いは何だろう」

「最終的には金を要求してくるんじゃないかと思いますが」

「そうか……」

署長は二階を通り越し、三階へ向かった。マスコミの連中は、所轄の二階から上には上がらないのが暗黒の了解になっている。静かな場所で話し合いを、ということだろう。今や二人は並んで階段を上がっており、署長はまだ話したそうにしていたが、制服の胸ポケットに入れた携帯電話が鳴り出したので、立ち止まる。

「ちょっと待て」大友に言って、携帯電話を引っ張り出す。「紐つきは辛いな」

大友は苦笑してうなずいた。署長が左足だけを上の階段にかけたまま、電話に出る。

「はい」と低い声で答えた次の瞬間、「何だと！」と大声を響かせる。何事かと顔を見ると、一瞬にして蒼褪めているのが分かった。いったい何事だ……署長はしばらく、相手の声に耳を傾けていたが、最後に「分かった」と短く告げて電話を切った。

「話が新しい段階に入った」大友の顔をまじまじと見て告げる。

「どういうことですか？」

「犯人らしき人間から、会社に直接脅迫電話が入った――いや、間違いなく犯人だな。それも、長野でバスをハッキングしたのと同じ人間だ」

「どうして分かるんですか？」

「確認しないといけないが、ハッキングに使った機械――お前ら、何と呼んでた？」

「ブラックボックス、です」本来の用法とは違い、単に「黒い箱」の意味である。

「そのブラックボックスのパーツについて、喋ったそうだ。自作の機械だったんだろう？」

「ええ」

「つまり、それが本当だとしたら、犯人しか知り得ない事実になるな」

「そうですね」確認は必要だが、長野県警に問い合わせればすぐに分かるだろう。

「その犯人が、改めてバスジャックを予告してきた」

「金じゃないんですか？」予感が外れた大友の頭の中を、「斉木」の名前が過《よぎ》った。金ではなく復讐のために犯罪を企む人間もいるかもしれない——要チェックだ。

「違う。全便の運行を取りやめない限り、どこかの便をバスジャックするという話だ。二通目の脅迫状と同じ内容だな」

「テロみたいなものじゃないですか」

「ああ……クソ」署長が吐き捨てる。「この話し合い、面倒なものになりそうだな」

そんなことは最初から分かっている。「より面倒になる」のが正しい予想だ。

話し合いは、強気な警察対腰が引けた信越バス、という対決構図になった。同席した大友は、一言も発せずに見守り続けた。警察としては、「犯行を防ぐために全路線を運休して欲しい」の一点張り。それに対して信越バス側は「一日でも運休すれば大変なマイナスになる。会社が倒産する恐れもある」と拒絶し続けた。

高速バスはそれなりに儲けの大きいビジネスらしく、路線がフルに回転している状態では、一日あたりの純利は数百万円になるという。仮に一週間運行をストップすれば、会社の運転資金が底をつきかねない。それを避けるためには、早く犯人を逮捕してもらわないと……と、信越バス側はやんわりと警察批判を始めた。

そんなことを言われたぐらいでは警察の方針が揺らぐわけもなく、話し合いは平行線を辿るだけだった。大友は一瞬、手を挙げようかと思った。アイディアはある。例えば、バスに制服警官を乗せて運行するとか……制服は、相当大きな抑止力になるのだ。それに、犯人が再びハッキングでバスジャックをしようとするのを防ぐためには、運転席に近づけなければいいのではないだろうか。そのためには、運転手以外の会社の人間を、ガード役としてバスに同乗させる手もある。ブラックボックスさえ持ち出されなければ……いや、そういう問題ではないかもしれない。ネットにつながっているということは、結局どこからでも侵入可能なのだから。極端に言えば、自宅で座ったまま、会社側のサーバーをハッキングすることでバスのコントロールを奪えるかもしれない。何が起きるかは分からない——これまでのところ、犯人は完全に信越バス、それに警察の予想の上をいっている。

一時間ほどの話し合いの結果、妥協案がまとまった。明日から二日間は全便運行休止。この事実はマスコミにも発表する。ただし会見などは開かず、プレスリリースの形で対応するだけ。取り敢えず信越バス側も、この決定にほっとしている様子だった。記者会見をすれば、長野のバス事故のことも突っこまれる、と恐れているのだろう。そうでなくてもあの事故以降、取材が殺到して、広報を担当する総務部門の業務はほとんどストップしてしまっている、と大友は聞いていた。

「二日経っても犯人が見つからない場合は、どうするんですか」太田が遠慮がちに訊ねる。

「運行再開ですね」署長が答える。「その場合、警官を乗せるとか、御社の社員を同乗させるとか、セキュリティレベルを上げる方法を検討しましょう。乗客の持ち物検査をしてもいい」

「そうですか……」太田がうんざりした表情を浮かべる。本来、高速バスは気軽な乗り物のはずである。一々金属探知機を押しつけられ、バッグの中身をチェックされたら、乗客が離れていく、とでも考えているのではないか。大友は会社側に同情したが、心の中に一点の疑問が残る。

斉木。

会社側には、もう一度話を聴かなくてはならない。それも相当厳しく。

同時に、寄居署に身柄を拘束されている綾瀬の取り調べが必要だ。電話で脅迫してきた男は、「犯人しか知らない事実」を語った。バスのコントロールを奪った犯人である可能性が極めて高いのだが、それと優斗の拉致・監禁、さらに今回の恐喝をどう結びつけるか……綾瀬が優斗の拉致・監禁に一枚嚙んでいたとすれば、彼を「共犯」として追いつめることで、犯人に近づけるかもしれない。

ややこしい事件だった。

いったい誰が何のために——動機が読めないのが痛い。動機から犯人にたどり着くこともできるのだが……それぞれの手がかりは、犯人にたどり着く糸としてはあまりにも細く、引けばぷつんと切れてしまいそうだった。

2

寄居署は、綾瀬の引き渡しに難色を示した。それは当然である。何しろ警視庁側から見れば、直接の容疑がないのだ。上層部でしばらく問答があった末、こちらから出向いて取り調べをする、ということで話がまとまった。皆川は当然のように、その役目に大友を指名した。これはまあ、仕方がない……綾瀬とは一度話をしているのだし、公妨の現行犯で逮捕される現場にも立ち会っている。依然として綾瀬は証言を拒否しているというのだが、自分が行けば何か喋るかもしれない、と大友は期待した。もしかしたらまた、父の名前に頼るかもしれないが……情けなくも感じるが、「利用できるものは何でも利用する」のも刑事の常道だ。下らないプライドなど、真っ先に捨てていい。

大友は、足達を連れて行こうと考えていた。なかなか見所があるし、若い刑事なら運転手代わりに使っても良心が痛まない。それほど乗り心地のよくない覆面パトカーを長距離運転して行くのは、怪我によくないのではないかと思った。しかし足達は、大友の頼みを拒否した——それも、「斉木の息子に話を聴きたい」という、こちらが反論できない理由で。大友としても、綾瀬よりもむしろそちらが気になる。まあ、役割分担ということだな、と思って、足達を引っ張り出すのは諦めた。代わりに柴が手を挙げてくれた。

「助かるよ」助手席に収まってシートベルトを締め、大友は礼を言った。

「いや、こっちで手伝いしてても暇なだけだからね。どうせなら向こうで、犯人かもしれない人間の顔を拝んでおきたい」

「そうか……」

「それにお前も、まだ体が元に戻ってないだろう？　何かあったら助けてやるよ」

「ああ」

柴の運転は乱暴だ。既に午後も遅く、なるべく早く到着しないと取り調べの時間が十分に取れないという事情もあって、彼はひたすらアクセルをベタ踏みし続けた。甲州街道から環八というルートを使って、関越道に乗る。下りが混み合う時間でもないせいか、車の流れは順調だった。新宿中央署を出てから、一時間程度で寄居署に着いてしまう。

署の駐車場で車から降りた瞬間、柴が「クソ田舎だね」とさらりと感想を漏らした。大友は苦笑しただけで何も言わなかったが、確かに田舎なのは間違いない。だが、都会の喧噪とは縁遠い良さもあるのだ……しばらく佐久の実家で過ごして、久しぶりに時間がゆったり流れる感触を楽しめた。

　刑事課に顔を出すと、深井が出迎えてくれた——渋い表情で。綾瀬を自供に追いこめないのが悔しいのか、警視庁から刑事が二人乗りこんできたのを屈辱だと考えているのかは分からない。しかしすぐに相好を崩し、大友に向かって「あなた、スーツ姿だと見違えるね」と言った。

「そうなんですよ。こいつの場合、ナンパの時は必ずスーツを着ますからね」柴が茶々を入れた。

「あなたの場合、ナンパする必要もないでしょう。寄って来るのを追い払うので大変じゃないの？」

「いやいや……子ども人気は高いんですけどね」大友は引き攣った笑みを浮かべて首を横に振った。

「子どもからお年寄りまで、だろう？」

　柴がニヤニヤ笑いながら言った。深井もほとんど笑いかけている。最初の緊張感は完全に消えており、大友は柴がわざとふざけていたのだと分かって内心で感謝した。こうやって大友をからかっておけば、深井の気持ちも少しは楽になるはずである。

　取調室で綾瀬と対面する前に、大友は深井から様子を聞いた。

「相変わらず、完全黙秘だ」深井の表情が急に引き締まる。

「公妨の件については問題ないんですね」

「ああ。ただ、二勾留引っ張るのは難しいだろうな……だから、そんなに時間はないよ」腕時計を覗きこんだ。

「新しい材料がありますから、それで突っこんでみます」

「綾瀬に関して？」深井が目を細める。

「いや、バスをハッキングした人間に関してです」

「そこから先、綾瀬につながらないから困ってるんだがね……」深井がボールペンの先でデスクを突いた。

「そこは何とか、頑張ってみます」

「だったら、刑事としてのあなたのお手並み拝見といきましょう」

うなずき、深井が立ち上がる。大友と柴は、彼の後について取調室に入った。中で立ったまま待っていると、すぐに綾瀬が連れて来られた。数日の勾留ではまだやつれた感じはないが、非常に不機嫌である。伸び始めた髭が、顔の下半分を黒く染めている。

「座って下さい」

取調室は古く狭く、何となく息苦しい。本来は寄居署の刑事にも同席してもらうのが筋だが、刑事が三人いると、それだけで酸素が足りなくなりそうだった。綾瀬を必要以上に警戒させないためにも、敢えて大友と柴だけで綾瀬を調べることで、事前に深井から了解をとっていた。ただし取り調べの内容はしっかり録音し、後で深井にも聞かせる。

柴が、記録用のテーブルについた。何度、こういう風にコンビで取り調べをしただろう……柴は、実は取り調べが得意な方ではない。論理的に相手を諭したり、容疑者の説明の穴を突くような細かい作業は、性《しょう》に合わないのだ。ただし、脇に座って人の会話に耳を傾けていると、突然矛盾を指摘したりする。取り調べのパートナーとしては絶妙の男だった——少なくとも大友にとっては。

「あなたはご存じないかもしれませんが」大友は切り出した。「信越バスをハッキングして事故を起こさせた人間が、会社を脅迫しました」

「へえ」綾瀬が髪を弄《いじ》った。「それは、僕には関係ないと思いますけど」

「優斗を監禁するのに、あなたが一役買った、と私は見ています。それで時間を稼いで、ブラックボックス——ハッキングするための道具を設置したんじゃないんですか？　運転手がばたばたとパーキングエリアの中を捜したり、会社と連絡を取っていたりした時は、運転席付近はがら空きになりますよね」

「僕がそのブラックボックスとやらを使った証拠でもあるんですか？」

「いえ」

「単なる想像ですか？　困るな……いい加減、ここから出してもらえませんかね。警察官を殴ったことは認めますよ。その件については反省もしてます。でも、あんなにしつこくされたら、ついかっとすることもあるでしょう」

「私とは、普通に話してくれたじゃないですか」

「だってあなたは、僕にお礼を言いに来ただけでしょう？」

そう、最初はそういう風にも考えていた……優斗のために、わざわざバスを降りてパーキングエリアの中を捜してくれたのだから。しかし後から考えると、疑わしい状況がぞろぞろと出てくる。やはりブラックボックスを仕かけるための時間稼ぎをしていたのではないだろうか。だが……この説は、実は偶然に頼り過ぎている。乗客の誰かがいなくなれば、運転手は間違いなく席を離れて探すだろう。だが、大人を拉致するのは難しい。子どもの一人旅が一番いいのだが、そもそも犯人はそれをどうやって知った？　偶然乗り合わせるタイミングを待って、何度もバスに乗る？　あり得ない。確かに、どのバスでもよかったのだろうが……。

その瞬間、大友はある可能性を思い出した。以前考えて、そのまま放置していたのだが、調べてみる価値がある……だが今、それを口に出したくはなかった。勝負の材料として、最後まで手元に置いておきたい。

「お礼は申し上げました。ただその時は、あなたのことを疑っていなかった」

「今は？　何で疑うんですか？　僕はあくまで、善意の第三者ですよ。だいたい、いつまで留置場に入れておくつもりなんですか？　おかしいですよね。弁護士も、明らかに別件逮捕だって言ってましたよ。それは、法律的には許されないんでしょう？」

「あなたが話してくれれば、すぐに終わるんですけどね」

「何を話せって言うんですか」

綾瀬が細長い指で髪をかきあげた。ふと、彼は数日間ギターに触れていないのだ、と気づく。ギタリストにとっては、致命的な空白ではないだろうか。一日弾かなければ、二日分元に戻ってしまうとか……。

「いつまでも、こんなところに入っていたくないでしょう」

「当たり前です。出して下さい」

「今はまだ、それはできないんです」

「別件逮捕、いいんですか？」

綾瀬も粘り強かった。必死なのだろう……大友は言葉を切り、彼の顔を凝視した。一言で言えば「優男」だ。大胆な犯行ができるようなタイプには見えない。だが、顔つきだけで判断するのは危険だ。笑いながら人を殺す人間もいるのだし。

「とにかく、こんなのは言いがかりだ」綾瀬がぐっと身を乗り出した。両手を拳に固めてデスクに置く。大友は少しだけ身を引いて、彼の顔をじっくり観察した。焦り、怒り……諦めはない。これだけでは、何とも判断しようがなかった。

大友は、事前に深井から聴いていた情報をぶつけてみた。

「あなた、ギタリストとして身を立てる前に、一時IT系の企業に勤めていましたね」

既に彼の周辺捜査は、寄居署が行っていた。「セキュリティソフト専門の会社……そういうところにいると、当然セキュリティホールには詳しくなるんじゃないですか？　対策を立てるためには、まず弱点を知らないといけないでしょう」

「あれはバイト——派遣です。二年ぐらいいたけど、専門的に勉強したわけじゃないし、単なる腰かけでしたよ」

「でも、僕なんかよりはよほど、IT関係に詳しい」

「そういうのは、日進月歩なんで」綾瀬が鼻を鳴らした。「昨日最新の技術だと思っていたのが、今日はもう時代遅れなんです。僕がその会社にいたのは、もう六年——七年も前ですからね。七年前に、どんなコンピューターウイルスが流行っていたか、覚えてますか?」

「いえ」自分でも刑事総務課の仕事として時折通達を回したりするのだが、そもそもどんなウイルスかも分かっていなかったりする。

「その世界を離れてしまうと、あっという間に素人になるんです……ねえ、本当にいい加減にしてもらえませんかね」綾瀬が泣きついた。「もうすぐライブハウスツアーが始まるんですよ。僕がいないと穴が空くんです。いや、穴は埋まるかもしれないけど、その後で僕の居場所がなくなる……」

「腕が落ちたな」柴の批判は遠慮がなかった。

「面目ない」大友も素直に頭を下げるしかなかった。

黙って座れば相手が勝手に喋り出す——大友の取り調べは、昔からそんな風に評されていた。確かに、特に苦労もせずに自供を引き出したことが何度もある。自分でも、どうしてそんなことができるのか分からないが、総合的な「人間力」なのだろう。言葉のチョイス、喋り方、表情や仕草などのノン・バーバルコミュニケーション——それらが容疑者を安心させ、自供を引き出せたのだと思う。

入院して現場を離れている間に勘が鈍ったのは間違いないようだ。綾瀬が、ギターに触っていないうちに腕が落ちてしまうように。

署の裏手にある駐車場……煙草を吸おうと言い出したのは深井だった。もっとも、大友は煙草を吸わないのだが。深井が煙草に火を点け、深々と吸いこむ。既に日はくれており、煙草の先端がやけに明るく煌めいた。

「あなたならやれそうな気がしていたから、任せたんだけどね」深井がかすかに非難するように言った。

「申し訳ありません」

「課長、そこは許してやって下さい」柴が助け舟を出した。「こいつ、撃たれて入院してて、復帰したばかりなんですよ。まだ勘が戻ってないみたいで」

「撃たれた話は聴きましたがねえ……だからこそ、上手くいくかもしれないと思ったんだけど」

大友は柴と顔を見合わせた。このオッサンは何を言ってるんだ？　撃たれたことと取り調べとは、何の関係もないじゃないか。

「無事に生還したんだから、強運の持ち主なのは間違いないんじゃないかね」

闇の中、深井の表情は真剣に見えた。長野県警の捜査一課長も、同じようなことを言っていた。大友は首を傾げた。これは僕が知らない、警察のジンクスのようなものなのか？

「ああ……でも、もしかしたらそこで運を使い果たしたんじゃないですかね」大友は真顔で反論した。「運がなければ、死んでいたかもしれないし」実際、銃弾は心臓からわずか数センチのところを貫通していた。病院が現場から近かったことに加え、仲間たちのサポートのおかげで何とか命を取り留めたのだ。これ以上、運がいいことなどあるまい。

「そういう考え方もあるか……それで、どうする？　警視庁さんでは、この件にどういう方針で臨むつもりなんだ」

大友は少しだけ顔を上げた。署の裏手にはぽつぽつと民家が建っているだけで、その向こうは低い山になっている。巨大な暗い影が夜空に描かれ、そこに呑みこまれそうな気分になった。

「方針は決まっていませんが、ちょっと考えていることがあります」

「何だ」深井がぐっと顔を近づけると、煙草の臭いが濃厚に漂った。

「綾瀬の家のガサ、やりましたよね」

「ああ、まさに今日」

「実家も、東京の家も？」

「特に重要そうな物は出てこなかったぞ」深井が用心深く言った。

――パソコンはありましたか？　タブレットでもスマホでも……」

「東京の家にパソコンがあったが、まだ調べていない。それが何か？」深井はいつの間にか、煙草を吸うのを忘れていた。体の脇に垂らした手の先から、煙が淡く立ち上ってくる。

「綾瀬は、何故あのバスに乗っていたんでしょうか」大友は自分の推理を話した。

「つまり、事前に乗客の情報を入手していたと？」深井が疑わしげに言った。煙草はすっかり短くなり、指が焦げそうになったのか、ペンキ缶を再利用した灰皿に慌てて投げこむ。

「そうとしか思えないんです。誰かを拉致して騒ぎを起こすには、子どもが一番簡単ですよね？　大人を拉致しようとしたら、二人がかりでも難しいと思います。たとえターゲットが女性であっても」

「信越バスのネットワークに侵入して、乗客の個人情報を引き出した、か……」深井が顎を撫でた。「そんなこと、簡単にできるのかね」

「信越バスのネットワークセキュリティが甘いことは、バスの事故でもう証明されているじゃないですか。バスをハッキングできるぐらいなんだから、会社のネットワークに入りこむのは、もっと簡単だと思います。しかも何かを仕かけるわけじゃなくて、予約システムを覗くだけなら……もしかしたらウイルスをしこんで、特定の条件の予約――つまり子どもですね――があったら通知するような仕組みを作っていたのかもしれません」

プログラムに詳しい人ならそうするのでは、と大友は考えた。一々覗きに行くのも面倒だし、何度も侵入するとばれる恐れも出て来る。大友は、以前研修でサイバー犯罪対策課の連中が話していたのを思い出した。

「ハッキングしようとするような連中は、熱心でマメです。そして『自動化』が大好きです」

プログラムが知らせてくれるなら、それに任せる。そしてそういうプログラムを作るための手間は惜しまない、というのだ。そのメンタリティは大友には理解できなかったが、その手の連中がいる、という情報は頭にインプットされている。

「綾瀬のパソコン、まだ手つかずなんですよね」大友は念押しした。

「持って来たばかりだからね」深井が言い訳するように言った。

「だったら、そのパソコンを優先的に調べて下さい。何か出てくる可能性が高いと思います」

「分かった。さっそくこっちの専門家に相談するよ……しかし、どうなんだ？　当然、共犯はいるんだろうな」

「おそらく。最低でも一人はいるはずです」寄居パーキングエリアで、優斗を直接拉致・監禁した人間。綾瀬は「誘い水」であり、実行犯はまだ特定されてもいないのだ。

「だったら、すぐに調べさせる。あなたたちは、これからどうするんだ？」

「東京へ戻ります」大友は腕時計を見た。午後六時……今日も優斗と夕飯を食べ損ねた。昔は、一緒に食事を摂らないと不機嫌になったり、ひどい時には泣いたりしたものだが、最近はそれもない。聖子に、いかにも昔風の肉っ気がない夕食を食べさせられても、文句を言うこともなくなった。大人になったということなのだろうが、どうにも寂しい……今はそのことは考えるな、と自分を戒める。「明日以降も、連絡を密にお願いします。何か分かりましたら、こちらからも連絡しますので」

「ああ、よろしく……」

やることができたからか、深井は少しだけ元気になっていた。大友としては手探り状態が続くだけで、とても前向きの気持ちになれないのだが。

帰りの車も柴が運転する、と言ってくれた。さすがに往復ともハンドルを握らせるのは気が引け――新宿から寄居までは片道七十キロ以上あるのだ――自分が運転しようと申し出たのだが、柴は譲らなかった。

「途中で体調が悪くなったら困るからな。俺は、事故に巻きこまれるのは嫌だよ」

口は悪いが、こちらを心配してくれているのは間違いない。大友は彼の好意に素直に甘えることにした。そのお陰で、一つラッキーなことがあった。足達からの電話をすぐに受けられたのだ。

「斉木がいません」足達の声は弾んでいた。

「いない？」

「勤務先に確認したんですが、しばらく有給休暇を取っているそうです」

「有給ぐらい、取ると思うけど……」

「特に理由も言わないで取ってるんですよ。何か、おかしくないすか？」

大友は電話を右手から左手に持ち替えた。膝の上に手帳を広げ、右手でボールペンを構える。

「実家には当たった？」

「それはまだです。もう少し周辺情報を調べてみようと思って」

「それでいいと思う。家族に近づく時には、できるだけ慎重にやってくれ」

「分かってます」

言わずもがなのアドバイスだと思ったが、足達は腐る様子もなかった。むしろ気合いが入って、気持ちが前のめりになっている。

「それと、斉木──父親の方ですけど、首吊り自殺だったそうです」

「場所は？」

「近くの公園で……夜中にふらりと家を出て、ブランコを使って首を吊ったようです」

ひどい話だ、と大友は唾を呑んだ。発見したのが子どもたちでなければよかったのだが。気を取り直して質問を続ける。

「ところで、斉木の勤務先ってどこだ？」

「『ジャパンハック』っていうＩＴ系の会社です。セキュリティソフトの関係では、老舗ですよ」

「何だって？」大友は思わず声を張り上げた。柴がちらりとこちらを見たのに気づいたが、構わず続ける。「間違いないか？」

「間違いないです」今度は足達はむっとした声になった。「会社にも直接当たったんすから」

「ああ、そうだよな……」また言わずもがなの発言。やはり僕の感覚はずれている、と大友は心配になった。「それで、斉木に何か変わった様子は？」

「その辺、まだ調査不足で……申し訳ありません。明日以降、きっちり巻いて調べますから」

「分かってる。こちらでもできる限り手伝うよ」

それから大友は、足達が調べ上げた斉木の息子の経歴を手帳にメモした。大学を辞めた後、ジャパンハックで派遣社員として働きながらＩＴ系の専門学校に通い、卒業後、改めてジャパンハックに正社員として就職した。ずっとプログラマーとして仕事をしており、勤務態度も良好だったという。会社側は、父親が服役中だという事実は摑んでいたが、分かっていて採用したし、人事の面でも斉木が不利になるような査定はしなかったという。服役とはいっても、あくまで事故であり、息子とは何の関係もない——というのが会社側の説明だった。なかなかできることではなく、肝の据わった会社だと大友は感心したのだが、足達はまったく別の感想を抱いていた。

「あの会社、ある意味いい加減なんすよ。元々は学生が始めたベンチャー企業ですからね。できる奴なら犯罪者でも取る、なんて人事の担当者が適当なことを言ってましたよ」

「いずれにせよ、斉木の息子は犯罪者じゃない」

「今のところは、ですよ」足達がやんわりと訂正した。「それで今夜、どうします？」

「新宿中央署に戻る。そこでもう少し詳しく話を聴かせてくれないかな……あと一時間もかからないと思う」

「了解っす」

電話を切って、大友は溜息をついた。手帳の一ページを埋めたデータ――これが今のところ、警察が摑んだ斉木の息子の全てだ。

「何だか面白くなってきたんじゃないのか？」真っ直ぐ前を見据えたまま、柴が訊ねる。

「否定はできない。それにこれで、僕たちもカードを一枚手に入れた」

「というと？」

「斉木の勤務先は、七年前に綾瀬が勤めていた会社なんだよ」

「二人は同僚だった？」柴の声が少しだけ上ずる。

「同じ時期に同じ会社にいたのは間違いない」

「そいつは、美味しいことになってきたんじゃないか？」

ちらりと見ると、柴は薄ら笑いを浮かべていた。何と言うか……彼がよく見せる猛獣の顔つきだ。傷ついた獲物を前にして、舌なめずりしているような感じである。

「まだ何とも言えないけどね」大友はブレーキをかけた。柴の暴走癖には要注意だ……。

「その件、もう一回綾瀬にぶつけてみたらどうだ？　かなり揺さぶれるんじゃないか？」

「いや、もう少し先に取っておこうと思う。他に材料もないし」二の矢、三の矢が欲しいところだ。

「何だか、テツらしくないねえ」柴が溜息をつく。「こういう時に、何かぱっと上手い手を考えつくのがテツなんだけどな。本当に、リハビリが足りないんじゃないか？」

　それは認めざるを得ない。退院する時も、「しばらく無理はしないように」と医者に釘を刺された。しかし自信と誇りを失った刑事は、現場の仕事を必死にこなしてリハビリするしかないのだ。


新宿中央署に戻って、午後九時前。対策本部に充てられている会議室に入ると、長テーブルを三つくっつけた周囲に、刑事たちが集まっていた。資料を一斉に広げ、あれこれ検討しているらしい。その中に、信越バスの時刻表があるのを、大友はすかさず見つけた。足達を部屋の隅に引っ張って行き、その件で質す。

「ああ……やっぱり、警察官が同乗する作戦を考えているそうです」

「それは、非効率的だ」自分でも同様の手を考えていたのだが、大友は即座に断言した。

何しろ人手が足りない。信越バスの最長路線は、東京—青森間の深夜バスである。時刻表を見ると、東京発が午後九時半で、青森駅着が午前七時四十分。十時間、一睡もせずに警戒しなければならないわけで、一人では無理だろう。そして、いつまで警戒を続ければいいのかも分からない。警察の人的資源にも限界はあるのだ。

「分かりますけど、どうせなら現行犯で逮捕できないかってことみたいっすね……明日と明後日は運行を休むことになりましたけど、三日後からローテーションを組んで警戒をすることになりました」一旦言葉を切った足達が、すぐに「これ、無理っすよね」とつけ加える。

「無理だ。だから、一刻も早く犯人を捕まえるしかない」

「ええ」

「どうなんだ、斉木の方は」

「今、追いこむ手を検討してます」

足達が、テーブルの方に大友を連れて行った。一枚の紙を取り上げて渡す。見ると、先ほど聴いたものよりも詳しい斉木の経歴だと分かった。

斉木光俊《みつとし》、二十六歳。出身は東京都。都立高校を卒業後、私大に進学するもすぐに退学……この辺は既に分かっていることだ。それにしても、彼が背負った物は大き過ぎる。家族を食べさせるために働きつつ、自分でも手に仕事をつけるためにＩＴ系の専門学校に通う……その後きちんとジャパンハックに正社員として迎えられているのだから、やはり優秀だったのだろう。「犯罪者でも取る」という会社の方針は冗談だろうが、必要な人材だったのは間違いない。

　斉木は会社で、セキュリティソフトの開発にかかわっていた。社員になってから二年で主任、去年からは各プログラマーを統括するマネージャーに就いているという。

「出世が早くないかな」

「この業界は、完全実力主義──少なくともジャパンハックの場合はそうらしいっすよ」足達が言った。「年下の上司も珍しくないみたいですね。そういう企業文化ということなんでしょう」

「じゃあ、仕事の面では、特に問題はない……」

「なかったみたいです」

「問題はプライベートだな。父親の事故のこと、皆が知ってたのか？」

「いや、ごく一部だと思いますよ。大声で話すことじゃないし……そもそも会社の同僚とは、個人的なつき合いがあまりなかったようです。孤立していたわけじゃないけど、人付き合いが悪かったらしくて」

「それで、マネージャーになんかなれるのかな」大友は首を傾げた。

「仕事とプライベートは完全に別っていうのが、最近は普通っすよ。会社を出ると、完全に仕事とは切れちゃうみたいな」

「そうか……」刑事の場合、なかなかそうは割り切れない。一度事件にかかわると、二十四時間、そのことで頭の中が一杯になる。そうならない刑事は、悪い刑事だ。

「それで、行方は分からない？」

「今のところは」

「取り敢えず、追跡か」

「そうなんすけど、簡単に背中を取らせない感じもしますよね……もしかしたら他にも、共犯がいるかもしれないし」

足達は急に慎重になったようだ。犯人らしき男を割り出したことで、逆に事件の大きさ、深さを自覚したのかもしれない。

「とにかく君は、明日以降も周辺調査を続行だな」

「家族の方、どうしますか？　実家には母親しかいないんすけど」

「先送りだな。もう少し周辺を固めないと。母親に当たるのは後でいい」

「……分かりました」

まだるっこしい、と考えているのかもしれない。まだ若いから、捜査は直線的に、強引に進めていくのが一番手っ取り早いと思っているのではないか。だが、上手く外堀を埋めておかないと、今日の僕のように失敗する——綾瀬と対峙するには、まだまだ材料が足りなかったのだ、と反省した。

それからしばらく打ち合わせが続いた。バスに警官を乗せることは既に決まってしまっており、人選も始まっているという。問題は、それをいつまで続けるか、だ。犯人は、バスをコントロールする術を知っている。「いつでもやれる」ということになれば、今度は犯人と警察の神経戦、持久戦になるだろう。

「信越バス側は、何か対応を取らないんですか」大友は皆川に訊ねた。

「対応というと？」

「ネットのセキュリティホールを突かれているわけじゃないですか。そこをうまく埋めるとか……」

そこまで喋って、別のことを思い出した。乗客予約システムへのハッキングはあったのかなかったのか。綾瀬のパソコンを調べると同時に、会社側のサーバーをチェックすれば、何らかの形跡が見つかるのではないか。その件を言うと、皆川の顔が曇った。

「完全に後手に回ってるな。もっと早く調べておくべきだった」

「信越バスが悪いんですよ」足達がいきなり批判をぶち上げた。「基本的なことがなってないんじゃないすか。それで警察に頼りっきりっていうのは、どうなんすかね」

「文句を言うだけなら、いつでもできる」

皆川がぴしゃりと言うと、足達の顔が赤くなった。何かもごもごとつぶやいたのは、「すみません」と謝ったのかもしれない。

「文句を言ってる暇があるなら、すぐに信越バスに連絡しろ。非常時だから、誰か残っているだろう。会社のサーバーをハッキングされた可能性がないか、調べさせるんだ」

「分かりました」足達が、飛びつくようにして近くの受話器を取り上げた。

「最近珍しい張り切りボーイじゃない」

敦美が皮肉っぽい口調で言った。自分のことを言われたと気づいたのか、足達が受話器を耳に当てたまま、敦美をちらりと見て頭を下げた。

「ついでに言えば、好感度も高い」

「まあ……悪くないけどね」

「家来にしておいたら？　いざという時、役に立つと思うよ」

「そういうの、必要ないから」敦美が肩をすくめる。すぐに真剣な表情になり、皆川を見やった。

係長には聞かれたくない話なのだと思い、大友は皆川に背を向けた。敦美もすぐに同じようにして、いきなり「何で私がバスに乗らなくちゃいけないの」と文句をぶちまけた。

「これだって仕事じゃないか」大友は驚いて敦美の顔を見た。普段は仕事の割り振りで文句を言うことなど、ほとんどないのだ――少なくとも大友は聞いたことがない。

「バスに弱いのよ」

「乗り物酔い？」

情けない顔で敦美がうなずいた。何と、まあ……何事にも動じない、肝が据わっている敦美にも弱点があったとは。長いつきあいなのに、今初めて知った。

「子どもの頃からずっと。遠足や修学旅行は地獄だったわ……普通の車だと何ともないんだけど」

「ありがと……たぶん、効かないけどね」

「短い距離の警備だといいけどね。僕の方から係長に言っておこうか？」

敦美が素早く首を横に振った。同期の大友に対してはともかく、上に対して弱点は見せたくないということか。気持ちは分からないではない。これからも好きな仕事を続けるためには、常に強くあらねばならない、と考えているのだろう。

四十を前にして……彼女は諦めていないのだ。僕だけが中途半端にぶら下がっている。


家に戻って、十一時過ぎ。今日も優斗は聖子の家に泊まることになっている。一人の部屋のドアを開ける侘しさが身に染みた。手にはコンビニエンスストアの弁当。特捜本部体制になれば、弁当の用意ぐらいはしてもらえるのだが、今回はそういうわけにはいかない。こんな時間にコンビニ弁当……聖子に見つかったら、何を言われるか分かったものではない。優斗に食べさせるわけではないのだから、文句を言われる筋合いはないのだが。

家の中は当然、しんとしている。つい癖で「ただいま」と言ってしまい、空しさに溜息をついた。取り敢えず何か食べないと……いつもの習慣で冷蔵庫を開け、ビールがあるのに気づいた。負傷以来、一滴も呑んでいないのだが、何となく今夜は呑めそうな気がした。少しだけ酔って、さっさと寝てしまうのがいいのではないか。風呂は明日の朝でもいい。

――やめておこう。何となく体調が優れない状態でアルコールを入れたら、体がどうなるか分からない。

代わりにミネラルウォーターを取り出す。お湯を沸かしてお茶を淹れる元気もなかった。さすがに疲れる……ゆっくりと体力を回復するつもりだったのに、いきなり事件の渦中に巻きこまれ、目が回るような忙しさだった。

リビングルームの奥で、ごそごそと音がする。優斗？　何でここにいる？　目をやると、ベッドを抜け出した優斗が、目を擦りながらこちらに向かって来るところだった。

「どうした」大友は慌てて声をかけた。

「あ、あの……トイレ」

「そうじゃなくて、何で家にいるんだ？　聖子さんのところに泊まったんじゃないのか」

「今日は帰って来たんだ。掃除、してなかったから……」

「掃除なんか、いつでもいいんだよ」とはいえ、家の汚れが気になっていたのは事実である。一週間近く実家に帰っていたのだから、埃も溜まっている。それを言えば、入院中からずっとそうだった。聖子が時々、掃除機だけはかけてくれたのだが、それでも何となく薄汚れた感じがしていた。自分には自分なりの掃除の仕方があるのだ。

「掃除機、かけただけだから」

「悪いな」

「あの……あれ買ったら？　お掃除ロボット。楽でしょ？」

「高いんだぞ、あれ」

「そっか」

優斗がふらふらとトイレに入って行った。大友は水だけ持ってテーブルにつき、弁当を食べ始めた。トイレから戻って来た優斗がそれを見て、非難するように目を細める。

「コンビニの弁当なんか食べてると、聖子さんに怒られるよ」

「そこは、黙っててくれないかな」

「了解」優斗がにやりと笑った。そのまま寝るかと思いきや、ダイニングテーブルについて、大友の水をごくごくと飲む。

「そんなに飲むと、また夜中にトイレに起きるぞ」

「大丈夫」

何か話したいことがあるのだな、と気づいた。塾のことで困ってでもいるのか……あるいは新学期からの話か。

「この前の話なんだけど……」

「バスの件か？」大友は箸を置いた。食べながら聞ける話ではない。

「うん……トイレに行った時、誰かに押されたって言ったでしょう？」

「ああ。それで、外に出された」相槌を打ちながら、大友は優斗の顔を真っ直ぐに見た。寝ぼけている感じではない。

「あの時、あの人がいたと思うんだ」

「あの人って、綾瀬さんか？」

「綾瀬さん？」

「松葉杖の人だよ」

「綾瀬さんって言うんだ……そう」

「見てなかったんだろう？」

「だんだん思い出したんだけど……ちょっとだけ杖が見えた」

「ちょっと待て」大友は思わず、真っ直ぐ優斗に向き直った。「間違いないか？」

「ない……と思うけど。他に松葉杖をついてる人はいなかったと思うし」

「だけど、杖をついたまま、お前をトイレの外に押し出すことはできないと思うけど」

「でも、見たんだ」優斗が言い張った。

その瞬間、大友は、綾瀬が松葉杖を使っているところを実際には一度も見ていない、と気づいた。家を訪ねた時、刑事に殴りかかって逮捕された時、取り調べの前後……確か本人は、家の中では松葉杖はいらないぐらいだ、と言っていた。確かにそういう程度の怪我かもしれないが、もしかしたらそれすらダミーだった？

松葉杖は、実はいい目印になる。足を引きずっているぐらいではそうでもないのだが、松葉杖があると急に大袈裟に、いかにも怪我人という感じになる。そう言えば……学生時代の舞台で、膝を怪我した男の役をやった仲間がいた。ところが第二幕の最初の出番で、彼は松葉杖を忘れて舞台に出て行ってしまった。あの時、舞台の上にも微妙な空気が流れたのを覚えている。あいつ、誰だっけ？　第一幕と同じ服装をしていたのに、役者仲間も全員が見間違えた。客席——観客は少なかったが——はもっと混乱していただろう。次の出番で再び松葉杖をついて出て来た時、混乱は頂点に達したはずだ。

それぐらい、松葉杖というのは目立つ目印である。

「怪我は、嘘だったかもしれないな」

「かもね」優斗が肩をすくめる。「でも、だったら何なの？」

「それは本人に聞いてみないとな」

しかし大友の頭の中では、推論が成り立っていた。綾瀬は「松葉杖の男」という印象を周囲に与えようとしたのだ。すなわち、自由に動けない男。だからこそ優斗も、彼が何かしたわけではない、と思いこんでいたのだろう。その思いこみが、自分が見たものの記憶を封殺した。

子どもを作戦の駒にしようとした時に、この方法を考えついたのかもしれない。

松葉杖。ジャパンハックで斉木と同じ時期に働いていたこと。これで彼のパソコンから、信越バスのサーバーに侵入した形跡でも出てくれれば、外堀は完全に埋まる。

「よく思い出したな」大友は素直に優斗を褒めた。時々、妙なところで記憶力を発揮する時があるのだ。こういうのを「記憶力」と言っていいかどうかは分からないが。

それでも、明日以降、やることができた。綾瀬の外堀を埋め続ける。もしも彼がバスのハッキング事件の共犯者なら、そこから犯人に近づけるはずだ。

3

依然として、綾瀬を攻め切るだけの材料が集まらない。押収したパソコンのハードディスクはロックされており、無理に起動させると内容に影響が出る恐れがある。しかも綾瀬は、パスワードを教えるのを拒否しており、中身を調べるにはまだ時間がかかりそうだ——深井が申し訳なさそうに、電話でそう報告してきた。

そして、時だけが流れる。

緊急措置の二日間が経過して、信越バスの運行は再開された。報道の影響もあって会社のダメージは大きい……運行再開を宣言した後、予約客のキャンセルが相次いでいるという。当然だ。バスジャックされるかもしれない便にわざわざ乗ろうとする人はいない。

運行が再開された日の朝一番に、大友は小菅に会った。安全対策に対する念押し——運休中に何度も話し合ったことではあるが、徹底的に危機感を持ってもらうための会合だった。しかし、こういうのは僕の仕事じゃない——と考えると気持ちが昂《たかぶ》らない。もっと上の立場の人間、あるいは脅しの効く人間にやらせた方がいいのに。

小菅は怯え切っていた。警察官が同乗、さらに乗客が多い一部の便には社員も乗ることになっているのだが、それでも安心できないのは当然である。

「今日も運休にしたらどうなんですか」大友は言った。

「それはできません。こんなことが何日も続けば、完全に経営危機です」小菅が額の汗を拭う。今日のハンカチは、吸水性の高いタオル地だった。

「警察としては、とにかく目を光らせておきますが……」

「ご面倒おかけします」頭を下げたが、声には誠意が感じられない。

「小菅さん」

大友が呼びかけると、小菅がのろのろと頭を上げる。目はどんよりと曇っていた。

「犯人の言う真相って何なんですか」

ずっと引っかかっていたことである。二度目の脅迫状は金を要求せず、ただ「真相を明らかにしろ」という内容だった。信越バスはあくまで被害者なので、警察としては厳しく突っこめなかったが、事件を根本的に解決するためには、この事実を知らなければならない。

「八年前に事故を起こした斉木さん……その息子さんが行方不明なんですよ。今回の一件にかかわっているとは考えられませんか」

「それは、私どもには何とも」小菅の声は消え入りそうだった。

「あの事故に関して、何か隠していることはないんですか」

「そんなこと……」一瞬、小菅が声を張り上げる。「終わったことじゃないですか。今さら何か言われても。何度も言いましたが、裁判で全て明らかになっています」

「裁判が全てじゃないんですけどね」大友は両手を組み合わせ、テーブルに置いた。「それを言えば、捜査も万能じゃありません。誰かが何かを意図的に隠そうと思えば、隠し切れるものです。それでも捜査全体の流れ、裁判の進行には影響がないとしたら、誰も隠されたことを気にしない」

そう……全てをでっち上げのシナリオに沿って進めることもできるのだ。関係者全員が同じ認識を持っていれば、難しくはない。問題は、それで誰が得をするかだが……今のところ、信越バス以外には考えられない。

大友には一つの考え――まったくの想像に過ぎないが――があった。だが今、それを口にするのは憚られる。あらゆる言葉には発せられるべきタイミングがあるのだが、今は違うような気がしていた。

「捜査は順調に進んでいます」大友は、小菅をただ安心させるためだけに言った。「あとは……御社の方で、きちんと証言していただければ、さらに手がかりが摑めると思いますが」

「そう仰られても、特にお話しすることはありませんから」小菅が目を背けた。

何か隠しているのは見え見えだが、さらに厳しく突っこんでも無駄だろう。こういう人はひたすら自分の殻に閉じこもり、攻撃側が疲れて手を休めるのを待つだけなのだ。攻める側からすると、一番厄介なタイプである。

「では……何かありましたら、すぐに連絡していただけますか。私はここで待機していますので」

大友は一礼して立ち上がった。小菅も続いて立ち上がり、軽く会釈して会議室を出て行く。二人のやり取りを見守っていた皆川が、遠慮がちに声をかけてくる。

「お前、何か摑んでいるのか」

「まだ表に出せる段階じゃないです」綾瀬が直接優斗の拉致にかかわっていると分かれば、さらに厳しくあの男を追及できるのだが、優斗の証言だけでは弱い。

「ここでは隠し事はなしだぞ」

「変に期待させても申し訳ないですから」ひどい言い訳だな、と思いながら大友は言った。ただ、自分の失敗を――勘が外れるのを恐れているのは認めざるを得ない。撃たれる前だったら、こんなことはなかった。頭の中にある考えを外に出し、とにかく周りの人と話し合ってみる。それで解決の糸口が摑めたことは枚挙に暇がないのに、今はそれができない。仮説の弱点を攻められると想像するだけで辛かった。人は短期間でこれほど弱気になってしまうものか、と驚く。

「気になることがあるなら、言った方がいいぞ」

「いや……もう少し固まってからにします」また引いてしまった。しかし、せめて綾瀬に直接この疑問をぶつけてからにしないと。ところが今のところ、寄居署に足を運んでいる暇がないし、深井に頼むわけにもいかない。他人に任せられることではないのだ。

信越バスが対策本部として提供してくれた会議室の中は、既に雑然としていた。ファイルが積み重なり、無線やパソコンの充電をするための配線が床でうねっている。数人の刑事が留守番役で詰めているのだが、あちこちから電話がかかってきて、煩いことこの上ない。バスはひっきりなしに運行していて、定められたポイントで刑事たちから連絡が入る。

部屋で一番目立つのは、壁に貼られた巨大な模造紙だ。全ての路線を網羅するチェック表で、それぞれ連絡が必要な通過ポイントに「×」がついている。無事に通過すれば「×」を「○」で囲む。運行本数の多い長野、新潟方面の便は、一枚の紙の最後まで埋まっている。一方青森行きは一日一往復なので、ほぼ真っ白だった。

問題は昼よりも夜……三本運行されている深夜バスの方が危険ではないか。犯人が何か事を起こすなら、昼間よりも夜中を選ぶだろう。この犯人——斉木かどうかは分からないが——は要領がいい。下調べもきちんとしているはずだし、警察や信越バスの手の内も読んでいるだろう。

昼過ぎ、新宿中央署の警務課が弁当を差し入れてくれた。冴えない気持ちのまま——緊張感だけは持続している——慌ただしく弁当を食べ終えたところで、敦美から電話がかかってきた。午後に新宿を出て、二時間ほどかけて甲府駅に着く便に同乗予定だ。ここはドル箱路線なのか、一日に十往復もある。敦美は午後四時過ぎに甲府駅到着、四時半に折り返し出発する便で東京へ戻って来る予定だ。

「テスト」敦美が無愛想に言った。本当に体調が悪いようだ。

「臍を曲げないでくれよ」大友は宥《なだ》めにかかった。

「甲府ぐらい、電車で行けばいいのに」

甲府は、新幹線が通っていない県庁所在地である。中央線の特急で新宿から一時間半となれば、高速バスとあまり時間は変わらない。しかも運賃は、バスの方が安いのだ。出張費を少しでも浮かそうと考えるサラリーマンは、バスを選ぶ可能性が高い。

「まあまあ、夕方には新宿に帰って来るんだから、いいじゃないか」

「呑んじゃおうかな、今日は。健康診断なんかクソ食らえ、よね」

だったらつき合う、という言葉を大友は何とか呑みこんだ。敦美は怒っている時には呑むペースが上がる。それについていく自信はとてもなかった。

「じゃあ、テストするから」

「電話、切るか？」

「このままでいいわ」

大友は受話器を耳から離し、傍らのパソコンに向き直った。ライブ中継用の小さなウインドウに車内の様子が写りこみ——当然客はまだ一人もいない——敦美がカメラの前を過るのが見えた。無愛想な表情でこちらを見て、手を振る。ほどなく、敦美の声が流れ出てきた。

「山梨六便、テスト中。山梨六便、テスト中」雑踏の中で囁くように頼りなく聞こえたが、それでも声は明瞭である。これがどの程度威力を発揮するかは分からないが、一応は警察とのホットラインになる。

大友は受話器を再び耳に当てた。

「もしもし?」

「どうだった?」敦美の声が戻ってくる。

「問題なし」

「了解」

この仕組みを作るのに、サイバー犯罪対策課は昨日から一日がかりだった。パソコンとライブカメラをそれぞれのバスに設置。インターネット経由で、車内の様子と音声を生中継できるようにしたのだ。何か異変があったら、同乗している警察官がシステムを起動させることになっている。

電話を切り、大友は「山梨六便、間もなく出ます」と皆川に告げた。皆川が無言でうなずき、壁に貼られた運行表の前に立つ。サインペンで、最初のポイントに「○」をつける。まだ出発していないのだが……このバスは、新宿のバスターミナルを出ると、次に停まるのは中央道の日野バス停である。その後は中央道を降りて勝沼まで停車しない。そこから先は、石和や山梨学院大前などに停まりながら、目的地の甲府駅前に向かう。

敦美のことばかり気にしてはいられないが、やはり同期が乗るバスは無事でいて欲しい、と大友は願った。

じりじりと時間が過ぎる。午後二時半……各地からの電話連絡を受けるのに追われていた大友は、ライブ中継用のウィンドウに突然映像が映りこんでいるのに気づいた。向こうが発信を始めれば、自動的に映像が流れ始めるのだが……鼓動が一気に激しくなる。屈みこんで覗くと、ウィンドウに「山梨便」の文字が映っていた。

「係長！」

叫ぶと、皆川がデスクを回りこんで、大友の背後に立った。肩に顎を乗せるぐらい屈みこんで、呻き声を漏らす。

「高畑が乗っているバスか？」

「そうです」

「異常は……分からないな」

一見したところ、単に車内の様子が映っているだけだった。カメラは運転席の左隣の天井部分に設置されており、前から後ろをずっと見渡す格好になっている。広角レンズを使っているので死角はないが、それぞれの席は小さく、後ろの方の乗客の顔ははっきりとは確認できない。ぱっと見た限り、席は半分程度埋まっていた。そして……異常はない。

「日野バス停は通過したか？」

「いや、まだ連絡はありません」

時間的には、既に通過していてもおかしくない。敦美が連絡を忘れるはずもなく、大友は嫌な予感に襲われ始めた。何かあったのだ、何か……間違って中継システムを起動したとも考えられない。中継システムは起動できても、電話はかけられない状況——嫌な予感が膨らみ始める。

「連絡、取ってみます」

大友は自分の携帯を引っ摑み、敦美の電話にかけた。出ない。というより、「電源が切られているか……」というお馴染みのメッセージが流れるだけだった。トンネル内を通過しているのでもない限り、こうはならない。

「出ません」

大友は短く報告して振り返った。皆川は腕組みをしたまま、小さな画面を凝視している。

「もう一度電話してみろ」

無駄だろうな、とは思ったが、大友は指示に従った。しかし予想通り、敦美の携帯には電源が入っていない様子である。あり得ない。

「バスジャックされたのかもしれません」大友は立ち上がった。軽い頭痛を感じる。

「分かった。手配する」

皆川は冷静だった。声が小さいからそう聞こえるのかもしれないと思ったが、表情が平静だったので、やはり落ち着いているのだと分かり、安心する。こういう時、指揮官がばたついたらおしまいだ。

「バスが都内にいるうちに何とかしたいな……」

皆川の言うことはもっともだ。県境を越えてしまったらどうなるのだろう。追跡は諦め、山梨県警に任せる？　それともこちらで全てを仕切る？　山梨県警と衝突するかもしれないと考えると、頭痛がひどくなるようだった。先に調整しておくべきことだが、上層部は動いてくれるかどうか。

皆川があちこちに電話をかけ始めた。大友は画面を見守り続ける。特に、乗客の顔に注目した。恐怖で引き攣っている顔、泣いている顔はないか……だが、ほとんどの乗客がうつむいており、表情ははっきりとは分からない。ただ、誰も携帯電話を見ていないようだった。最近のバス内部の様子としては、これは異常だ。

敦美の姿を探す。いた。前から四列目、進行方向に向かって一番左側の座席に座っている。運転手の斜め後ろの位置で、カメラに比較的近い。

敦美が顔を上げる。カメラ目線をキープしたまま、口を動かした。何か言っている。おそらく無声で……四音節？　促音が入る？　入らない？　一度口をつぐんだ。すぐに、おそらく同じ言葉を発する。もう一度。三回繰り返すと目を伏せ、手元で何かやり始めた。かなり必死に手を動かしている。前のシートが邪魔になって見えないが……ほどなく、手帳を広げてちらりと掲げて見せた。「B」？　そう、一瞬見えただけだが「B」

だった。一度手帳を下ろし、すぐにもう一度上げる。「J」。続けて「BJ」＝バスジャック。

　間違いない。甲府駅行きの便がバスジャックされたのだ。先ほどの口の動きも、おそらく無声で「バスジャック」と伝えようとしたに違いない。敦美は手帳を下ろすと、カメラに向かって素早く親指を立てて見せた。分かったでしょう、あなたが何とかしてよ、のサイン。

　やるしかない。体調不良も勘が鈍っていることも関係ない。大友は立ち上がって上着を摑んだが、すぐに思い直してもう一度座った。画面を凝視する。バスの中に犯人がいる……とは限らない。もしもまた、ブラックボックスを使ってバスのコントロールを奪ったとしたら、外からも自由にできるはずだ。バスの直後を走る車からリモコン操作するとか……そのまま事故を起こさせるのも、それほど難しいことではあるまい。

　バスの窓は広く映っている。そこから見える外の光景が流れ始めた。まずい……またフェンスに突っこませるつもりか……しかしすぐに、バスは再び真っ直ぐ走り始めたようだ。そして明らかに、スピードが落ちている。何故？　左側に動いたようだが、高速バスは大抵、一番左の走行車線を走っているのではないだろうか。ということは、そのさらに左側……石川パーキングエリアへの進入路へ入ったに違いない。

「パーキングです」画面を睨んだまま、大友は叫んだ。間違いない。バスのスピードが落ちたせいで、窓の外の光景もよく見える。車が並んでいるのは……間違いなくパーキングエリアの駐車場だ。しかしそこで、画面が消える。犯人が気づいたのかもしれないと思うと、背筋を冷や汗が伝った。

「石川か？」

「時間的にそうだと思います」

「現場には、高速隊が一番早いな」

「連絡は……」

「一番にした。俺たちも出るぞ」

「誰かここに残っていなくていいんですか？」

大友と皆川の視線がぶつかった。バスの動きが止まったとしたら、指揮官が現場で指示をするのは当然である。しかし相手はバス。すぐに動き始めるかもしれないし、振り回されていたら指揮命令系統が滅茶苦茶になる。

「係長、残って下さい」

「お前は？」皆川が鋭い視線を向けてきた。

「行きます」上着に袖を通した。コートも忘れないようにしないと……今日はそれほど寒くはないが、多摩のあの辺まで行くと、結構冷えるはずだ。それに、いつまで張り続けることになるか分からない。

「しかし……」

「お願いします」大友は頭を下げた。「指揮は係長にお願いするしかないんです。それに、あのバスには大事な同期が乗っているんですよ」

「……分かった」結局皆川が折れた。「一人で行くなよ」と言って、足達に視線を向ける。弾かれたように足達が立ち上がった。

「自分、行きます」

「頼むぞ。大友はまだ万全じゃないからな。ちゃんとフォローしろ」皆川が指示する。

「了解です」

足達がすぐに飛び出して行った。それを見送ってから、大友は「係長」と低い声で呼びかけた。

「何だ」皆川の声には、まだ苛立ちが残っていた。何だかんだ言って、この男も現場優先主義なのだろう。

「私のことは、心配していただかなくて結構です。体が万全かどうかは、自分でも分かりません。でも、こんな状況でそんなことは言っていられませんから」

「……相手がどんな要求をしてくるか、どんな武器を持っているか、分からないんだぞ」

「武器」という言葉に反応して、大友は思わず唾を呑んだ。もしも銃だったら……撃たれた時の記憶はほとんどないのだが、あの痛みは筆舌に尽くし難い。何かが刺さった、殴られた——そういうこととはまったく異質の痛み。最初に衝撃だけを感じ、直後に痛みが襲ってきたのだが、すぐに意識を失ってしまったのは幸いだった。そうでなければ、耐えられなかっただろう。

もう一度撃たれるかもしれない――そう考えるとどうしても怯《ひる》んだが、今は状況が違うのだ、と自分に言い聞かせる。あの時は丸腰で、事件が解決した――と思いこんでいた――状態だったので、完全に気が抜けていた。しかし今は十分用心しているし、何より仲間を救出するという大事な目的がある。

あの時とは違う。

何度自分に言い聞かせても、不安は消えなかった。


足達は、新宿中央署から石川パーキングエリアまで二十分で走り切った。高速に入ってからは、ほとんどアクセルベタ踏み状態。大友はずっと身を硬くしていて、車が石川パーキングエリアに滑りこんだ時には、全身に痛みを感じるほどだった。

パーキングエリアの入り口は、高速隊によって既に封鎖されていた。進入路を走っていくと、バス一台だけが停まっているのが見える。何と……短い時間に、全ての一般車輌を退去させたのだ。おそらく何のトラブルもなく、駐車場が空になったのは奇跡ではないだろうか。こういう時に、ぶつぶつ文句を言う人間は必ずいるものだし。

代わりに、数台のパトカーがバスを取り囲んでいた。前に三台、左右に一台ずつ、後ろにも一台……これで一応動きは封じたつもりなのだろうが、実際にバスが動き出したら、パトカーなどひとたまりもあるまい。重さが違うのだ。

パーキングエリアの従業員はどうしただろう。全員を二十分で退避させるのは難しかったはずだ。ただし、バスが停まっている大型車用の駐車スペースから建物までは、かなりの距離があるから、仮に犯人がバスを爆発させたとしても、建物までは被害が及ばないのではないだろうか。

石川パーキングエリアの建物は、かまぼこ型の屋根が三つ連なった形が特徴的だった。進入路から見て手前の建物にレストランや売店が入り、奥の方がトイレという作りのようだ。足達は、手前の建物の前に覆面パトカーを停め、すぐに携帯電話で皆川と連絡を取り始める。

「今、現着しました……はい、高速隊のパトカーが六台、バスを取り囲んでいます。一般車輛の避難は完了した模様」しばらく皆川の声に耳を傾けていたが、最後に「了解」と短くつけ加えて電話を切った。

「おっつけ、本部の特殊班、強行班からも応援が来ます」頬を膨らませて息を吐いてから足達が言った。

「犯人からの要求は？」

黙って首を横に振り、足達がシートベルトを外した。

「まだありません。本部からは俺たちが一番乗りです。状況を把握して報告しろ、との指示です」

「分かった」

大友もシートベルトを外し、ドアを押し開けた。案の定、風が少し冷たい。コートを着てきて正解だった……寒さに震えて動きが取れなくなるようでは、刑事失格である。その点、足達はまだ用意が足りない。スーツだけでは、現場が夜まで長引いた時に難儀するだろう。経験が少ないから仕方ないのだが……無事に解決したら、現場の心得をしっかり教えることにしよう。彼ならすぐに呑みこんでくれるはずだ。

二人は小走りにバスの方へ向かった。横に駐車したパトカーの脇に回りこみ、運転席の高速隊員にバッジを示す。

「分駐所長は後ろのパトカーです」

「了解」大友は、すぐにはそちらに向かわなかった。まず、バスを確認しないと。

外から見たところ、一見何の変哲もない……いや、おかしい。カーテンが全て閉ざされているのだ。恐らく犯人の指示だろう。これは、人質側にも警察側にもマイナスになる。人質は外の様子が分からずに不安になるだろうし、警察は偵察ができない。中で何が起きているか分からなければ、説得か突入かの判断も下せないのだ。

カーテンの向こうで暗い影が動く。乗客か、犯人か……いや、犯人が乗っている保証すらない。これがインターネットの恐ろしさだ。無線でコントロールするなら、到達距離に限界がある。しかしネット経由だったら、犯人が地球の裏側にいても、リモート操作できるのだから。

影が動いたのは一瞬だけで、その後バスの中に動きはなくなった。冷たい風が足下を吹き抜けたが、大友の頭の中は熱いままである。落ち着け、落ち着け……犯人は必ず何か要求してくるはずだ。「真相を明かす」ように——警察ではなく、信越バスに直接接触してくるだろう。そのタイミングで説得を試みる……駄目だ。犯人はこれまで、巧妙に姿を隠していて、一度も大友たちの前に姿を見せていない。これが「本番」の犯行だとしたら、絶対に姿を現すわけがない。

大友は膝を伸ばし、そのままバスの背後に停まったパトカーに向かった。足達もすぐ後ろについて来る。パトカーの脇では、分駐所長の田村が片膝をついて、バスを観察していた。

「田村さん」

呼びかけると、田村がちらりと大友を見てうなずきかけた。顔色は蒼く、一本の線になるほどきつく唇を閉じている。

「奴——斉木の息子なのか?」ささやくような声で訊ねる。

「何とも言えません。まだ接触がないんです。バスに動きは?」

「ない」

「斉木はずっと所在不明でした」

「バスなら、客の名簿を調べれば分かるだろうが」

「斉木の名前はありません。偽名を使っても問題ないですからね……一々チェックするわけではないし、バス会社としては金を貰えば問題ないですから」

ー大ありじゃないか」皮肉を吐いて、田村が立ち上がった。「こんな状況で、ボディチェックもしてなかったとしたら……」

「仮にブラックボックスを持っていても、凶器とは見なされませんよ。見た目は単なる箱ですから」大友は両手を組み合わせて四角形を作った。「バッグの中身を一々確認しても、分からないと思います」

「分かった、分かった」田村が面倒臭そうに言った。「で、捜査一課の方針は？」

「まだ決めかねています。取り敢えずここで偵察……観察して、後は犯人からの要求を待つしかありません」

「何かトラブルが起きて、運転手が緊急でここへ入った可能性は？」

「それだったら、とっくに会社に連絡があったと思います。それに、誰も降りてこないのもおかしい。カーテンも閉まっていますし」

「中で何が起きているかだな……」

　田村のつぶやきに、大友は顔から血の気が引くのを感じた。敦美は銃を持っている。そうでなくても、彼女なら、簡単に犯人に制圧されるはずがない。ただしこの場合、銃は抑止力にはならないのだと思い直す。犯人と敦美の位置関係が分からないが、他の乗客が邪魔になる。犯人が盾にしないとも限らない。敦美は大胆なように見えて慎重である。誰かを傷つける可能性がある作戦は取らないはずだ。

　携帯電話が鳴った。他に車が少ないとはいえ、風が常に吹き抜けてざわつく駐車場の中で、呼び出し音……やけに大きく響き、大友は思わずバスに背を向けて通話ボタンを押した。バスの中にまで聞こえるわけもないのだが。

「大友です」

「皆川だ。犯人から会社側に要求があった」

「はい」背筋を伸ばす。来るべき時が来た、という感じだった。

「記者会見だ」

「犯人が、ですか？」まさか……おかしい。犯人はこれまで、一切姿を見せなかったのだ。記者会見などあり得ない。

「違う」皆川が即座に否定した。「信越バス側の記者会見だ」

「何を喋らせようっていうんですか？　例の『真相』ですか」

「内容については、まだ特に指示がない」皆川の声は暗かった。「とにかく、信越バスの幹部に、バスの中で会見をさせろ、ということだ。それをテレビで中継するように要求している」

「そんな滅茶苦茶な……」思い直し、確認した。「その要求は、どうやって届いたんですか」

「メールだ」

「バスの中から？」

「それは分からない。犯人がどこにいるかは不明だ……ただし、会見を開かないとバスを爆破する、と言っている」

クソ、手荷物検査はどれぐらい綿密に行われたのだろう。だが、見ただけで「爆発物だ」と分かるはずもないと考え直す。バス会社に、そこまで要求したら酷だ。ここはやはり、警察の方で入念にチェックしておくべきだったのではないだろうか……今さらどうしようもないが。大友はすっと息を吸った。熱くなっていた頭が、少しだけ冷やされる。

「どうするんですか？　会見するんですか？」

「拒否に決まってるだろうが」皆川が即座に言った。「信越バスの人間に、そんな危険な真似はさせられない」

「しかし、爆破ですよ？　人質の命と引き換えでは……」

「そもそも、本当に爆破できるかどうかも分からない」

皆川は強硬で、彼の意思を変えさせるのは難しそうだったが、その判断が正しいとは思えない。犯人がバスのコントロールを握っているのは間違いないし、爆弾を持っている可能性も捨て切れない。何十人もの人間が人質に取られた状態で、犯人がじれて諦めるのを待つのは、この場合は得策ではない。日本の警察は発砲しない。人質も犯人も傷つけない――ひたすら粘って相手の疲労と油断を待つのが常道だ。確かにそれで上手くいったケースが多いのだが、いつでも百パーセント成功する保証はない。

思い切っていくしかない。

「犯人を説得してみます」

「待て」皆川がすぐに止めに入った。「お前がやるつもりか？」

「他に誰がいますか？　特殊班に任せてもいいですけど、私は説得なら得意ですよ」口に出すことで自分を鼓舞した。

「それは分かるが……」

「面子の問題じゃないです。時間が大事なんですよ」大友はむきになって言い張った。ここは絶対に譲れない。乗客と敦美を早く助け出さなければ。

「危ない！」

誰かが叫ぶ。大友は反射的に振り返り、バスの窓が開いているのを確認した。そこから誰かの手が伸びている。「助けて！」という叫び声——女性の声だ——が響き、大友は脳天を直撃されたような衝撃を受けた。窓から出ている手が、何かを握っている。細長い棒状のもの……バトンのようだが……。

「爆弾だ！」

また誰かが——恐らく高速隊員が叫んだ。大友は思わず身を伏せたが、視線はバスに向けたままにした。窓から突き出た腕が振るわれ、棒状の物体がバスから五メートルほど離れたアスファルトの上に落ちる……自分との間に遮るものはない。慌てて走り出し、パトカーの陰に転がりこんだが、恐れていたような爆発音は聞こえなかった。

「大友！」

携帯電話から皆川の怒鳴り声が聞こえる。いつも小声の皆川がこんな大声を出して、喉は大丈夫だろうか、と余計なことが心配になった。

「爆発物のようです」努めて冷静を装い、大友は報告した。

「爆発したのか」皆川の声は上ずっている。

「いえ……窓から誰かが投げただけで……転がってます」

「時限式じゃないのか」

「分かりません」大友は伸び上がり、パトカーのルーフ越しに、アスファルトの上に転がっている棒状の物体を観察した。「ダイナマイトのように見えますが、近づかない方がいいでしょうね」

「当たり前だ。爆対の出動を要請したから、到着まで待て」

「窓は……閉まりました。投げたのが犯人かどうかは分かりません」

「よし、とにかく動くな」

「分かりました」電話を切ろうとした瞬間、やはりパトカーの陰に隠れていた足達が、ダイナマイトに向かって走り出す。「足達！」大友は電話を耳に押し当てたまま叫んだ。

「どうした！」皆川が怒鳴る。

大友は電話を顔から離し、もう一度足達に呼びかけた。

「戻れ！　危ないぞ！」

しかし足達は、大友の顔をちらりと見ただけで止まらなかった。無茶なことを……大友はすぐに彼の後を追った。もしもあのダイナマイトもリモコンでコントロールされていたら——足達一人でなく、他の警官、それにバスも大きな被害を受けてしまう。

足達の動きは、スローモーションのようだった。全速力で走っているはずなのに、いつまで経っても爆弾に近づけない感じがする。しかしようやく側に寄ると、屈みこんで様子を確認し始めた。大友の足は止まってしまっていた。さすがに恐怖に支配され、体が言うことを聞かない。しかし足達は、まったく気にもしない様子で、爆弾を摑んだ。思いいきなり振り返ると、大きく腕を引いて爆弾をパトカーの背後に向かって投げる。思いも寄らぬ強肩で、小さな爆弾は一瞬、空に溶けて見えなくなるほど高く、遠くまで飛んだ。落下と同時に爆発——それを予想して、大友は思わず地面に伏せた。

しかし、何も起きない。遠くでかつん、と小さな音がしただけだった。恐る恐る顔を上げて確認すると、数十メートル先でダイナマイトが転がっていた。

危機は去った……携帯電話がまた、「大友」とがなり始める。大友は一つ深呼吸して、「爆発してません。すぐに報告します」と言って電話を切った。

足達が、ゆっくりと肩を上下させる。こちらへ歩いて来る姿を見ながら、一発殴りつけてやろうかと大友は本気で思った。命を粗末にしやがって……しかし、足達の様子を見ているうちに、怒りは消えてしまった。顔をしかめ、右肩を回している様子は、命の危機に直面した後には見えない。

「肩慣らししないで投げると、きついっすね」

「何であんな無茶をしたんだ」厳重な警告が必要だ。大友は、自分にできる限りの厳しい表情を作った。

「いや、あれ、爆発しませんから」

「何で分かる？」

「雷管がなかったんすよ。たぶん、ダイナマイトじゃなくてアルテックス――そういう種類の爆発物があるんですけど、雷管なしでは当然爆発しません。その状態だと、単なる筒です。中身は安定してますから」

「何でそんなに爆薬に詳しいんだ？」

「交番勤務時代に爆破騒ぎがあって、少し勉強したんです」

「そうか……」大友は深呼吸した。まだ鼓動が元に戻らない。胸の傷跡もずきずきと痛んだ。しかし、足達の無茶は、むしろ冷静な行動と捉えるべきだと思い直す。「いい肩じゃないか」説教するつもりが、逆に褒める結果になってしまった。少なくとも爆薬は安全な場所にあり、当面の危機は去ったと言っていいだろう。後の処理は、爆対に任せればいい。

「ずいぶん遠くへ飛ばしたな」

「元高校球児ですから」足達がにやりと笑う。「それより、これ」

足達が左手をさし出し、広げる。メモが一枚、乗っていた。

「これは？」

「爆薬にくっついてました。犯人じゃないすかね」
うなずき、大友は足達の掌に乗ったままのメモを読んだ。

爆弾は本当にある。要求を呑め。

これは……記者会見をやるしかないのだろうか。この場で信越バスの幹部が頭を下げ、犯人が要求する「真相」をテレビカメラの前で明かす——とても想像できない。

4

まさか、こんな大事になるとは……大友は唖然とすると同時に、己の無力さを痛感していた。もしも犯人にいち早く接触して説得できていれば、ここまで騒ぎが大きくなることもなかったのに。
パーキングエリアの駐車場から一般車輛は全て排除され、代わりに警察車輛で埋まりつつあった。特殊班と強行班、それに機動捜査隊と所轄からも応援が入り、現場には数十人の刑事、それに制服警官が集まっている。爆弾を警戒して、機動隊の爆発物処理班も到着した。
中央道は、国立府中と八王子のインターチェンジ間で、上下線とも通行止めになっている。上空にはマスコミのヘリが飛びかい、降り注ぐ騒音が耳障りだった。既に辺りは暗くなっていたが、犯人を刺激しないために、投光器の使用は控えられている。一方犯人は、バスの中からこちらの様子を見守っているはずで、現段階ではやはり犯人側が有利と言える。

大友は、後から現場にやって来た皆川と話していた。皆川の上司に当たる管理官の藤《ふじ》波《なみ》も現着していて、彼は指揮権を取り上げられた格好になっている。だが、それで腐るようなことはないようだった。逆に、責任を逃れられたとほっとしているわけでもない。基本的には、常に淡々とした男なのだ。

「爆弾を投げつけた瞬間の車内の映像が見えなかったのは痛かったな」皆川が目を細めながら言った。

「仕方ないです。映像はカットされていましたから」犯人がやったのか、ばれるとまずいと判断した敦美が自主的に止めたのかは分からないが。「今は、もっと状況が悪いですね。暗くなったし、車内の灯りは点いていませんから、中の様子がまったく分からない」

「そうだな」皆川がバスを見やった。

釣られて大友もバスを見る。カーテンの奥に見えた影も今はない。暗闇の中にいる乗客の不安は、頂点に達しつつあるのではないか……既に午後五時。バスが乗っ取られてから二時間半も経っている。犯人からの要求は一度だけで、警察への直接的な接触はなかった。

「差し入れはどうなんですか」

「会社側からメールで打診させた。返事はない」

「要求が続かないのは変じゃないですか？　もっと具体的な話があってもおかしくないのに」

「そうなんだよな……」皆川が顎を撫でた。「この犯人が何を考えているかは分からない。とにかく、いつでも動けるようにしておいてくれ」

大友が黙ってうなずくと、皆川もうなずき返して去って行った。代わりに、柴が近づいて来る。

「何とか高畑と連絡を取る方法はないのかね」柴の顔は蒼白だった。

「難しいな……おそらく、携帯は取り上げられていると思う」

「あいつが警察官だってことも、ばれてるんじゃないかな。だとしたら、まずくないか？　下手に犯人を刺激するようなことをしたら……」

「今まで何もしてないんだから、高畑のことは知られていないか、知っていても犯人は何とも思っていないか、どちらかだ」

「あいつ、銃は持ってるんだぜ」

「無理だ。撃てないよ」大友は即座に否定した。「跳弾が怖い。万が一にも、乗客を傷つけるわけにもいかないし」

「クソ」柴が吐き捨てる。「バスっていうのは、外から攻めるには案外難しいターゲットなんだな」

「ああ」

「何か、考えはないのか？」探りを入れるように柴が訊ねる。

「ない」

「おい……」柴が不満気に目を細める。「何でそんなにあっさりしてるんだ？　テツらしくないぞ」

「いや……」大友は胸の傷跡をそっと触った。今は痛みはない。だが、強いストレスにさらされれば、また痛みが襲うだろう。作戦行動に支障が出るような痛みにならないことを祈った。

「マスコミ、呼ぶのか？」

「その方向らしい」

「どうするんだよ」柴が不安気に周囲を見回した。「この駐車場で会見して、中継するのか？　犯人の狙いは何なんだ」

「犯人が斉木だとすると……会社に恥をかかせることかな？」

「八年前の事故の件で、か」

　柴が声を低くする。バスまでは二十メートルほどもあり、ここで話していることが聞こえるとは思えなかったが……しかもバスと二人の間には、完全武装した機動隊員が壁を作っている。まさに人間の盾——誰も微動だにせず、物音一つしないのが不気味だった。機動隊がそこまで鍛えられている証拠でもあるのだが。

「だけどあの事故については、裁判で決着がついてるじゃないか。会社が何したって言うんだ?」柴が首を捻る。

「それこそ、斉木しか知らない事実があったのかもしれない。それを息子には打ち明けていたとか……」

「何だよ、それ」

「それは、僕に聞かれても困る。単なる想像だから」大友は肩をすくめた。

柴がいきなり、耳を押さえた。無線だ。しばらく無言で聞き入っていたが、やがて顔を上げ、「建物の方に集まれってさ」と告げた。

「打ち合わせかな」

「だろうな」

二人は並んで、パーキングエリアの建物に向かって歩き始めた。中へ入るとすぐに土産物売り場……フロアに並ぶ陳列棚が邪魔になって、何十人もの人間が集まっての打ち合わせはできない。誰かが隣の食堂に刑事たちを誘導する。こちらの方が広いし、テーブルを使えばそれなりの人数を詰めこめそうだ。

「一課長が来てるぜ」柴が大友の耳元で囁いた。

食堂にはいくつかの店舗が並んでおり、一課長はラーメン店の前に立って刑事たちと相対していた。険しい表情ではあるが、背後にこのラーメン屋のキャッチフレーズ――八王子ラーメンとは云々――が書かれた赤い看板があるので、どうしても間抜けな感じになってしまう。

「十七時現在」一課長が切り出した。「一般利用者の避難は完了。パーキングエリアの職員も、一部を残して退避させた。中央道は国立府中と八王子間で上下線とも通行止め」

「そんなことはとっくに分かってるんだよ」柴が小声で悪態をついた。どうも柴は、この一課長とはウマが合わないようだ。

「犯人側の要求通り、記者会見を設定する」

刑事たちの間にざわめきが走る。柴は「マジかよ……」と呆れ顔でつぶやいた。大友はぐっと顎を引き締めた。やはり本気か……記者会見をやるのはいいが、その後はどうするのか？　その先の犯人の要求が分からない以上、もう少し慎重にいった方がいいのではないだろうか。しかし一課長は、とにかく話を進めることにしたようだ。

「会見を受け入れる旨、会社側から犯人に連絡を入れさせる。その後の犯人側の要求を確認してから、次の作戦行動を検討する」

まあ、そうなるだろうな……と大友は一人納得してうなずいた。向こうの出方が分からない限り、対策の立てようがないのだから。とにかく事態を動かし、相手を揺さぶる。母親の説得に頼るよりも、この方が上手くいく可能性は高い。

「以上、当面この場所を前線本部とする……参事官、他に何かありますか？」

後山も来ていたのか、と大友は驚いた。刑事部ナンバーツーは、基本的にあまり現場に出ることはないのだが。キャリアはどんと構えて本部で待機しているのが普通だ。こちらも、現場に来られても困る。それにしても、目立たない人だ。いれば気づきそうなものだが……。

「いや、特にありません」後山は口を挟まないことに決めたようだ。柴は苦手かもしれないが、一課長は百戦錬磨の男である。指揮官に余計なアドバイスも激励も無用、と後山も心得ているに違いない。

刑事たちが散会すると、大友は後山に近づいた。目礼すると、後山が外に向けて顎をしゃくる。内密の話だ、とすぐに分かった。彼が先を歩くのに追いつき、最後は並んで建物を出た。

「まずいことになりました」外へ出るなり、後山が言った。

「ええ」言わずもがなだ、と大友は思った。何だか今回の事件では、全員が思考停止状態に陥ってしまっている——もちろん自分も含めてだ。「本気で会社側に会見させるつもりですか」

「あなた、どうしたらいいと思います？」

僕に聞かないで欲しい……大友はゆっくりと首を横に振った。それを考えるのが管理職の仕事ではないか。そんなことを思ってしまう自分にうんざりした。数か月前——撃たれる前の大友は、もっと積極的に口出しをしていた。呼ばれた現場では全力を尽くす。鬱陶しがられているのが分かっていても、あれこれアイディアも出した。

今、そうして何が悪い？　いつまでも愚図愚図していてどうする？

僕は何歩も後退したのだ、と大友は改めて自覚した。少しでも前へ足を進めないと、時間はあっという間に過ぎ去ってしまう。その時頭の中で、小さな火花が瞬いた。一瞬で大きく膨れ上がって炎になり、頭を満たす。

「素人に、テレビ局の連中の見分けがつくと思いますか？」

後山がぐっと顎を引いた。大友の目を真っ直ぐ見詰め、唇を引き結ぶ。

「まさか、ここで演技するつもりですか？」

「ええ」

「あなたが一人で？」

「いや、チームを組みましょう。警察官がクルーに扮装して……」ずっと前——それこそ捜査一課に来たばかりの頃、テレビ局の取材を受けたことを思い出す。「警察密着二十四時」の類の番組で、何日か、ずっとクルーが同行していた。カメラマンと照明、音声、それにディレクターが一人——機材さえあれば、適当な変装で誤魔化せるのではないだろうか。全員が警察官でも、犯人には見抜けないはずだ。まさか、こちらの顔までは分からないだろうし。

それを話すと、後山の表情がさらに険しくなった。やがて溜息を漏らすと、「あなたの言うことを聞いていると、私のキャリアはそのうち破滅するかもしれませんね」と言った。

「そういうつもりはないですが……」

「とにかく今の作戦については、検討の余地はありますね」

彼が「検討の余地がある」ということは、既に採用されたも同然だ。自分のキャリアを心配しているようでいて、この男は意外に大胆である。大友は、後山の勇気に賭けた。

マスコミ業界には、「代表取材」という慣習がある。例えば皇室関係の撮影や録画などで、新聞、テレビそれぞれ一社ずつが担当して、後から写真や映像を配信するのだ。主に混乱を避けるためだが、そういうやり方がここでは役に立つ。何しろ犯人が指定してきた会見場所は、バスの中なのだ。実際にはテレビカメラ一台入るだけでも大変だろう。

広報課が警視庁の記者クラブと交渉し、代表撮影するテレビ局が決まった。その後は現場での交渉……まずテレビ局側と話し合い、大友がディレクター役に、特殊班の刑事三人がそれぞれカメラマン、照明と音声に成りすますことにして、機材を借り受けた。そして全員が、太田と一緒にバスに入る。

大友は背広姿のまま、ネクタイだけを取った。いかにもテレビ局にいそうなタイプ……だろう、と自分に言い聞かせる。ドブネズミ色のスーツに白いシャツというのは、少し地味かもしれないが、これは致し方ない。ついでに、いつも持ち歩いている伊達眼鏡をかけた。少しでも印象を曖昧にしたい。大友より何歳か年下の特殊班の刑事三人は、動きやすいブルゾン姿だったので、そのままの格好で行くことにした。

その後で、信越バス側との打ち合わせに入った。会社側で中に入るのは社長の太田だけにした。中で身動きが取れなくなる恐れがあるし、標的を増やしてしまうことにもなる――誰もはっきり言わなかったが、警察側はそれを一番恐れていた。バスに足を踏み入れた途端に撃たれる――結局、特殊班の刑事が防弾チョッキ装着で先導し、太田を守ることになった。大友は太田に張りつく。自分が先頭に立たないことで、少しだけ安心してしまったのを後悔した。これではまったく、心のリハビリにならない……もっとも、撃たれる経験をした後で、平然と銃の前に身を晒せる人間がいたら、神経が死んでいるとしか言いようがない。

太田は、話している限りでは堂々としていた。自分の役回りを完全に理解しているようで、「何かあったら伏せて下さい」と大友が言った後でも、表情を変えなかった。しかし、こめかみを汗が一筋伝うのを見て、やはり緊張感がピークに達しているのだと分かる。

犯人側は、十八時半にバスへ入るよう、指示してきた。民放の、夕方のニュースの時間だ……会社側が会見に応じると連絡した後、犯人からの連絡は途絶えている。尻尾を摑ませまいとしているのは、簡単に想像できた。もっと情報が欲しいのだが、ここは現場で何とかするしかない。

問題は……中に入って、斉木がいなかった場合だ。最近の顔写真は免許証で確認しているが、バスに乗っているのは斉木ではなく共犯かもしれない。バスを乗っ取り、バス会社を脅すという大がかりな犯行だから、何人もがかかわっている可能性もある。その際、どうやって犯人を見つけるか……大友は、自分の観察力を最大限生かそう、と決めた。今は多少曇っているが、本来人よりもいい「目」を持っている自信はある。

打ち合わせが終わると、既に午後六時十五分。時間はないが、むしろこの方がいい、と大友は自分を納得させた。作戦遂行まで時間があり過ぎるとあれこれ考え過ぎ、マイナス方向に思考が振れてしまうのだ。

「社長」ふっと空いた時間を利用して、大友は話しかけた。

「何でしょう……大友さんでしたよね？」

「ええ」

「こういうことはよくあるんですか？」

「ないですね。非常に珍しいケースです。日本でバスジャックなんて、数えるほどしかありませんよ」

「そうですか……」太田が唇を嚙む。

「ところで、何を喋るんですか？」大友は本題に切りこんだ。

「と言いますと？」

「犯人側は、会見を開くことしか要求していません。向こうは、会社側が何か『真相』を隠していて、それを明かすことを求めているんです。その『真相』は何なんですか？」

「そんな秘密はありません」太田が即座に断言した。

「だったら何なんですか？　犯人の勘違い？」

「あるいは逆恨みみたいなものでしょうか」太田が首を傾げる。「心当たりがまったくない……」

「八年前の事故は、どうなんですか？　斉木一人に責任がいく結果になりましたけど、あれは……」

「裁判で、そういう認定になっています。今さら我々が、何か言うことはありませんよ」

　太田がそっぽを向いた。口調ははっきりして自信に溢れているのだが、態度がおかしい。両手を握っては開いてを繰り返し、しきりに唇を舐めている。

　管理官の藤波が、関係者全員を集めた。緊張した面持ちで、最後の指示を飛ばす。

「先に刑事三人が中に入る。その時点で犯人を特定できれば、ただちに制圧。太田社長は、基本的に何もしないで下さい。犯人逮捕の段になったら、大友、誘導してバスの外へ退避」

　誰も何も言わず、ただうなずくだけだった。太田は憮然とした表情を浮かべているが、やはり異様に緊張しているのが分かる。犯人と対峙する恐怖だけでなく、隠し事があるせいだ、と大友は確信した。もちろん、テレビカメラの前でそれを話させるつもりはない。そんなことになる前に、犯人の身柄を押さえるのだ。

「では、予定通り十八時半に作戦決行」

藤波が宣言し、最後の打ち合わせは終了した。これが失敗したら大変なことになる――そう考えると、大友も心臓が喉元にせり上がってきそうな緊張を覚えた。特殊班の三人は、逮捕術の上級者として選抜されたのだが、動きが制約される車内ではどうなるか分からない。この辺はぶっつけ本番で行くしかないのだが、いざとなったら自分も格闘に参加しなければならないだろう。それが一番の心配のタネだった。荒事《あらごと》は基本的に苦手なのだ。

後は、含み資産としてバスの中にいる敦美……まったく連絡が取れないのでどうなるか分からないが、彼女は大きな戦力になる。大友が中に入るのを確認すれば、すぐに作戦の意味に気づくはずだ。

ただし、全ての歯車が嚙み合っても、作戦が成功するとは限らない。

「緊張するなよ」

すっと寄って来た柴が、大友の背中をどやしつけた。思わず前によろけてしまう勢いだったが、何とか踏みとどまる。その瞬間、背広のポケットに入れておいたネクタイに気づいて取り出し、柴の眼前に差し出した。

「何だい、これ」

「汚したくないんだ。預かってもらえないかな」

「いいけど……えらく派手なネクタイだな」

確かに。金色ベースに紫と緑のストライプが走るネクタイは、非常に目立つ。変装した作戦行動では御法度だろう。

「去年の誕生日に、優斗に貰ったんだ」

「小学生にネクタイなんか貰ってるのか？」柴が目を剝いた。裏を見てブランド名を確認し、「高いだろう、これ」と続ける。

「財源は、おばあさんだから」

「ああ、なるほど……いずれにせよ、汚すわけにはいかないんだ」

「そういうこと。無事に終わるまで、預かっておいてくれないか」

「了解」

柴がネクタイを受け取ると、大友は急に右手が軽くなるのを意識した。大事な絆を一本、なくしてしまったような……まさか。ネクタイはただのネクタイだ。

それからの数分間は、のろのろと過ぎた。時間が引き延ばされ、まるで自分が別の時間軸の中にいるようだった。しかし、いつかその時は来る。一課長が合図し、大友たちは揃って建物から出た。柴がもう一度、今度はさらに強く大友の背中を叩く。よし……気合いは入れてもらった。後は全神経を集中させてバスの中を観察し、異変を察知するのみ。もしも犯人が爆弾を爆発させようとしたら——考えると、足が止まりそうなほどの恐怖を覚えたが、これぱかりはどうしようもない。あれこれ悩んで足がすくんだのでは、話にならない。

まず特殊班の刑事二人が、バス前方のドアに近づく。ここだけはカーテンがかかっていないので、二人がテレビ局の腕章を示すと、運転手がすぐに確認した。ちらりと後ろを見て軽くうなずくと、すぐにドアを開ける。どうやら犯人と意思の疎通はできているようだ。

「行きますよ」大友は太田に声をかけた。太田は何も言わず、素早くうなずくだけだった。

先導する特殊班の刑事三人は、特に躊躇いもせずに順番にステップを上がる。そのまま右に折れて、バスの通路に入りこんだ。何もなし……第一段階突破だ、と大友は少しほっとした。あとは、犯人に偽のクルーだと見破られなければいい。

大友は太田を先に行かせ、最後にバスに入った。途端に、むっとした熱気に驚く。エンジンは停まって空調も効いていないのだが、人いきれのせいで蒸しているのだ。しかも照明の類いは一切なし。カーテンが閉まっているので、駐車場を照らし出す照明の光さえ入って来ない。大友はすぐに敦美の姿を探したが、目が闇に慣れず、見つけられなかった。

「テレビ関東です」大友は闇に向かって声を張り上げた。借り受けた腕章に触り、気持ちを落ち着かせる。

「灯りをつけろ」

誰かが低い声で言う。こいつが犯人――斉木か？　大友は声がした方に目を凝らしたが、やはりまだ一人一人の顔は判別できない。

運転手が車内の照明をつけた。ぼんやりとした光だが、それでも久しぶりに闇から抜け出した目には眩しかったのか、乗客が一斉にうつむいてしまう。しかし一人だけ、しっかりと顔を上げている人間がいた。敦美。少しだけ疲れが見えたが、それでも大友の顔をしっかりと見据え、かすかに顎を引くようにして合図してきた。こっちは無事……どうする？

アドリブだ。

先にバスに入った三人は、通路の途中まで進んでいる。斉木はどこだ？　大友は素早く座席を見回した。いない？　いない。気が急く。斉木がここにいないのは、犯人グループにさらに別の仲間がいる証拠だ。斉木はどこか外で、司令塔に徹しているとか……自分たちが思わぬ人数を敵に回していると意識し、大友はこめかみを汗が伝うのを感じた。

しかし今は、ディレクターとして振る舞わなければならない。大友はまず、車内の様子を確認した。乗客は少ない……三分の一ほどしか埋まっていなかった。一度咳払いしてから声を上げる。

「夕方のニュースにカットインする形で会見の中継を始めます。カメラマンと照明、音声がもう少し奥へ進みます……バスの前方に向かってカメラを向けますので」

犯人が何か言うのではないか、と大友は期待していた。違う、そんなやり方じゃない……犯人には犯人なりのイメージがあるはずで、指示してくるものだと思っていた。しかし、声は上がらない。これでは犯人は特定できないままだ。

予め打ち合わせておいた通り、三人が少しだけ通路の奥へ進み、入り口の方に向き直る。運転席の横で太田が立ち、大友は彼の前でしゃがみこんだ。もしも客席の方から誰かが襲いかかってきたら、最後の防波堤になるつもりである。

カメラのライトが点いた。仕方ないことだが、正面から光を浴びせられるので、眩しくて仕方がない。何より、座席がはっきりと見えないのが問題だった。目を細めて、何とか視界を確保しようとしたが、上手くいかない。こういうのは舞台で慣れていたはずなのだが……いや、あんなのはもう、十数年前の話だ。バスの中は、物音一つしない。恐怖で凍りついているのか、訳が分からないのか、乗客は誰一人声を発することもできずに固まっている。

カメラマンに向かって、右手を広げて突き出す。一本ずつ指を折り曲げてカウント……太田に喋らせてはいけない。犯人の狙い通りにさせてたまるか。できるだけゆっくり指を折ったが、それでも片手には指は五本しかない。ついに小指を曲げようとした瞬間、バス内の空気が揺らぐ。誰かが立ち上がった？　カメラの照明がふっと消える。いや、消えたのではない。別の方向を向いたのだ。それは……。

「動かないで！」敦美の声が響く。同時に車内の照明が消え、怒声が響いた。悲鳴がそれに混じり、バス内は一瞬パニックになりかけた。

「動かないで下さい！」大友は大声で叫びながら、何とか事態を把握しようとした。

敦美が立ち上がり、自分の目の前の席に座っている男に銃を向けていた。彼女は犯人のすぐ後ろに座っていたわけか……これは幸運だった。

男は……斉木ではなかった。動きが止まり、左手に持ったビニール袋が宙に浮く。そこに二人の特殊班の刑事が襲いかかり、制圧にかかった。男が暴れ出し——狭い車内で敦美が銃を撃てるはずもないと見切ったのか——手にしていたビニール袋を前方へ投げつける。それを見て、また悲鳴が上がった。ビニール袋は大友の足下まで飛んできた。

これは、まさか……考える間もなく、ビニール袋を拾い上げる。窓から外へ——無理だ。両側の座席には客がいる。窓を開ける時間ももったいない。大友は身を翻し、太田を突き飛ばしてバスのステップをスキップし、アスファルトの上に直接降り立った。安全な場所へ……ビニール袋は結構重い。とても足達のように、オーバースローでは投げられなかった。飛び降りた勢いを利用して、円盤投げのようにサイドスローで放り投げる。胸の傷が突き刺されたように痛んだが、何とか……よし……駐車場の、誰もいない場所に向かって飛んでいく。しかし、自分で期待していたほど距離が出ない。クソ、怪我の後遺症さえなければ、もっと飛ばせたはずなのに。

ビニール袋が飛んだ周辺に人はいない。しかし大友は、反射的に「逃げろ!」と叫んだ。アスファルトの上に落ちたビニール袋が、そのまま数メートル、滑っていく。バスから、距離にして三十メートルほど……もう少し先か。とにかく危険は去った、と思った瞬間、ビニール袋が爆発する。思わずその場に伏せたが、炎が高く上がり、同時に爆風が自分の体を舐めていくのが分かった。熱い……このまま炎に呑みこまれるのか? しかし熱さを感じたのは一瞬で、大友はすぐに立ち上がった。耳の奥に鋭い痛みが走り、何も聞こえない。しかし背広の襟に仕込んだ無線に向かって「確保!」と叫ぶのは忘れなかった。本当に確保したかどうかは分からなかったが。

すぐに、刑事たちが殺到してくる。誘導を待たずに逃げ出した乗客数人は、バスを降りた瞬間、その場にへたりこんでしまった。後から来た刑事たちが手を貸して立たせ、安全な場所まで避難させる。

大友は刑事たちをかき分け、何とかバスの中に入った。照明と音声役の二人の刑事が犯人の両腕を押さえこみ、完全に制圧している。狭い車内のこと故、身動きが取れなくなっていたが……まずい。一刻も早く、全員を外に出さないと。まだ爆発物が残っている可能性があるのだ。

「避難です、避難!」大友は叫んだ。それが乗客にパニックを引き起こしてしまうことは覚悟の上だった。

真っ先に、二人の刑事が犯人を外へ出す。続いて、乗客たちが悲鳴を上げながら立ち上がり、前方へ殺到した。大友は運転席の方へ避難し——運転手もいつの間にか消えていた——乗客たちを見送る。敦美は？　見えない。ようやく人が少なくなると、敦美が自分の席に座って肩を押さえているのが見えた。怪我したのか？　顔から血の気が引くのを意識しながら、大友は敦美に駆け寄った。

「どうした？」

「犯人の最後っ屁」

敦美は肩ではなく左腕を負傷していた。淡いグレーのジャケットを着ていたのだが、二の腕の中程が黒く染まっている。出血はかなりひどそうだ。

「撃てばよかったのに」真後ろからだと、相手の体に銃口を密着させて引き金を引ける。跳弾の心配をしなくてもよかっただろう。

「この狭い車内で？　それは無理」敦美は普通の口調で喋っていたが、額には汗が滲んでおり、相当の苦痛を我慢しているのが分かる。「取り押さえられる直前に、いきなり刺してきたのよ」

「不可抗力だね」

「いや……面目ないわ」

強がりを言う余裕があるのか、とほっとした。いずれにせよ、命にかかわる怪我ではあるまい。

「大丈夫か？」柴が飛びこんで来た。

「遅いわよ」敦美が文句を言う。

「すまん、すまん」謝る必要もないのに、柴が頭を下げる。血で染まった敦美の腕を見て、目を丸くした。「やられたか？」

「かすり傷よ」

「柴、さっきのネクタイを」

「あ？　ああ」

柴が背広のポケットに手を突っこみ、大友の金色のネクタイを取り出した。大友はそれで、傷の上の方を素早くきつく縛り上げた。敦美の顔が苦痛で歪んだが、初期段階の止血は大事なのだ。見る間にネクタイに血が染みこみ、金色がどす黒く変色していく。

「あーあ、いいのかよ」柴が敦美に手を貸しながら言った。

「何が？」敦美が不思議そうに言った。縛られたことで、痛みとショックが薄らいだようだった。

「これ、優斗からのプレゼントなんだってさ」

「あらあら」敦美が困ったように首を振った。「高くつくわよ」

「分かってる」大友はうなずいた。今は、そんなことはどうでもいい。もっと気になるのは——斉木はどこだ？　そして、このバスを乗っ取ったあの男は何者なのだ？

敦美がバスから出た後で、大友は犯人が座っていた席を改めた。小さなボディバッグが一つ、それに小型のボストンバッグが残されている。爆対を呼んだ方がいいとは思ったが、それを待ち切れずにボストンバッグの中を改める。黒い箱——事故を起こしたバスで見つかったのとよく似たブラックボックスがあった。

ひとまず危険はなくなったと判断して、ボディバッグをチェックする。何か身元につながるものは……ない。身分証明書の類いはまったくなく、私物と言えるのは煙草とライターぐらいだった。本人が直接身につけているのかもしれない。

そこから身元は分かるはずだが、釈然としない気持ちは残った。

だがそのもやもやした気分は、折り畳んだ紙を見つけた瞬間に消え去る。

そうか……これが全ての始まりだったのか。

5

警官の負傷者一名。しかし乗客に怪我はなかったから、救出・逮捕作戦としては、まず成功だったと言っていいだろう。もちろん、後から批判は出てくるだろうが、それを受け止めるのは後山たち幹部の仕事である。

パーキングエリアは、警察とマスコミでごった返していた。中央道は通行止めにしたのに、いつの間にかマスコミの連中が入りこんでいる。寄居パーキングエリアと同じように、従業員が入って来る裏道があるはずで、そこを探し出して侵入したのだろう。こういう公共の場所に入りこむのが家宅侵入になるかどうか……それを判断するのは自分ではない、と大友は思った。

既に広報課が現場を仕切り始めている。次第に秩序を取り戻すだろう……沢登有香がいる可能性もあるので、大友は用心して周囲を観察した。今の自分にとって一番肝心なのは、彼女に摑まらないことだ。有香と話をしていると、ストレスのゲージがどんどん上がってしまう。

大友は手を開き、握り締めていた紙を見下ろした。そもそもでっち上げかもしれないが、どうしてもそうは思えない……信越バスの連中を探すために歩き始める。ほどなく、建物の中で報道陣から隔離されているのが分かった。他の刑事が社長から事情聴取していたが、大友は構わず割りこんだ。

「何なんだ、お前は」

太田と話していた刑事は本気で怒ったが、無視する。近くにいたのか、後山がすっと近づいて来るのが視界の隅に入った。怒りをあらわにした刑事の背後から、耳元に何事か囁く。刑事が耳を赤くしたまま振り向き、「ああ?」と怒声を上げたが、声をかけたのが自分よりはるかに階級が上のキャリアだと気づき、直立不動で固まってしまった。

後山が大友にうなずきかける。また参事官の力添えをもらってしまった、と反省しながら太田に声をかけた。

「ちょっとお話しさせていただいてよろしいでしょうか」

「ああ」太田が大友の姿を認め、軽く会釈する。「命拾いしましたね。お礼を言うべきなんでしょうが……」釈然としない様子だった。

「危険な目に遭わせてしまって、申し訳ありません」

大友は椅子を引きながら言った。曲線を多用した、ポップなデザインの椅子。しかも目の前は食堂のテーブルだ。何だか間抜けな雰囲気だが、こういうこともある。事情聴取の場所は選んでいられないのだ。

座った瞬間、大友は刑事たちの輪の中に小菅がいるのに気づいた。社長の事情聴取を見守り、いざとなれば助け舟を出そうと思っているのかもしれない。だったら最初から、参加してもらおう。

「小菅さんも座って下さい」

誘いかけではなく、依頼。小菅はむっとした表情を隠そうともしなかったが、結局大友の指示に従った。大友は一つ深呼吸して、二人の顔を順番に見た。太田は無表情。やはり肝が据わっているのか、と感心する。一方の小菅は、また額に汗を浮かべていた。

「無事で済んでこんなことを言うのは何ですが、あれでよかったんですか」太田の口調は丁寧だったが、芯には怒りが感じられる。「爆弾があるようなところに、私を連れて行って……私は一般人ですよ」

「その件については、後で説明があると思います」もしかしたら、きちんとした謝罪も。警察としては謝るしかないのだ。いくら非常時とはいえ、一般人の身を危険に晒したのは、非難されても仕方ないことである。計画自体を思いついた大友も、責任を問われるだろう。「今は、別の話をさせて下さい」

「しかしですね、社長の命が危険に晒されたんですよ。何かあったらどうするつもりだったんですか？　警察で責任が取れるんですか？」小菅が、口から泡を飛ばしそうな勢いでまくしたてた。

「そもそもの責任は、御社にあると思います」

「まさか」大友の指摘に、小菅が声を荒げた。「うちは被害者ですよ」

太田が小菅に視線を向け、黙らせた。社長の威厳を保とうとしているようにも見えたが、やはり内心は緊張しているのが分かる。頬が小刻みに引き攣り、こめかみが汗で濡れているのだ。

「八年前の事故のことで、お話しさせて下さい」

大友は目の前に紙を広げた。改めて見るとひどく古く、何年も保管されていたのが分かる。折り目の部分が切れそうになっているが、内容そのものはまだ読み取れた。表計算ソフトでマクロを使い、作ったような一覧表——勤務ダイヤ。

「これが何だか、お分かりになりますか」

二人とも無言だった。大友も何も言わず、表の一番上を指差した。

斉木昭勤務表　三月分

太田の喉仏が上下するのが見えた。大友は二人を追いこみつつあると意識しながら、ゆっくりと告げた。

「ご覧の通り、八年前に事故を起こした斉木運転手の、当時の勤務ダイヤです。これがオリジナルですね」

「何を言ってるんだ。オリジナルは会社にある。裁判にも証拠として提出した」小菅が反論した。

「ではこれは何なんですか？」大友は、皺が寄った勤務表を人差し指で突いた。かすれた赤い文字の書きこみが、爪の先にある。「斉木運転手本人が持っていた勤務ダイヤではないんですか？　本当にそうかどうかは、筆跡鑑定をすれば明らかになります。筆跡鑑定は、非常に高い確度で本人が書いたかどうかを判定できますし、裁判でも証拠として採用されます。それぐらい信用できるんですよ……しかし今すぐ、ここで筆跡鑑定をするのは無理ですから、認めていただいた方が早いです」

二人は何も言わなかった。大友は、テーブルを取り囲む刑事たちの鋭い視線を感じながら続けた。

「これを見ると、事故当時の斉木運転手の勤務ダイヤが滅茶苦茶だったことが分かります。例えば青森への深夜便を運転して、現地の営業所で休憩した後、その日の夜には東京へ戻っています。さらに休みなしで翌日には山梨便を二往復、運転しています。一日あたりの平均走行距離は、四百キロを軽く超えていますよね。しかも完全な休日は、一か月で四日しかありません。人の命を預かるバスの運転手としては、かなり過密な、無理のあるダイヤじゃないでしょうか」

「それは違う。裁判では、そんな資料は出していない」小菅がなおも反論した。

「では、裁判で提出した資料は何だったんですか」

「それは――」小菅が一瞬言い淀んだ。「うちの会社で管理している正規の勤務ダイヤですよ。何の問題があるんですか」

「そんなものは、いくらでも改ざんできますよね」

大友は指摘してから、ちらりと太田の顔を見た。唇を固く引き結び、眉根に皺を寄せている。一切発言するつもりはないようだが、あまりにも頑なではないか、と大友は訝った。信頼できる小菅に任せる――責任を押しつけるつもりだろうか。

「どうしてそんなことをする必要がある?」

「もちろん、責任から逃れるためです」大友は断じた。「無理な勤務を強いていたとすれば、当然会社の責任が問題になります。あなたたちは、それだけは絶対に避けたかった。会社の浮沈に関わる問題にもなりますからね。斉木運転手の運転ミスという形にしておけば、会社には刑事責任は及ばない」

「そんな卑怯な真似をするはずがない」小菅の声が上ずった。

「だったら、当時のデータをもう一度調べさせてもらえますか？　電子データの場合、履歴そのものを改ざんすることも難しくないですよね。いつ修正したのか、その日付まで弄れば……事故の後で修正したものを、事故前に決まっていたダイヤだと言い張ることもできると思います」ほとんど推測で喋っている、とは意識していた。だが、目の前の勤務ダイヤが偽造されたものとは考えられないのだ。おそらく犯人——まだ名前も割れていない——は、信越バスが斉木に過重労働を強いていた証拠として、会見でこの勤務ダイヤを見せつけるつもりだったのだろう。

「そんなものは……残っていない」

「だったら、今あるのは裁判の記録だけですね。紙で出力されたものだ。電子データとは照合しようがない。ただ、こちらの勤務ダイヤについては、手書きの文字を照合すれば、斉木運転手本人が持っていたものだと証明可能です。どちらを信じるか、ですね。裁判で証拠として採用されたものが、全て正しいとは限らない」

証拠はあくまで証拠。裁判で、必ずしも真実が明るみに出るわけではない。「合理的な範囲」内での真実が認定されるだけで、「真相」は闇の中に消えてしまうこともあり得るのだ。

「ここでいくら話していても、水かけ論になります」大友は一度、素早く深呼吸した。「それにこれから、この件であなたたちの責任を問うわけにはいかない。八年前のバス事故に関しては、もう閉じてしまっているんです」

実態解明の前に立ちはだかる、「一事不再理」の原則。判決が確定した裁判に関しては、再度の実態審理は不可能なのだ。負けた人間が再度戦うためのリングは、原則的に存在しない。しかもこの件では、敗れたボクサーは既に自ら死を選んでいる。

「だったら、こんなことを話していても無駄でしょう」小菅が反論した。「あなた、何が言いたいんですか」

「真相が知りたいだけです。いったい何が起きたのか……そしてこの一連の事件で、犯人の動機は何なのか」

確かに八年前のバス事故に関しては、裁判で再び審理することは許されない。だが、今回の事件の遠因が八年前にあるとしたら、当時の事情は今回の事件の裁判で明らかになるのだ。しかし、真相が知りたいだけと言いながら、今の段階で大友を突き動かしているのは純粋な好奇心だった。自分の息子が危機的状況に陥った事実も忘れ、つい真相の追求に夢中になってしまう。優斗に対しては申し訳なく思うが、これは悪いことではないのだ、と自分に言い聞かせる。好奇心が甦ってきているのは、自分の感覚が正常に戻りつつある証拠なのだから。

「今さらそんなことを言われても……我々は被害者なんですよ」小菅が力説した。

「そうですね」

「だったら、こんなところでごちゃごちゃ話している意味はないでしょう。会社へ戻らせて貰えますか？　この件の事後処理もしなければならないし、このバスに乗っていたお客様にお詫びも――」

「それは後にして下さい」

「しかし――」

「後にして下さい！」大友は両の拳をテーブルに叩きつけた。箸立てが大きく揺れ、小菅がすっと身を引く。一方太田は、見た目では何の変化もなかった。もしかしたらこの男は肝が据わっているのではなく、ただ鈍いだけではないかと大友は疑い始めていた。大友付近が静まり返る。遠くで誰かが声を上げていたが、内容までは聞き取れない。大友は鼻で息をしながら、何とか呼吸と鼓動を平静に保とうと努めた。ここで自分が熱くなっても、事態は進展しない。

「小菅さん、あなた、斉木さんが出所した後で、仕事を紹介しようとした、と言いましたよね」

「言いましたよ」少しむきになった様子で小菅が認めた。

「それは嘘ですね？」

「まさか」小菅が鼻を鳴らす。「どうして警察に嘘をつかなくちゃいけないんですか」

「もちろん、会社を守るために」

「馬鹿馬鹿しい」小菅が吐き捨てた。

「会社を守るのが馬鹿馬鹿しいことですか？　あなたにとって会社は、大事な存在のはずですよね。何十年もここで働いてきて、今や一蓮托生の存在じゃないんですか」

「それは……」

「会社を守りたいという気持ちは、私にも理解できます。たとえどんなものであっても、自分が属している組織を守ろうと考えるのは、自然な気持ちですよね。組織を否定することは、自分を否定するのと同じなんですから」

だからこそ、内部告発が頻繁に起きないのかもしれない。会社の過ちを第三者に告げるのは、まるで自分の醜い面を他人に打ち明けるようなものだから。「自分の仕事とは関係ない」「他の部署の事件だ」と言い訳してみても、所詮は同じ会社の傘の下の出来事である。

「弁護士が嘘をついたと思いますか？」

「え？」小菅が顔を上げた。困惑が広がる。

「斉木さんは、公判を担当した弁護士と、出所後も連絡を取り合っていました。正確には、斉木さんが弁護士の元を訪ねて行きました。何の話だったと思います？　仕事のことですよ」

「それが何か――」

「会社の方で、仕事を紹介したとおっしゃいましたよね。ところが斉木さんは、仕事がないと言って弁護士に相談に行ったんです。矛盾していませんか？」

「そんなことは、思い違いとか……」

「どちらの？」

大友は小菅の顔を真っ直ぐ覗きこんだ。社長の存在は頭から消えている。大友は握っていた手を開き、両手をゆっくりとテーブルに載せた。ひんやりとした感触が、気持ちを少しだけ落ち着かせる。

「ここから先は私の想像です。間違っていたら訂正していただいて結構ですから、聞いて下さい」

小菅、太田と続けて顔を見る。反応はない。太田は相変わらずの無表情。小菅は青い顔で、例によって額に汗が浮いている。暖房が切られた建物の中は、震えがくるほど寒いのだが。

「あの事故は、信越バスが組んだ無理な勤務ダイヤの結果、起きたものです。その証拠が、この勤務ダイヤです」大友は手元の勤務表を引き寄せ、二人の前にもう一度示した。「犯人が何故これを持っていたか分かりませんが、真正のものとして考えます。斉木さんは無理な勤務で、疲労の極みにあった。その結果、このすぐ近くで事故を起こしたのです」

もしかしたら――大友は、バスがここに停車させられた必然性に思い至った。犯人の意趣返しではないか？　八年前に事故が起きたのと同じ、石川パーキングエリア。今回と八年前では「上下」の違いがあるが、因縁の場所で会社側に謝罪させようとしたのではないだろうか。

「しかしあなたたちは、斉木さんを言いくるめた。道路状況が悪かったのが事故原因だと主張して欲しい、そうすれば出所後に悪いようにはしない、と」

「違う！」

「黙ってろ!」

小菅の否定に被せるように、太田が低い声で脅しつけた。小菅の顔から瞬時に血の気が引き、唇がきつく結ばれる。大友は太田の顔を凝視したが、相変わらず内心は窺えない。視線を小菅に移して続けた。

「あなたたちの思惑通り、斉木は警察の取り調べに対しても、裁判でも、一貫して道路状況が悪くて事故が起きたと主張した。結局は運転手本人の責任ということで、その結果の実刑判決です。彼は、刑務所での服役にも耐えた。出所すれば、会社が何とかしてくれると信じていたからです。それで出所後に、仕事を世話してくれるように、頼みに行った。ところがあなたは、それを一蹴したんじゃないですか。それで絶望的になった斉木さんは、ついに自ら命を絶った」大友は言葉を切った。太田が居心地悪そうに体を揺する。「本人が亡くなっているので、はっきりしたことは分かりません。でも、我々はいずれ犯人を逮捕するでしょう。そうすれば、この辺りの事情は明らかになります。当然、裁判でも動機の説明として、公表されることになるでしょうね」

ある意味、逮捕されることを覚悟しての復讐だったのかもしれない。テレビの前で社長に本当のことを喋らせれば、世間は一斉に信越バスを非難する。しかしそれが叶わず逮捕されても、公判では堂々と自分の意見を——真実を述べることができるのだ。

大友は、犯人の立場に同情している自分に気づいて驚いた。優斗を傷つけた相手だぞ、と自らを戒めようとしたが、信越バスが誠意ある対応を取っていれば、そもそもこんなことは起きなかったのだ。

「我々には我々の言い分が――」

「もう、いい」太田が溜息をつき、小菅の反論を遮った。

「しかし、社長……」

「もう、いいんだ」太田が小菅の顔をちらりと見た。「八年前にこの件を承認したのは私だ。それは認めざるを得ない」

「いや、しかし――」

「いいから、もうこういうのはやめよう」自分に言い聞かせるように太田が言った。「許されるかどうかは分からないが、もう隠し通せるものでもないだろう」

小菅が唇を噛んで黙りこむ。社長は「承認」したと言った。つまり、隠蔽工作の計画を提出したのは太田ではない。おそらく、当時の総務課長だった小菅が全ての計画を練り、社長をも説得したのだろう。おそらくその結果、彼は今の地位――実質的な会社のナンバーツー――を手に入れた。

大友はゆっくりと息を吐いた。自分の推理が当たった快感はあるが、それ以上ではない。今後の捜査は、まだ見つかっていない斉木の息子を捜すことから始まる。彼の関与が明らかになったらどうなるか……遺族は、民事訴訟で会社を追及できるかもしれないが、世間はそれを許さないだろう。法的にできないことではないだろうが、倫理の問題は乗り超えられまい。

仮に斉木が犯人だったとしたら、刑事事件の裁判で、自分たちが犯行に走った動機として、会社側の不実な態度を訴えるしかないわけだ。

彼らはそれで満足なのだろうか――失うものが多過ぎる、とは考えなかったのか。

大友は立ち上がった。何だかふらふらする。この後まで、信越バスの幹部二人の面倒を見る気にはなれなかった。誰も声をかけない。売店の片隅にある自動販売機のコーナーに行き、熱い缶コーヒーを買った。後山がすっと近づいて来て、大友が手にした缶コーヒーを見て顔をしかめる。

「よくそんな砂糖水が飲めますね」

「エネルギーが切れかけているんですよ」

「糖分補給ですか」

「手っ取り早く……」大友はコーヒーを一口飲んだ。確かにこれは砂糖水だ。しかし、わずかだが疲労が遠のく感じがする。溜息をつき、コーヒーの缶を手の中で回した。

「これでよかったんですかね」

「結論は、今はまだ出せないと思いますよ」

「参事官、もう少し気持ちが上向くようなことを言っていただけませんか」

「失礼」後山が咳払いした。「しかし、今の段階では何とも言えません。私は嘘が言えない人間なので」

本当に？　大友は揶揄するような質問を呑みこんだ。後山が、非常に素直なように見えて、実は結構腹芸を使うタイプだということは分かっている。キャリアとして、出世の海を上手く泳いできているのだから、独特の遊泳術を身につけているのは間違いないのだ。顔色と本音には明らかな乖離があり、表情から心の中を読むのは難しい——そうことが得意な大友にしても、苦手な相手だった。

「しかし、犯人の動機に関する重要な推測にはなりましたね」

「肝心の犯人がまだ捕まっていませんが」

「時間の問題でしょう」後山がうなずく。「実行犯は捕まっているんです。彼らはプロではないはずだ。長くは持たないでしょう。寄居署で確保している綾瀬も、遅かれ早かれ吐くでしょう。実行犯が逮捕されたのがきっかけになるはずです。何だったら、あなたがこの情報を持って、彼に会いに行ってもいいんですよ」

「そうですね……」冗談じゃない、と思った。くたくたに疲れ切っている。体もそうだし、気持ちも折れかかっていた。何も考えずに一晩ゆっくり眠りたい——しかし、それが許されないのも分かっていた。刑事には、何があっても突っ走らなければならない時があるのだ。どうせなら、今夜中に寄居署に行ってしまおうかと思った。綾瀬を落とせれば、僕の役目は終わりだろう。それからは——その先どうなるかは分からない。

「斉木を確保した！」柴の声が響いた。

大友と後山は顔を見合わせ、柴を探した。ほどなく、柴が二人の下に駆け寄って来る。息を切らし、顔を赤くして興奮している。

「どこにいたんですか？」後山が冷静な声で訊ねる。

「この下に」柴が自分の足下に人差し指を向けた。

「下？」後山が首を捻る。

「いや、ですから……」柴が両手を宙でこねくり回した。

「高速の法面《のりめん》の下？」大友は助け舟を出した。

「そう、法面。法面です。言葉が出てこなかった」言い訳して、柴が付近の地図を広げる。上り車線側に広い空き地、その脇の側道に赤いサインペンで「×」印をつけた。

「ここは何なんですか？」後山が空き地を指差した。

「いや、自分も見ていないんで……今、無線を聞いたばかりですから」柴が口を濁した。

「とにかく犯人の供述で、斉木がこの側道に車を停めているのが分かったんです。現場に急行して確保しました」左腕を持ち上げ、腕時計を見る。「つい五分前ですね」

「どうしてさっさと逃げなかったんですかね」後山がまた首を傾げる。

「それは分かりません。現場近くでテレビの中継が始まるのを待っていたんだと思いますけど、いつまで経っても始まらない、しかも共犯者からは連絡がない……おかしいと思っても、失敗したという確証も得られなかったんじゃないでしょうか。逃げるタイミングを逸した、ということですかね」

「なるほど……しかし、何でそんな近くにいたんでしょうね」後山の疑問は次から次へと湧き出てくるようだった。「家でテレビを観ているか、そうでなくてももう少し離れた場所にいれば、こんなにすぐには捕まらなかったんじゃないでしょうか」

「それはごもっともなんですが……よく分かりませんね」柴が肩をすくめる。「逮捕されたときに、『ゲームオーバー』と言ってたそうですから、それこそゲーム感覚じゃなかったんですか」

後山が顔をしかめ、大友を見やる。大友は素早く首を横に振った。

「何か不満か？」と不満そうに柴が訊ねる。

「いや……ゲーム感覚ではなかったと思う」

「どうして」

「こんなに大がかりなことをやって……しかも最初の事故では人を傷つけている。それも直接関係ない人たちだ。自分たちが犯罪に手を染めているという自覚はあったはずだよ」

「だけど、何だかゲームっぽいんだよな」柴が反論した。「ネットを使ってハッキングとかさ」

「爆発物は本物だった。あれはゲームじゃない」

大友が指摘すると、柴の顔が即座に蒼褪める。後山も、居心地悪そうに身を揺すっている。ふと、大友の手にビニール袋の感触が甦った。硬い円筒形のもの……リレーのバトンを思い出させる握り心地。数秒差で助かったが、今頃自分は吹っ飛んでいた可能性もある。時限式だったのか、何かのセンサーを利用して爆発するようにしていたのか。

いずれにせよ、間一髪だった。

「しかも彼らは、愉快犯じゃない。狙いは復讐だ。だからゲーム感覚でやっていたわけじゃないと思う」

「だったら――」

「捨て台詞だよ」大友は低い声で言った。自信はなかったが、そうとしか考えられない。あるいは先ほども想像した通り、捕まることは覚悟の上だったのか。

「ところで、バスを乗っ取った奴の身元も割れたようですよ」柴が後山に報告した。「犯人の身元を割り出すのと、共犯の逮捕が同時ですか？　ずいぶん忙しない夜ですね。それで、誰なんですか？」

「それが……」柴の顔が暗くなる。

彼が告げる名前を聞いた自分の顔は、どんな色になっているのだろう、と大友は訝った。

6

「何でそんなに浮かない顔してるんだ？」ハンドルを握る柴が、不思議そうな口調で訊ねた。

「犯行を阻止できなかったから」大友は、自分でも驚くほどぶっきらぼうな口調で答えた。「犯人はとっくに逮捕していたんだ。どうしてもっと早く自供させられなかったんだろう」

「そもそも、奴が埼玉県警の獲物だったからじゃないか。うちが逮捕してたら、事情は別だったかもしれないけど、無理はできなかっただろう」

「僕は、直接彼を調べているんだ」大友は拳で腿を打った。鈍く重い痛みが体を突き抜けたが、この程度では罰になると思えない。「だけど、喋らせることができなかった。刑事失格だよ」

「おいおい――」柴が溜息をつく。「何でも自分でできると思ってるのか？　スーパーマンじゃないんだからさ。それにお前は、病み上がりなんだ。調子が戻ってないだけだよ」

「そういう問題じゃないんだ」大友は頬杖をついた。中央道は暗く、外の光景はほとんど見えない……と思ったら車はトンネルに入っていき、オレンジ色の灯りに包まれた。もうすぐ高井戸インターチェンジなのだと気づく。家は遠い……物理的にも、時間的にも。これから新宿中央署に戻り、明日の捜査の指示がある。自分は何をすることになるのか……何をしたいのか。

「お前が吐かせろ」柴が事も無げに言う。

「無理だ」

「情けないこと言うなよ。取り調べは、お前の一番の得意技じゃないか」

「今は、そう言う自信がないな」

「あのね……」柴がまた溜息をつく。「お前の肩に世界平和がかかってるわけじゃないんだから。もっと楽に考えて、いつも通りにやれよ。勘が戻ってないだけなんだからさ」

「それが問題なんだ。僕たちの仕事は、勘と経験で成り立ってる」

「何だか、ねえ」柴が呆れたように言った。「何だったら、俺がもうちょっと強くケツを蹴飛ばしてやろうか？　そうしたら、少しはやる気が出るだろう」

そんな簡単なことでもう一度走り出せたら、世の中に苦労などないのだが。


翌朝、大友は結局寄居署にいた。どうしても綾瀬の取り調べを担当するように、と強く命じたのは後山である。捜査会議が終わった後、柴と後山が何事かこそこそと話し合っているのを見て、嫌な気分になったものだ。はめられた……普通の仕事に過ぎないのに、何だか被害者意識ばかりが高まってくる。

深井が同情してくれたのだけが救いだった。

「まあ、世の中、そんなに上手くいくものじゃないよ。奴を落とせなかったのは、俺たちの責任でもあるんだからさ。いずれにせよ、これでそっちが逮捕して奴の身柄を持っていくんだろう？」

「まだ分かりません」

周囲の証言、それにいくつかの証拠だけでも、綾瀬を共犯と断定はできる。しかし大友は、この段階で自供を取れなければ自分の負けだ、と覚悟していた。ただし、寄居署が複数の新しい証拠を用意してくれているのが心強い。

「とにかく、お手並み拝見といきますか」深井が大友の背中を軽く叩いた。

刑事課の脇にある取調室に向かう短い間に、大友は別の圧力も感じていた。敦美。腕を怪我しているのに、昨夜簡単に治療を受けただけで、今朝はもう普通に出勤してきていた。七針縫ったということだが、その程度では彼女の中では怪我のうちに入らないらしい——そして怒っている。鼻息も荒く、触れば爆発しそうな感じだった。

「今日は、無理しなくてもよかったのに」取調室のドアノブに手をかけながら、大友は言った。「公傷だよ？」

「むかつくのよ」敦美が低い声で言った。「絶対、自供するところを見たいから。しっかり落としてよね」

敦美に発破をかけられるほど、大変なプレッシャーはない。大友は肩を二度上下させ、ドアを引き開けた。綾瀬は既に席についている。髭が伸び、脂っ気のない髪はぼさぼさだったが、まだ気力を失ってはいないようだ。大友を認めると、ひょいと軽く頭を下げる。街中で偶然知り合いにでも会ったような様子だった。しかし敦美を見ると、驚いたように目を見開く。敦美は包帯のせいでジャケットに腕を通せず、左肩に担いだままなのだ。戦闘準備完了、今にも襲いかかりそうな雰囲気である。

敦美は綾瀬を一睨みして、記録係の席に着いた。綾瀬を連れて来た留置係の警官が、大友たちと入れ替わりに退場する。

大友は椅子を引いて座ると、一呼吸置いて綾瀬に話しかけた。

「斉木光俊が逮捕されました。斉木昭さんの息子さんです。ご存じですね？」

綾瀬は無反応だった。目は虚ろで、焦点が合っていない。大友は、今の情報が彼の頭に染みこむのを待ってから続けることにした。寄居署には昨夜のうちに連絡を入れ、斉木逮捕の一報が綾瀬の耳に入らないように注意してもらっている。もちろん、留置場に入れられれば、外部の情報からは遮断されてしまうのだが、念には念を入れて、だ。

「昨日、信越バスの高速バスがバスジャックされました。手口は前回、佐久便が事故を起こした時と同じです。ただし今回は、犯人は運転手のすぐ近くに座って、無線でバスの車載コンピューターをハッキングした。ブレーキとハンドルのコントロールを奪った上で、文字メッセージを使って、ルートを外れて石川パーキングエリアに入るよう、運転手に指示しました。このシステムは本来、本社と運転手の間で連絡を取るためのものです……おっと、この件はあなたに説明する必要はないですね。あなたもハッキングのシステム開発に協力したんですか？」

「何の話だか……」かすれる声で綾瀬が言った。

「あなたのパソコンのロックを、やっと解除できました。自分で……あるいは誰かが作ったハッキング用のソフトが見つかりましたよ。ログを調べた結果、信越バスのサーバーに侵入した形跡も見つかった。しかも、乗客リストも残っていた。そういう証拠は消しておくべきでしたね」

言葉を切り、綾瀬の顔を真っ直ぐ見詰める。綾瀬は急に居心地が悪くなったようで、体を左右に揺らし始めた。大友は少し椅子に体重を預け、距離を置く。綾瀬は目を合わせようとしなかった。

「乗客リストに、うちの息子の名前が入っていましてね。前にも言ったと思いますが、拉致しやすい子どもが乗る便を事前に把握して、そのバスを狙おうとしたんですね？実際、うちの息子の予約が入った数時間後に、あなたが自分の名前で予約を入れています」

綾瀬は依然として無言だったが、少しだけ顔つきが変わっているのに大友は気づいた。頬が凹んでいるのは、口の内側を嚙んでいるせいだろう。一言も漏らすまいと、必死にこらえている様子である。

「最初の事故に関しては、実に上手いやり方だったと思います……褒めたくはないですけどね。あなたは途中で降りるから、バスが事故を起こしても自分は怪我する恐れはない。それで信越バスに恐怖心を植えつけることに成功したんです。ただしこれは、プロローグに過ぎなかった。バスのコントロールを本当に奪えるかどうか、いわば実験でもあったんですね。それに成功して、あなたたちは本番の計画に取りかかった。もっともあなたは、身柄を拘束されていましたから、実際の作戦行動には参加できませんでしたけどね」

大友は椅子を少しだけ前に出して、間を詰めた。逆に綾瀬は、椅子に背中を押しつける。敦美が立ち上がり、綾瀬の背後に立った。二人の間には、ほんのわずかな空間しかなく、綾瀬は身動きを封じられてしまう。ぎりぎり、脅しになるかならないかというやり方だ。敦美は、つき合いの長い大友でさえあまり見たことのない、険しい表情を浮かべている。突然、無事な右腕を上げて、曲げ伸ばしし始めた。綾瀬の後頭部を摑んでデスクに叩きつけるための準備運動のようだった。

緊張したのか、綾瀬の肩が盛り上がり、何度かちらちらと後ろを見る。しかしその都度敦美は、顔を逸らして自分の表情を見せないようにするのだった。正体の見えない恐怖――敦美は、人を怖がらせる術をよく知っている。

「バスジャックして、会社に謝罪会見をさせる――よく考えたと思います。あのままだと、手詰まりになっていたかもしれない」

「会見は……」

「要求通り、社長とテレビ局のスタッフがバスに入りました。正確には、スタッフに扮装した我々が」

「まさか」綾瀬がぽかりと口を開ける。「そんな馬鹿なことが……刑事がバスに入ったら、絶対に分かる」

「分かりませんよ。テレビ局のスタッフは基本的に陰の存在で、表には出ませんし、我々も同じなんです。犯罪者に顔を覚えられないように、できるだけ目立たないようにしています。バスの中では、中継用の機材だけが、『テレビ』の記号だったんです。テレビカメラを担いでいる人がいれば、テレビのカメラマンに見えるでしょう」自分はディレクターに見えたかどうか、分からないが。持っていれば、セーターを肩にかけるぐらいすればよかった。「もちろん、会見なんかさせるつもりはありませんでした。八年前の事件の真相がどうであれ、警察が会見を開かせることはできません。全て、犯人を逮捕するための作戦でした」

「じゃあ……」綾瀬の目から光が消える。

「会見の様子は放送はされていないんです。そもそもカメラも回っていません。社長は単なる囮《おとり》です。放送されないと気づかれる前に、犯人を逮捕できるかどうかは、賭けでしたが」それが警察上層部で大問題になっていることは、既に大友の耳にも入っていた。大友が提案し、現場指揮官、それに後山まで了承したのだが、やはり一般人を危険に晒したのが問題視されているのだ。

しかし今は、それを気にしている場合ではない。警察は往々にして「結果オーライ」の世界なのだ。今回の件にしても、公表せずに「なかった」ことにしてしまう手もある。

その程度には、警察はずるい。

「あなたたちの目論みは失敗したんです」大友はずばりと言った。「バスをハッキングする手口は、我々の予想をはるかに超えたものでした。しかし、その後がいけない……

少し考えれば、簡単に成功しないことは分かったはずです」

「最後は勝つんですよ」綾瀬がぽつりと言った。

「え？」

「この件——八年前の事故の一件は、必ず明るみに出ます。我々の裁判という形で。堂々と証言させてもらいますから」

やはり最後はそれか——自爆してでも真相を明らかにするのが狙いだったわけだ。しかしそれは、あまりにも極端なやり方に思える。

「そこまでしなくても、マスコミに情報提供すれば、喜んで書いたでしょう。ブログか何かで、自分で書く手もあったはずだ」

「マスコミには話をしましたよ。だけど、相手にされなかった」

「まさか」

「裁判で有罪判決が出たことですから、今さら、という感覚もあったんじゃないんですか。過密勤務なんか、どこの会社でも珍しくない。多くの中の一つだったら、報道する価値はないでしょう」

「そんなことはない。あの事故では、人命が失われているんですよ」彼が東日に——特に沢登有香に上手く出会っていれば、と思った。彼女なら、古い事件を掘り起こすのも厭わないはずだ。

「大友さんがそんなことを言うのは、意外ですね」

「とにかく、マスコミは相手にしてくれそうになかった。それにブログなんて、誰にも読んでもらえないですよ。他人任せにして、ただ結果を待つのは馬鹿馬鹿しい。どうしても、会社側に直接謝罪させなければならなかった……大勢の目の前で」

「それが、あなたたちが導き出した結論だったんですね」

「そうです」

「あなたと斉木、それに……あなたの弟さんの三人が」

綾瀬が顎を引くようにしてうなずいた。昨夜の出来事で最も衝撃的だったのは、この事実かもしれない。バスを乗っ取り、社長の謝罪を要求した実行犯は、綾瀬の弟、拓海《たくみ》だったのだ。

建設会社にエンジニアとして勤務している拓海は、既に全面的に自供している。綾瀬よりも積極的で、「これで真相が明らかになる」と、むしろほっとした様子で話しているという。特捜本部では、拓海は従犯として巻きこまれたのではないかという疑いを持っているが、それを裏づけるためには兄、綾瀬の供述が必要だ。

「あなたたち兄弟に、いったい何があったんですか」

綾瀬がはっと顔を上げた。目には不信感が浮かんでいる。

「知らないんですか？」

「知っていないとまずいことですか？」

綾瀬が長々と嘆息を漏らした。ゆっくりと頭を横に振り、大友の顔をちらりと見る。大友はそれで奇妙な不安を覚えた。警察が知らないこと――そこに真実があるというのか？

「警察も、世の中の出来事全てを知っているわけじゃないんですよ」ひどい言い訳だな、と思いながら大友は言った。

「いや、知っているはずだ」

「私が？」大友は自分の胸に親指を向けた。期せずして、撃たれた跡を指差してしまっていることに気づく。ゆっくりと手を下ろし、綾瀬の次の言葉を待った。

「警察の横の連絡は、どれぐらい密なんですか？」

「なかなか難しい質問ですね。警察も極端な縦割り社会ですから、隣の部署でどんな捜査をやっているか、分かりにくいのは事実です」

「他の県警だと？」

「新聞を読んで初めて知ることも多いですよ」

「そうなんですか……」綾瀬が吐息を吐いた。「自殺なんかは？」

「自殺だと断定されてしまえば、情報はまったく流れてきませんね」この話題がどこへ行き着くのか分からないまま、大友は話を合わせた。「よほどの有名人でもあれば、話は別ですが」

「一般人だったら……」

分からないでしょうね」

「そう、ですか」

綾瀬の肩ががくんと落ちた。それを見て、敦美が綾瀬の背中側からすっと引き、デスクに戻る。「どういうこと？」とでも問いたげに大友に向かって目を細めて見せたが、大友としては首を横に振るしかなかった。僕にもさっぱり分からない。

「警察は、とっくに知っているのかと思いました」

「何をですか？」

「俺の――俺たちの父親が自殺したことを」

大友は絶句した。初めて聴く情報である。寄居署は、こんな大事なことも引き出せなかったのか？――それを言えば僕もだが。

「お父さん、何をやってらっしゃったんですか？」

「運転手です――信越バスの」綾瀬がすっと顔を上げた。いつの間にか、目を覆っていた薄い膜は消え、眼差しが強くなっている。

大友は慌てて立ち上がった。何の話だ？　綾瀬の父親が信越バスの運転手をしていて、自殺した？　それでは今回の一件――斉木の件と同じではないか。

「休憩します」大友は敦美に視線を送った。ここは頼む――敦美が素早くうなずいたが、彼女の目にも戸惑いの色が浮かんでいる。

大友は蹴破るようにドアを開け、刑事課に乱入した。書類を読んでいた深井が、心配そうな表情を浮かべて顔を上げる。その顔を見て、大友はわずかに冷静さを取り戻し、後ろ手にゆっくりとドアを閉めた。敦美なら、負傷しているハンディがあるにしても、一人にしておいて大丈夫だろう。

「どうした?」

深井が座ったまま訊ねる。大友は大股で彼のデスクに向かい、上から覆い被さるようにして訊ねた。

「綾瀬の父親がどうしているか、ご存じですか?」

「死んだ、とは聞いたが。もうずいぶん前らしいよ」

「死因は?」

「いや、そこまでは……」深井の顔に暗い影が過る。何かミスをしたのか、と怯えているようだった。

「母親はどうしました? 話は聴けますか?」

「いや、母親も一年前に亡くなっている。病気だったそうだが」

「じゃあ、今佐久の家には……」

「誰も住んでいない。たまに綾瀬が帰って来て、掃除だけしているそうだ。どう処分するか、決めていないようだな」

抜け殻の家だったのか……それにしては、妙に綺麗だった。まるで今でも誰かが暮らしているように、生活のにおいが濃厚に漂っていた。

「父親がどうして亡くなったのか、確認していないんですね」大友は念押しした。

「していないが……何か問題でもあるのか？　古い話だろう」

「綾瀬の供述によると、信越バスの運転手で、自殺したそうです」

深井の口がぽかりと開いた。しかし、ゆっくりと閉じる間に、我を取り戻した様子である。表情が一気に険しくなった。

「それが、今回の事件と何か関係あるとでも？」

「それは分かりませんが、無視していい材料とは思えません」

「分かった、ちょっと調べてみる。時間をもらえるか？」

大友はわざとらしく左腕を突き出し、腕時計を見た。

「できれば、本人の口から聞くより先に、こちらから材料を突きつけたいんですが」

「しかし、自殺だとしたら……」深井が顎を撫でる。「その手の記録は残っていないものだよ」

「分かってます」人を頼るしかないだろう。だが、当時――そもそもいつだか分からないが――捜査を担当した人間を見つけるには時間がかかる。退職していたら、接触も難しいだろう。

「とにかく、少し時間をくれ。それと、話していて何か分かったら――」

「すぐに報告します」

うなずき、大友は取調室に戻った。綾瀬は呆然とした様子で壁を見詰めていたが、大友が椅子を引いて座ると、我を取り戻した様子だった。どこかで漂っていた魂が、急に戻ってきたかのように……。

「失礼しました」大友はさっと一礼した。

「何か分かったんですか」探るように綾瀬が切り出す。

「こんな短い時間で、簡単に分かるわけがないですよ」

「そうですよね……」綾瀬が苦笑した。だがすぐに表情を固くし、大友の顔を真っ直ぐ見る。「大友先生も……知らないか。俺が中学生の時だったから」

「そうなんですか？」

「俺が中学三年生、弟は小学校六年生の時でした」

「中学は佐久で？」

綾瀬がうなずく。急に遠い目つきになったのは、二十年ほど前のことを一気に思い出したからかもしれない。

「オヤジが自殺したんです。家の風呂で、薬を飲んで……パートから帰って来た母親が見つけたんですけど、最初は溺れ死んだって思ったそうですよ。よく酔っぱらって風呂に入ってたから、いつも心配していたんです。疲れていたし……」

「仕事で？」

綾瀬がまたうなずく。喋るのは辛そうだったが、大友は彼が自発的に口を開くのを待った。綾瀬は表情筋のトレーニングをするように口の端を持ち上げたり、頰をひくつかせたりしていたが、結局は重い口を開いた。

「オヤジはずっと、信越バスの長野営業所に勤めていました。長野や新潟と各地を結ぶ高速バスを運転していたんですけど、勤務ダイヤが滅茶苦茶だったんですよ。ほとんど徹夜で運転するようなこともあったし、忙しい時は月に二回ぐらいしか休みがなくて。今だったら、絶対にあり得ないような勤務環境でしたね。いつも疲れてて、家にいる時は寝ている姿しか見たことがなかった」

「事故を起こしたわけではないんですね?」大友は斉木の勤務表を思い出していた。結局あの会社がやっていることは、昔から変わらないわけか……。

「それはないです」綾瀬が首を横に振る。「でも、追いつめられていたのは間違いないですよ。溜息をつくことが多くなって、段々口数が少なくなって。でも、オヤジにはオヤジのプライドがあったんでしょうね。ずっとバスの運転手をしていて、無事故で、会社からは『優良ドライバー』の表彰を何回も受けてましたから。無事故だから表彰されるわけじゃなくて、接客とか運転の技術とか、そういうことも含めての表彰なんですけどね。バスの運転手も接客業だから、無愛想な運転手なんかは嫌われるわけですよ。でも、調子に乗ってもいけないし……オヤジは、その辺のバランスが絶妙だったんだと思います」

先ほどまでとは打って変わって、饒舌と言っていい滑らかな口調だった。こういう話題なら、いつまででも話していられる、とでもいうように……大友はうなずくだけで、相槌も打たなかった。こんな時は、ちょっとした一言が挟まっただけでも、相手の供述は止まってしまう。

「結局オヤジは、車を運転するのが好きだったんでしょうね。子どもの頃も、休みの日に出かける時は、いつもドライブだったから。でも俺が中学生になった頃から、妙に疲れて、元気がなくなってきたんです。マイカーのハンドルを握ることも少なくなったし」

「会社の方で何かあったんですかね」

「不況で運転手を減らして、でも運行本数は同じ——そういう時期だったんじゃないですかね。だから、残った運転手には過大な仕事が降ってくる。それでいつの間にか、ぼろぼろになってしまったんですよ」

「それで——」

「自殺した」綾瀬は無理に淡々と喋っているようだった。感情が入りこむと、自分をコントロールできなくなると恐れているのかもしれない。

「それは……大変残念なことでした」

「会社は見舞金を持ってきました。でも、それだけだった。俺たちは——俺と弟は、会社に責任を取らせるべきだって母親に言ったんですよ。もちろんまだ中学生だったから、ただ怒って言ってるだけで、具体的にどうしたらいいかは分からなかったんですけどね。でも、母親は首を縦に振らなかった。会社にはお世話になってるんだし、見舞金も貰ったし……生命保険にも入っているから、俺たちが心配する必要はないって。実際、あの家のローンも、父親の生命保険で全額返済したはずです。だから、そんなに生活が苦しかったわけじゃないけど、やっぱり父親がいない生活は、どこかおかしくなるじゃないですか」

「それは分かります」少しは。

「あなたは――」綾瀬が少しだけ声を張り上げた。「先生はご健在じゃないですか」

「私は、妻を亡くしました」

こんな話を容疑者の前ですることは滅多にない。プライベートな話を仕事に持ちこむのは、一種の反則だと思っているから。だが、この一言は効果的だった。綾瀬の顔色が微妙に変わる。

「子どもが小学校に上がる前です。それからずっと、私一人で息子を育ててきました。私にとっては、一緒に暮らしているたった一人の家族なんですよ。あなたは、その息子を傷つけた」

綾瀬が唇を嚙む。実質的に落ちたも同然だな、と大友は思った。先日までは頑なに否認していたのだが、何も言わなくなったのは、自分の行為を認めたも同然である。大友はすっと息を吞み、少しだけ表情を緩めた。

「最初のバスのハッキングの時……パーキングエリアで何をやったか、教えてもらえますか？　あなた、バスの中で優斗と知り合いになったんでしょう？」

「そうです」

「パーキングエリアでトイレに入って、あなたがドアから外へ転げ落ちる──そういう演技をした。優斗があなたを助けるどさくさに紛れて、誰かが優斗を外へ突き出した。それをやったのは誰ですか？」

「弟です」

「それで？」

「斉木が外で待っていて、あの子を捕まえたんです。それで弟と一緒に鉄塔に閉じこめた」

「わざわざ、息子の荷物まで上に持っていってくれたんですか？」

「それは知りませんけど……その辺に放り出しておくわけにもいかなかったんじゃないですか」

彼らの奇妙な倫理観が理解できなかった。悪いことをしていると自覚して、せめて少しぐらい親切にしてやろうとしたのか。鬼の目にも涙？　いや、こんな言葉はこの場面に合わない。

「あなたは電子機器を仕かけた後でバスを降りて、優斗を捜す振りをした。その後、弟さんと斉木がバスを追跡して事故を起こさせた──そういう筋書きですね？」

「ええ」

「──分かりました。本来は、私がここであなたと話し合っていることには、いろいろ問題があるんです」

「そうなんですか？」

「被害者の親と刑事——二つの立場は両立しませんからね。でも、せっかく話ができているんですから、もう少し聴かせて下さい。あなたの生活は、どんな風におかしくなったんですか」

「父親がいない家は、やっぱり穴が空いたみたいになるんですよ。もちろんそれまでも忙しくて、家にいないことの方が多かったんだけど、本当にいなくなるとやっぱり違うでしょう？」

「分かります」大友は両手を組み合わせた。妻の菜緒が亡くなった後の空疎な時間と空間。自分を迎えてくれるのが優斗だけの家に帰る寂しさは、何を持っても紛らわせることができなかった。

「俺にギターを教えてくれたの、オヤジなんですよ」綾瀬が溜息をつく。

「そうだったんですか？」

「若い頃に、結構凝ってたそうです。結婚してからはほとんど弾かなかったけど、俺が中学生になった時に、押し入れから古いギブソンのギターを取り出してきて……ES—175っていうモデルで、結構な値段がするんですよ。オヤジがそれを手に入れたのは、就職してすぐの頃だったから、今から四十年前……もっと前かな。清水の舞台から飛び降りるって言うけど、実際そんな気分だったでしょうね。一九七〇年代の数十万円って、今だとどれぐらいの価値があるのかな」

「どうでしょうね」大友は軽く言葉を挟みこんだ。今は雑談のようなモードに入っており、話をスムーズに進めるには合いの手も必要だ。「相当高いのは間違いないと思いますけど」

「でも結局、プロになるまでの腕はなかったのか、結婚してギターを弾いてる暇もなくなったのか……ずっと押し入れにしまってあったのを久しぶりに取り出して、綺麗に磨いて俺にくれたんです。そのギターは、今でも使ってます。何度も壊れたけど、修理に出して。手放せないんですよね。今ならもっといいギターだって手に入るんだけど、手に馴染んでいる感じ、分かりませんか?」

「何となく」

「中学生になったら、自分が趣味だったジャズを聴かせて、ギターも教えようと思ってたそうなんですね。中学生でジャズって言われてもって思ったけど、ギターが弾けるようになったら、急に興味が湧いてきて、オヤジのレコードのコレクションを聴きまくりました。チャーリー・クリスチャン、ジョー・パス、ウェス・モンゴメリー……」綾瀬が指を折っていった。「全部ギタージャズですけどね」

「なるほど」

「だから、今の俺を作ったのはオヤジなんです。最初は、プロになろうなんて考えてもいなかった。でもオヤジが死んでからは、オヤジの夢を叶えるためにも、プロを目指さなくちゃいけないって思って。本気で弾き始めたのは、高校生になってからです」

「それでうちの父に怒られて」

綾瀬が苦笑し、「先生、あの時は本気で怒ってましたね」と言った。

「基本的に、融通が利かない人間ですから」大友が大学で演劇を始めた時も、不快感を隠そうとしなかった。舞台に立つなどというのは、父の基準では「ふざけた話」らしい。逆に警察官になると言った時は、諸手を挙げて賛成したものである。父にすれば、公務員ほどいい仕事はないのだろう。

「会ったら、謝っておいてもらえませんか」

「そうします……あなたの家族関係はよく分かりました。しかし、それがどうして今回の事件に結びつくんですか」

「母親が亡くなったんですよ、一年前に」綾瀬の声のトーンが落ちた。「オヤジが亡くなってから、ずっと苦労して俺たちを育ててくれたのに……何もいいことがなくて」

今度は無言でうなずく。綾瀬の声は湿っぽくなっており、大友が余計な一言を発すれば、涙が零れ落ちて話が止まってしまいそうだったから。

「亡くなる前、俺はしばらく佐久に戻っていたんです。最期を看取って……母親は家のどこに何があるか、きちんとメモに残してくれていました。基本的に、マメな人だったんです。で、しばらくしてから家の整理を始めたら、昔の母親の日記が出てきたんです」

「そこに、信越バスに対する恨み節が書かれていたんですね?」

綾瀬が無言でうなずく。小さく溜息をつくと、すっと上を向いてしばらく涙をこらえていた。何とか零さずに済んだようで、再び大友の顔を真っ直ぐ見据える。

「俺たちには一言も言わなかったけど、会社に対する恨みつらみは凄かったんです。会社の人間は、見舞金は持って来たけど、決して謝らなかったんですね。自分たちには問題はない、とも言い切っていたそうです。でも、父親がきつい勤務ダイヤで疲れ切っていたのは、母親には当然分かっていた。オヤジは、亡くなる前に腰を痛めていたんですけど、仕事を休むわけにはいかなくて、治療をしている暇もありませんでした。母親は、オヤジが苦しんでいるのを全部見ていて、会社の素っ気ない態度にも苦しめられていました。『殺してやりたい』って書いてありましたからね。そこだけ字が震えて、涙で滲んでて……俺たちのことを考えて、何もできなかったんだろうけど、悔しさは十分伝わってきました。実際、オヤジが亡くなった後、母親は体調を崩してしまって、その後もずっと元に戻りませんでしたから。一緒にいてやればよかったんだけど、俺も弟も県外での仕事を選んだから」

「弟さんは、何と……」

「二人で日記を見て、呆然としてました。母親がこんなに苦しんでいたなんて、知らなかったから。そんな時に、斉木から連絡があったんですよ」

話が大きな角を曲がった。その先に真相がある、と大友は緊張した。

一時同じ会社にいて……連絡は取り合ってたんですか？」

「斉木もジャズが趣味で……彼は聴く方専門だけど。何度か、俺のライブにも来てくれました。半年前かな……オヤジさんが自殺したって聞かされて」

「彼の父親が事故を起こしたことは、知っていたんですか」

「聞いてました。しばらく前に、俺のオヤジも信越バスに勤めていたって打ち明けたら、びっくりしてましたよ。その時は、オヤジが自殺した話はしなかったけど……斉木のオヤジさんはまだ刑務所に入っていたわけで、とてもそんな話はできませんでした」

「でも、結局斉木の父親も自殺する……」

「何か、化学反応が起きたみたいですね」綾瀬が、どこかぼんやりとした表情でうなずいた。「本当に、たまたまこんなことがあるんですね。信越バスに父親を殺された二つの家族……絶対に、信越バスに謝らせないといけないと思った。そのための作戦を、三人で練ったんです。何とかテレビの前に引っ張り出して、社長に頭を下げさせる。そのためにどうするか、必死で考えましたよ。あんなに必死になったことはなかった」

「気持ちは分かります」大友は思わず言ってしまい、綾瀬が微妙に不機嫌な表情になるのを見て取った。犯罪者は——特に復讐を動機にした犯罪者は、自分の気持ちを理解してもらいたがる。一方、簡単に「分かります」と言われると「分かるわけがない」と反発するものだ。

　しかし綾瀬は口をつぐむことなく、話し続けた。一度壁が崩れてしまうと、彼の話を遮る材料はなくなってしまったようだった。

「斉木は、IT系の会社で働いている、セキュリティの専門家です。俺も一時同じ会社で働いていたから、ある程度のことは分かる。二人で必要なプログラムを組んで、バスを乗っ取る準備を始めたんです。そもそもは、会社のサーバーに潜入するのが先でしたけどね。そこで、バスの通信システムのことをある程度調べて、やれそうだと分かったので」

「あのブラックボックスは何だったんですか？」

「こちらがバスをコントロールするために必要だったんです」

「システムの乗っ取りは？」

「それはネット経由でできたんですよ」

綾瀬が専門用語を駆使して説明を続ける。バスの状態を把握するために、車内に独自の監視システムが必要で、そのためのブラックボックスだということは分かった。

「弟さんの役回りは？」分かってはいたが、敢えて訊いてみた。

「建築関係の人間は、爆発物を手に入れるのが比較的簡単だから」

「実際に、一本爆発したんですよ」

「そうだったんですか」綾瀬が目を見開く。

「私は死にかけました」数か月で二度。もう、十分だ。

「それは……」綾瀬が頭を下げる。しかし、謝罪の言葉を口にする気にはなれないようだった。

「全て計画通りだったんですよね？」

「ええ」

「あなたがいなくても、二人は予定通りに計画を遂行した」

綾瀬が無言でうなずく。自分抜きで作戦が行われたことを、どう考えているのだろう。

「会社に謝罪させることが目的だったのは分かりました。いずれ裁判では話が明らかになりますから、世間は信越バスがいい加減な会社だということを知るでしょう。あなたたちにとっては、それで十分なんですね？　そのために自分たちが逮捕されて刑務所に入ることになっても後悔しない、と」

「そうです」

綾瀬が胸を張った。どうしてここまで——清々しいと言ってもいい——自信満々でいられる？　ここで反省を促すのは自分の役目ではないと思いながら、大友は厳しく当たらざるを得なかった。

「反省してないんですか？」

「どうして？　俺たちは会社の悪事を明るみに出しただけですよ」

「冗談じゃない」大友は頭の中で怒りのスウィッチが入るのを感じた。「あなたは、バスのコントロールを奪って事故を起こし、複数の人間を傷つけた。私の息子だけじゃない。誰か死んでもおかしくなかったんですよ？」

「大義のためには――」綾瀬がなおも反論しようとした。

「あなたたちは、信越バスの連中と同じだ」

大友の指摘に、綾瀬の顔から必死の形相が消える。目が暗くなり、張っていた気持ちが萎んだのは明らかだった。あまりにも必死に目標に向かって突っ走るあまり、自分が「犯罪」を計画していたことにすら気づかなかったのだろうか。目が覚めてくれれば――そこから本格的な取り調べが始まる、と大友は思った。とどめの一撃を投げつける。

「人を傷つけるのは、どんな状況であっても許されないんじゃないですか。それこそ、人としての基本だと思います」

綾瀬の顔から血の気が引く。まるで初めて、自分たちの行為の意味に気づいたようだ。もしそうなら、優斗が傷つけられた事に対する自分の怒りも、少しは引くだろうか……。

そう、怒りは引いた。しかしその代わりに大友の胸に忍びこんできたのは空しさだった。誰も得をしない事件――綾瀬が本当に自分の行為の意味を嚙み締めるのは、刑務所に閉じこめられてからかもしれない。

7

大友にとって事件は終わった。散々世話になった高木とは電話で話し、事件の真相を自分の口から伝えた。彼の感想は一言――「悲しい事件だな」。旧友がこれほど情緒的な人間だとは、大友は知らなかった。

そして全てが終わった今、非常に不機嫌な福原と向き合っている。不機嫌になられても困るんだよな、と思いながら、大友はビールのグラスを傾けた。負傷後、初めてのアルコール。最初の一杯をまだ干せない。緊張感と警戒感が残っていて、ビールの刺激を喉で味わうような呑み方は無理だった。

「問題になるところだったぞ」

福原の指摘は何度目だろう。もう酔っぱらったのか、と大友は意外に思った。確かにそれほど強い方ではないが、くどくなるのはグラスを何回も空にした後だ。

三軒茶屋駅前の呑み屋は若者が多くてざわついており、ひどく居心地が悪かったが、落ち合うにはこの街しかなかった。福原はキャリア最後の仕事として、現在は三方面本部長の要職にある。三軒茶屋は、その隣駅だ。福原は近くの官舎に住んでいて、この場を離れるわけにはいかないからと、大友は半ば強制的に三軒茶屋まで呼び出されたのだった。まったく、帰りはどうしよう……世田谷線で山下駅まで出て小田急線の豪徳寺駅から帰るか、長津田経由で横浜線で町田まで戻るかと考え始めると、うんざりしてしまう。

「分かってますけど、あの時はあんな風にしかやりようがなかったんです」

「人間、焦ると乱暴になるもんだな」福原が指摘した。「乱暴というか、雑になる。もう少し作戦を練るべきだった。少なくとも、信越バスの社長は、中に入れるべきではなかった」

「分かってます」

もしかしたら僕は……私刑を試みたのかもしれない。バスジャックされる前から、大友は信越バスの嘘が気にかかり始めていた。窮地に追いこむことで、社長の口から真相を聞けるかもしれないと期待していた——一種のショック療法であり、警察官としてはあんな作戦は取るべきではなかったと思う。だが、あのバスジャックがきっかけになり、社長がもう嘘をつき続ける意味はないと判断したのは間違いないのだ。残念ながら、犯行を許してしまったという意味では、手遅れではあったが。

以前の僕なら、あんな乱暴な手を使わなくても、取調室できちんと向き合うことで話を引き出せた——そう思うと、失敗を意識せざるを得ない。

そして警察とは別に、弁護士が動き始めている。警察は既に判決が下りた事件について改めて調べることはできないが、弁護士は別だ。綾瀬たちの担当弁護士は、彼らに接見して証言を記録し、裏取りに動いている。信越バスの過去の悪行は裁判で——あるいはその前にマスコミを通じて——明らかにされるだろう。

「まあ、処分はないようだが、今後は気をつけることだな」

「十分承知してます」大友は頭を下げ、ビールを一口——舐めるように呑んだ。苦みが強い。ビールは、こんなに苦かっただろうか。

「分かってればいいんだが……それより、優斗が拉致された件にも、三人が絡んでいたのか？」

「ええ」大友は頭の中で、三人の役回りを整理し直した。「綾瀬兄がバスの中で引っかける役、弟がパーキングエリアのトイレで待ち受けていて優斗を外に押し出し、外で待機していた斉木が拉致したんです。トイレの中に綾瀬兄弟がいたんですが、兄弟で雰囲気が似ていたせいもあって、優斗は混乱したんでしょうね。綾瀬弟と斉木はその後、バスを追跡して、佐久インターチェンジ直前で事故を起こさせました」

「なるほど……上手くやりやがったもんだね」

「あの、お言葉ですが」

渋い表情でビールを呑み干した福原に、つい訊ねてしまう。

「ああ？」福原が手酌でビールを注いだ。

「どうしてそんなに不機嫌なんですか？　直接捜査の指揮を執られたわけでもないでしょう」

「だから不機嫌なんだよ」福原が無愛想な声で言った。「俺が指揮を執っていれば、もっと早く解決できた。ここまで大袈裟になることもなかった。後山参事官も、捜査幹部としてはまだまだだな」

「はあ」そもそも福原と後山では立場が違う。福原は三方面本部長に転身する前には、「刑事部指導官」という特殊な役職についていた。それまでの経験を生かし、刑事部が扱うどの事件に首を突っこんでもいい——という立場である。後山は、立場的にはそれより下の参事官、そしてキャリアである。捜査現場の経験は、福原に比べて圧倒的に少ないし、周辺も「傷つけてはいけない」という意識で接している。福原に関しては、ヘマすることなく無事に警察庁へお返しする、というのが現場の一貫した考えだ。要するに、余計なことはしてくれるな、というのが本音である。そんな中で、あれこれ口を出し、現場にも出て、大友を引きずり出す役割を負っている後山は、特殊な存在なのだ。本人が希望してやっていることなのか、あるいはもっと上の意思で決まったことなのか。

彼本人に確認するのは怖くもあった。後山との微妙な距離感は、なかなか縮まらないから。まだまだ気さくに話ができるわけではないのだ。

「しかし、今それを言われても……人事なんですから、しょうがないじゃないですか」

「分かってる。ただ、俺が近くにいれば、お前をもう少し上手く動かせた」

「……ということは、上手く動けてなかったわけですね」

「状況は、後山参事官から聞いてる」

福原がうなずく。誰かを……柴や敦美をスパイ代わりにして、僕の言動を探っているのかもしれない。あまり気持ちのいい想像ではなかった。

「まだ本調子じゃないようだな」

「ええ」それは認めざるを得ない。

「撃たれるなんてのは、滅多に経験することじゃない。ありがたいことに日本は銃社会じゃないし、戦争も長い間経験していないからな。それはそれで悪いことじゃないが、撃たれた人間のフォローが上手くできないのが問題だ。アメリカだったら、警察官が撃たれたらカウンセラーがつく」

「日本にはそもそも、撃たれた人間専門のカウンセラーなんかいませんからね」

「そういうことだ」福原が小さなグラスを手の中で弄る。「スタートラインに戻ってしまったかもしれないな」

「ええ……そうですね」指摘されると、さらに居心地が悪くなる。

「焦ってるか？」

「よく分かりません」

分からないと言いながら、大友は自分の気持ちを話した。撃たれる前までは、捜査一課に戻る決心を固めていたこと。撃たれた後は体力、気力ともに衰え、とてもそんなことを考えられなくなったこと。福原はうなずきもせず、ビールにも手をつけずに静かに聞いていた。

「分かった」うなずくと、グラスを一気に干す。「焦るな、としか言いようがないな。時間はまだあるんだ」

そうだろうか。福原のように定年を間近に控えた人間にしてみれば、大友にはまだ長い時間が残っているように見えるだろう。キャリアの半分……定年制度が大きく変わらない限り、六十歳で警視庁を去らねばならない。あと二十年あると余裕で構えるべきか、二十年しかないと焦るべきか。二十年は案外早いような気がしていた。優斗の成長を間近で見ていると、時の流れの速さを実感する。自分が定年になる頃、優斗はとうに三十歳を超えているわけか……。

「優斗はどうしてる」

「ああ、お陰さまで……何とか元気です」

事件の直後は、夜中に目を覚ましたりして落ち着かない様子だったが、事件が解決してからはそんなこともなくなった。大友が考えていたよりもずっと、精神的にタフなのかもしれない。

「優斗も大人になったんだろうな」

「ええ。見ていて怖いぐらいですよ」

「あと何年だ？」

「え？」

「優斗は、あと何年で手がかからなくなるだろうな」福原が指を折り始めた。「今度、六年生か。高校生になってまで父親に頼り切りというのは、逆にどうかと思うぞ。俺は十六の頃から親元を離れて一人暮らししていた」

その話は何度も聞いた。熊本の田舎の出身である福原は、熊本市内の進学校に進んで、高校の時から下宿暮らしだったのだ。

「つまり、あと四年だな。中学卒業が一つのタイミングだろう」

「そう、ですね」

「それまでに、お前は自分の行く末を決めなくちゃいけない。お前一人で、だ」福原が人差し指を立てて「一人」を強調した。「その頃俺はもう、警視庁にいない。後山参事官も、当然異動しているだろう。柴や高畑に相談しても仕方ないし、もちろん優斗に話はできない。だから最後は、お前が自分で決めるしかないんだ。撃たれた傷は、当然癒えているはずだからな」

「ええ」

「優斗は大人になるんだよ。お前も、自分が何をやりたいか、やるべきか、少し我が儘に考えてもいいと思う」

その道は案外険しい……今までのように、優斗が自分の仕事における障害になる可能性はどんどん低くなるわけで、問題は自分の気持ちだけだ。

それは、この世で一番コントロールが難しいものである。

呑み干したビールは、一際苦かった。

文春文庫

高《こう》速《そく》の罠《わな》

定価はカバーに
表示してあります

アナザーフェイス6

2015年3月10日　第1刷

著　者　堂《どう》場《ば》瞬《しゆん》一《いち》

発行者　羽鳥好之

発行所　株式会社 文藝春秋

東京都千代田区紀尾井町3-23　〒102-8008
TEL 03・3265・1211
文藝春秋ホームページ　http://www.bunshun.co.jp

落丁、乱丁本は、お手数ですが小社製作部宛お送り下さい。送料小社負担でお取替致します。

印刷・凸版印刷　製本・加藤製本

Printed in Japan
ISBN978-4-16-790312-1